해방 후 아동문학의 지형과 담론

이충일 ● 아동청소년문학연구자. 청주교육대학교 졸업, 동 대학원 석사과정 · 단국대학교 대학원 박사과정 졸업. 현재 계간 『어린이책이야기』 편집위원장과 계간 『창비어린이』 기획위원으로 활동하고 있으며, 화성 숲속초등학교에서 아이들을 가르치고 있다. 주요논문으로 「1950년대 이원수의 동화 · 아동소설 연구」, 「1960년대 아동문학담론의 형성과 잡지 '아동문학'」, 「1950~60년대 한국 아동문학전집의 발간과 정전화」 등이 있다.

아동청소년문학총서 10

해방 후 아동문학의 지형과 담론

2016년 3월 15일 1판 1쇄 인쇄 / 2016년 3월 25일 1판 1쇄 발행

지은이 이충일 / 펴낸이 임은주
펴낸곳 도서출판 청동거울 / 출판등록 1998년 5월 14일 제406-2011-000051호
주소 (10881) 경기도 파주시 문발로115 (파주출판도시) 세종출판벤처타운 103호
전화 031) 955-1816(관리부) 031) 955-1817(편집부) / 팩스 031) 955-1819
전자우편 cheong1998@hanmail.net / 네이버블로그 청동거울출판사

책임편집 김은선
출력 칼라리스 / 인쇄 세진피앤피 / 제책 디엘바인텍

책값은 뒤표지에 있습니다.
잘못 만들어진 책은 바꾸어 드립니다.
지은이와의 협의에 의해 인지를 붙이지 않습니다.

First published in Korea in 2016 by CheongDongKeoWool Publishing Co.
Printed in Korea.

ISBN 978-89-5749-183-6 (94800)
ISBN 978-89-5749-141-6 (세트)

이 도서의 국립중앙도서관 출판시도서목록(CIP)은 서지정보유통지원시스템 홈페이지 (http://seoji.nl.go.kr)와 국가자료공동목록시스템(http://www.nl.go.kr/kolisnet)에서 이용하실 수 있습니다. (CIP제어번호: CIP2016007002)

아동청소년문학총서 10

해방 후 아동문학의 지형과 담론

이충일 지음

청동거울

머리말

공부하는 교사가 되고 싶었고, 일말의 망설임도 없이 아동문학을 선택했다. 문학이 좋았던 것은 물론이요, 좋은 교사가 되는 데에도 이만한 선택이 없어 보였기 때문이다. 돌이켜보면 그저 막연한 직감이었고, 내가 하고 싶은 일에 대한 그럴싸한 명분에 지나지 않았다. 다행이도 그 명분은 여전히 유효하다. 현장에 발을 디디고 보니, 설익었던 예감은 한층 단단한 확신으로 차오기 시작했다. 독서지도는 물론 생활지도, 교과수업에 이르기까지 문학은 내가 아이들과 소통할 수 있는 훌륭한 매개체였던 것이다.

박사과정은 이러한 확신이 가져다 준 또 다른 도전이었다. 그 여정은 지적 세계가 안겨주는 희열과, 거기에 상응하는 곤고함이 수선스럽게 교차하는 나날이었다. 학위 논문을 쓰기 시작할 무렵에는 불쑥, 공부에 대한 회의감이 찾아들면서 질풍노도 같은 부침을 겪기도 했다. 정전이니 문단 권력이니 하는 것들이 당최 아이들을 가르치고 있는 나에게 무슨 의미가 있는지, 외려 붓 끝에 매달려 이론과 자료의 노예가 되고 있는 건 아닌지, 하루에도 수십 번을 덮느냐 지속하느냐를 두고 고민을 거듭했다. 바로 그때 혼돈과 질곡의 늪에서 나를 일으켜 세워준 건, 엉뚱하게도 오래 전 작고한 문학평론가 김현이 남긴 말이었다.

유용함은 인간을 억압한다. 문학은 쓸모 있는 것이 아니기 때문에 인간을 억압하지 않으며 억압이 인간에게 얼마나 부정적으로 작용하는지 보여준다. 이것이 바로 쓸모없는 문학이 쓸모 있는 이유다. (김현, 「문학은 무엇을 할 수 있는가」)

내 인생에서 김현이 든든한 뒷배가 되어 주리라고 언제 상상이나 했겠는가. 이 논문을 쓰는 동안 곳곳에 무용지용(無用之用)을 적어 놓고 마음을 곧추 세웠다. 비록 무용(無用)의 유용(有用)적 가치를 증명할 수 있는 대단한 글은 아니더라도 스스로에게 부끄럽지 않은 논문을 써 보자며 나 자신을 다독였다. 그러면서 점차 문헌 연구라는 것이 박제된 지식이 아닌 실천적 앎으로 나아가는 데 단단한 초석이 될 수 있다는 믿음이 새록새록 싹트기 시작했다. 책을 내야하는 지금, 부디 이것이 치졸한 자기 위안이 아니었기를 바랄 뿐이다.

아동문학 연구의 가장 큰 걸림돌은 역시 1차 자료의 부재였다. 다리품을 팔아도 수소문을 해도 찾을 길이 없어 황망했던 일이 적지 않는데 그 중에서도 1960년대 한국문인협회 단체장들의 계보를 정리했던 과정이 가장 기억에 남는다. 목동에 있는 한국문인협회를 찾았지만 그곳에서도 도움이 될 만한 자료는 찾아볼 수 없었고, 원로 문인들과의 인터뷰도 기억의 착오 때문인지 일치하지 않는 부분이 많았다. 지금 생각해 보면, 그때의 지난한 과정들이 연구자로 거듭나기 위한 담금질의 시간이었던 셈이다. 단 두 줄을 쓰기 위해 6개월 이상을 자료와 씨름하면서 글

쓰기의 엄정함과 실증주의 연구자들에 대한 경외감을 온몸으로 체험할 수 있었다.

이러한 고민과 시행착오가 점철된 결과를 한 권의 책으로 묶어 세상에 내놓는다. 이 책의 구성은 크게 문단 권력과 문학 담론으로 나뉜다. 전자는 해방 후 문단 권력의 형성과정과 계보를 정리하는 데 주안점을 두었고, 후자는 순수주의 담론의 형성원리와 지배적 담론으로 재생산되는 과정을 톺아나갔다. 제2장 '1950~60년대 아동문단의 형성과정'은 문단 권력에 해당하는 부분이다. 반공주의와 학연, 지연 등을 토대로 한 사회자본이 성인문학의 주류 세력들과 연계되면서 강력한 힘을 발휘하게 되는 정황들을 살펴보았으며, 동시에 아동문학단체장의 계보를 실증적으로 고찰함으로써 문단 권력의 지형도를 가늠하고자 하였다. 특히 당시는 강력한 국가권력과 문단 내부의 헤게모니 싸움이 문학단체의 생몰과 재편을 주도하였는데, 아동문학도 여기에서 자유롭지 못했다는 사실에 주목하기를 바란다.

다음은 이러한 문단 권력이 전집, 문예지, 개론서라는 매체를 통해 순수주의 담론을 재생산하고 전유(傳諭)하는 과정을 담았다. 이 중에서 제3장은 아동문학 전집에 해당한다. 정전의 맥락에서 본다면 전집은 문범(文範)의 형성과 밀접한 연관성을 맺고 있다. 여기에서는 1950~60년대의 주요 전(선)집을 대상으로 문단 재편과 함께 작품의 선별 기준이 어떤 변화가 있었으며, 출판 권력이 나름의 문학 규범을 만들기 위해 대립 경쟁하는 국면에 집중해 나갔다.

마지막으로 제4장은 순수주의 아동문학 담론이 형성 · 전유되는 과정을 문예지와 개론서를 통해 살펴보았다. 먼저 배영사의 『아동문학』은 문협정통파가 전면화된 배경과 이들이 아동문학 담론 형성에 미친 영향, 순수주의 아동문학론의 원리를 해명하는 데 중요한 사료가 아닐 수 없다. 다만 총 19집 중에 15집~19집이 발견되지 않고 있어 후반부의 전개 상황을 알 수 없다는 점이 아쉬울 따름이다. 한편 아동문학의 이론화와 전유의 과정은 이재철의 『아동문학개론』을 핵심 대상으로 삼았다. 이 과정에서 『아동문학개론』 초고 · 개고판, 『한국현대아동문학사』를 통해 미묘한 변화의 양상에 주목하였는데, 이는 당시 이재철의 문단의 위치(position) 변화와도 내밀하게 조응하는 것이었다.

요컨대 이 논문은 해방 후 아동문학장의 성격과 그 형성 과정을 규명하기 위한 여정이다. 해방 후부터 1960년대까지 아동문학 권력의 지형도와 순수문학 담론의 발현, 그리고 이에 저항하는 담론이 분출되는 양상을 톺아봄으로써, 1970년대 아동문학장을 이해할 수 있는 전사(前史)적 토대를 마련하였다는 데 나름의 의미를 둘 수 있을 것이다. 하지만 짐짓 실증주의를 내세우고 있음에도 여전히 채워지지 않은 공란이 적지 않다. 학회 발표에서는 진영 논리에 빠진 게 아니냐는 우려도 제기된 바 있다. 작품 분석, 지역 문학단체, 신진 작가 세력 등 폭넓은 저변을 통해 해석의 풍성함을 이끌어 내지 못한 한계도 지적될 만하다. 이 모두는 연구자로서 앞으로 넘어서야 할 과제일 것이다. 모쪼록 다른 연구자들에게 쓸모 있는 디딤돌이 되기를, 그리고 부족한 지점들에 대해서는 정치한 논의가 이어지길 바란다.

학위 논문이 한 권의 책으로 나오다 보니 그동안 감사해야 할 분들이 너무나 많다. 맨 처음 배움의 길을 알려주셨던 모교의 스승님들에 대한 존경과 감사는 어떻게 표현해야 할 지 막막하기만 하다. 치기 어렸던 청년에게 공부하는 삶을 열어 주신 정재찬, 조용훈, 심영택, 염은열 선생님께 이 책이 자그마한 보은(報恩)이 될 수 있기를 소망할 따름이다. 대학원에서 그리고 학위논문 심사과정에서 지도와 따뜻한 격려를 보내주신 강상대, 박덕규, 최수웅, 조은숙 선생님께도 이 자리를 빌어 깊은 감사를 드린다. 학문에 정진하는 것으로 빚을 갚아나갈 밖에는 도리가 없을 듯하다. 원종찬, 선안나 선생님은 이 논문의 처음과 나중을 끝까지 함께 해 주셨다. 어둑한 터널의 한가운데서 두 분의 희망 등대가 아니었더라면 이 논문은 결코 세상의 빛을 보지 못했을 것이다. 귀한 자료를 아무런 사심 없이 내어 주셨던 김용희, 장성유 선생님의 후의에도 감사의 말씀을 드린다. 늘 격려를 아끼지 않고 진정한 힘이 되어 주는 계간 『어린이책이야기』 편집위원들, 단 한 번의 망설임도 없이 영문초록을 써주었던 평생지기 희문, 20년 동안 묵묵히 같은 길을 동행해 주고 있는 지운에게도 고마움을 전한다. 이 친구들이 있어 앞으로도 어기차게 이 길을 걸어갈 수 있을 것 같다. 어려운 출판 여건에도 흔쾌히 책을 내주신 출판 청동거울의 대표이자 존경하는 선배인 조태봉 형께도 깊은 감사의 말씀을 드린다.

마지막으로 사랑하는 가족에게 고마운 마음을 전한다. 15년 동안 한결같이 나를 위해 기도해 주는 아내 혜진, 이 사람이 곁에 있는 한 나는 영원히 가난하지 않을 것이다. 그 고마움의 깊이를 이 세상 어떤 추로 다 잴 수 있단 말인가. 올곧게 자라주는 도현이와 은결이는 인생의 축복, 그 자체가 아닐 수 없다. 두 녀석은 내 삶에 있어 선한 의지를 상기시키는 원천이다. 혜진. 도현. 은결. 이들에게 내가 낳은 첫 책을 바친다.

2016년 봄의 문턱에서

이충일

| 차 례 |

제1장_서론

1. 문학사 연구에 대한 성찰
2. 연구 방법 및 범위

/ 제1장 /

서론

1. 문학사 연구에 대한 성찰

최근 들어 아동문학 연구에 대한 관심이 고조되고 있다. 학위 논문의 경우, 2000년 이후부터 제출 건수가 꾸준하게 늘어나는 추세에 있고, 특히 최근 10년 사이에는 급격한 양적 성장을 보이고 있다.[1] 출판 시장의 규모에 비해 연구 실적이 부족했던 현실에서 이러한 변화는 반가운 징후가 아닐 수 없다. 그러나 양적 지표만으로 아동문학 연구의 지평 확장을 운운하기에는 아직까지 넘어서야 할 과제가 적지 않다. 특히 기초 자료 조사에 대한 허약한 문제의식은 반드시 짚고 넘어가야 할 부분이다. 아동문학 연구의 중심축을 형성하고 있는 작가 · 작품론[2]의 경우만 하더

1 아동문학교육을 포함한 아동문학 학위논문은 1967년 최인학 「동화의 특질과 발달 과정 연구」(성균관대 석사학위논문)를 시작으로 약 1300여 편 가까이 된다. 이 중에서 2000년 이후에만 1,100여 편이 나왔고, 또 그 중 900여 편이 2004년 이후에 제출된 논문이다. (한국교육학술정보원, 2014년 9월 현재 검색 결과를 참고함.)

2 2014년 3월 기준으로 1950~60년대 주요 작가들의 학위논문 연구 실적을 순위별로 정리하면 다음과 같다. (단, 두 명의 작가를 동시에 비교 연구한 경우도 각각의 건수에 포함한 결과임.)
이원수 33편/마해송 21편/이주홍 20편/윤석중 16편/김요섭 15편/강소천 13편/박홍근 2편/김영일 2편 (동일 저자).

라도 작가의 전기적 사실들에 대한 고증이나 발굴 없이 기존 자료에만 의존하다 보니, 작품을 해석하는 시각도 제한적이고 대동소이한 문학사적 평가들이 재생산되고 있다.[3] 최근에 나온 학위논문에서도 작가의 생애를 다각적으로 검증, 재고함으로써 작가 개인은 물론 작품 해석에 대한 새로운 기대지평을 열어 보인 경우는 손에 꼽을 정도에 불과하다.[4]

이러한 협량(狹量)한 연구 풍토는 기존의 연구 결과를 마치 1차 자료, 그 자체로 받아들이는 수동적인 자세에서 비롯된 측면이 크다. 문학 연구에서 특정 문학사가(文學史家)의 견해를 의심할 수 없는 자명한 실체로 받아들이는 태도는 생산적인 논의를 저해하는 요소가 아닐 수 없다. 우리 아동문학사에서 여전히 '해석정전'[5]으로 막강한 위세를 떨치고 있는 이재철의 개론서와 문학사는 그 단적인 예라 할 수 있다. 물론 이재철의 저작들이 우리 아동문학사의 소중한 자산임에는 분명하다. 그러나 이제는 기존의 문학사를 확고부동한 실체가 아닌 도전과 대립이 통하는, 일종의 가치 투쟁의 장으로 인식하려는 노력이 절실한 시점이다. 동시대 문학이 떠안고 있는 문제의식들이 문학사 기술에 반영된다는 점에서 문학사는 늘 새롭게 쓰여질 수밖에 없기 때문이다. 성인문학에서 백철과

3 일찍이 김윤식은 "물론 작품만이 일등 자료임엔 틀림없다. 그러나 그 일등 자료가 빛을 발하기 위해서는 내면기록의 조명이 불가피하다."며 기초 자료가 부실한 작가론은 평면화되거나 픽션이 되기 쉽다는 점을 지적한 바 있다. 김윤식, 〈머리말〉, 『한국근대작가론고』, 일지사, 1974.

4 최근 윤석중의 연구는 작가의 생애 연구를 통해 그의 작품과 문학 세계를 이해할 수 있는 새로운 기대지평을 열어 준 계기가 되었다. 김제곤의 「윤석중 연구」(인하대 박사학위논문, 2013.)와 노경수의 「윤석중 연구」(단국대 박사학위논문, 2009.)가 바로 그러한 예라 할 수 있다.

5 해석정전(Deutungskanon)이란 정전에 암시 또는 함축되어 있는 기준과 가치 또는 정전이 대변하고 있는 프로그램을 서술한 것, 즉 문학사나 해석과 같은 것을 일컫는다. 대부분의 정전에는 특정한 해석이 관용적으로 반복되는 경우가 많지만, 텍스트의 해석에는 반드시 한 가지만 가능한 것이 아니며, 오히려 오랜 기간 정전으로서의 지위를 유지하는 텍스트는 다양한 의미 맥락과 연결되는 의미론적 개방성과 탄력성을 갖는 경우도 많다. 따라서 해석정전의 존재를 인식하고 이데올로기를 분석하는 일은 정전을 신성한 하나의 전통이 아닌 이질적이고 상호 모순적인 독해가 가능한 '열린 텍스트'로 해체하는 작업과 통하며, 더 나아가 정전화 과정을 성찰적으로 바라보게 하는 열쇠로 기능할 수 있을 것이다. (고규진, 『문학정전』, 연세대학교 출판문화원, 2012, 90~95쪽.) 조은숙, 「1970년대 한국아동문학전집 편찬과 정전화」, 『1970년대 아동문학장의 역동성』, 한국아동청소년학회 겨울 학술대회 자료집, 56쪽 재인용.

조연현의 이론은 전유의 대상이 아닌 치열한 논쟁과 갱신의 대상이었다는 사실을 새삼 환기해야 할 필요가 있을 것이다.

최근 정전의 문제가 쟁점화된 것도 이러한 문제의식이 반영된 결과라 하겠다.[6] 정전은 독자들에게 어떤 작가나 텍스트가 다른 어떤 것들보다 더 보존할 가치가 있다고 생각할 수 있는 선택의 원칙을 암시해 주는 일종의 '위대한 텍스트'들을 총칭[7]한다는 점에서 다분히 권력적인 성격을 지닌다. 정전 연구가 정치와 문단 권력, 그리고 지배적 담론의 형성 등과 밀접하게 연관된 것도 이 때문이다. 따라서 현재 진행 중인 정전에 대한 문제 제기는 지금까지 관성적으로 수용해 왔던 위대한 텍스트의 목록과 그 선별 기준에 대해 비판적인 인식과 열린 감각을 제시하려는 시도라 할 수 있다.

하지만 이러한 기대감이 구체적인 결실로 이어지기 위해서는 넘어야 할 과제가 산적해 있는 게 우리의 현실이다. 그 중에서도 정전 형성에 영향을 미치는 힘의 요소들에 대한 다각적인 검토가 절실하다. 무릇 위대한 텍스트를 선별하는 과정에는 미학적 가치뿐 아니라 다양한 힘들이 복합적으로 작용하기 마련인데, 이 글은 그 다양한 힘이 서로 규합하고 경쟁하는 장소를 '장(場, field)'[8]의 개념으로 접근하고자 한다. 문학장을 구성하는 동인(動因)들은 매우 다양하고 눈에 보이지 않는 힘들까지 포함한다면 한정이 없겠으나, 제도적 측면에서 본다면 다음 세 가지 정도

---

6 김성진, 「아동청소년 문학의 정전과 권정생의 "한국전쟁 3부작"」, 『문학교육학』 25, 한국문학교육학회, 2008.; 임성규, 「초등 국어 교과서 아동문학 정전에 대한 비판적 一考」, 『語文學』 100호, 한국어문학회, 2008.; 권혁준, 「정전의 관점에서 본 문학작품 선정의 문제점과 과제」, 『아동청소년문학연구』 12호, 한국아동청소년문학학회, 2012.; 원종찬, 「한국 아동문학의 정전 논의를 위하여」, 『창비어린이』, 2011년 겨울호.

7 정재찬, 「현대시 교육의 지배적 담론에 관한 연구」, 서울대 박사학위논문, 1996, 15쪽.

8 프랑스의 사회학자 피에르 부르디외의 개념으로 문학작품의 생산과 변화가 이루어지는 헤게모니 투쟁의 공간이다. 다시 말하자면 문학장은 기존세력의 관계를 변형하거나 유지하려는 목표를 가지고 움직이는 힘과 특수한 형태의 권력과 위신을 추구하는 투쟁이 공존하는 장소라고 할 수 있다. 『문학비평용어사전』, 국학자료원, 2006 참조.

로 분류가 가능할 듯하다. 첫째는 지배담론 형성에 직접 기여하는 문학사, 문학평론류이고, 둘째는 각종 자본을 기반으로 문학장에 영향력을 행사하는 문인단체, 학회, 출판사와 같은 문단 권력 세력을 꼽을 수 있다. 그리고 마지막으로는 이 두 영역과 긴밀하게 연결된 매체들로 이를테면 문학전집, 백과사전, 교과서, 도서관, 신문, 문학잡지 정도가 될 것이다.

물론 이러한 구분은 논의를 게재하기 위한 편의상의 분류에 불과하다. 실제 문학장에서 이 세 가지 영역은 서로 끊임없는 상호작용을 통해 다양한 존재성을 획득하기 때문이다. 예를 들어 막강한 편집위원으로 구성된 문예지는 그 자체로 작은 문단 권력일 수도 있고, 문학사와 문학평론을 생산하는 데 있어서도 장을 움직이는 막강한 상징 권력으로 작용하기도 한다. 또한 특정 문인단체 혹은 학교 출신들이 특정 매체를 통해 문학담론을 형성하기도 한다. 서로가 서로에게 동인으로 작용한다는 점에서 장에서 발생하는 힘들은 쌍방향 혹은 다차원적인 방향성을 지니고 있는 것이다. 따라서 한 시대의 문학장을 조망하기 위해서는 매우 다양한 동인들의 연구가 필요하고, 시대를 단절적으로 접근하기보다는 연속성 위에서 이들의 상호작용 양상을 탐색해야 할 필요가 있다.

해방 이후를 기준으로 봤을 때 현재까지는 문학전집과 교과서를 대상으로 한 연구가 가장 활기를 띠고 있다. 아동문학전집 연구는 해방 이후부터 1970년대까지 아동문학전집의 편찬 양상과 각 시대별로 차지하고 있는 정전화의 의미가 논의되었으며,[9] 교과서 연구는 서사 장르와 동

9 최애순, 「1960~1970년대 세계아동문학전집과 정전의 논리」, 『아동청소년문학연구』 11호, 한국아동청소년문학학회, 2012.; 조은숙, 「해방~1950년대 중반까지 한국아동문학전(선)집 편찬과 정전화」, 『한국문학이론과 비평』 58호, 한국문학이론과비평학회, 2013.; 조은숙, 「1970년대 한국아동문학전집 편찬과 '해석정전'의 형성」, 『아동청소년문학연구』 14호, 한국아동청소년문학학회, 2014.; 장수경, 「아동문학전집에 나타난 문화적 상상력과 정전 구성에 대한 욕망」, 『아동청소년문학연구』 11호, 한국아동청소년문학학회, 2012.; 장수경, 「해방 후 방정환전집과 강소천전집의 존재 양상」, 『아동청소년문학연구』 14호, 한국아동청소년문학학회, 2014.

요·동시 부문에서 의미있는 성과물들이 제출되기도 했다.[10] 이러한 연구는 각 장르별 정전 연구에 필요한 방법론뿐 아니라 기초 자료를 제시해 주고 있다는 점에서도 각별한 의미를 부여할 수 있을 것이다.

하지만 전집과 교과서 연구도 이제 문제 제기를 한 수준에 불과하고, 그나마 다른 영역은 이조차도 시도되지 못한 실정에 있다. 이 시기 문학단체나 문단 권력에 대한 정치한 논의가 더 필요하고, 보수적 아동문학 담론 형성에 지대한 영향을 미쳤던 문예지와 개론서 등에 대한 연구도 마찬가지 상황이다.

먼저 문학장 연구에서 가장 먼저 풀어야 할 과제라면 기초 자료 수집을 통한 문단 권력의 지형도를 그려내는 일이다. 그동안 해방 이후를 다룬 연구에서 아동문단에 대한 부분은 거의 다루어지지 않았거나 이재철의 저서를 간략히 인용하는 정도가 대부분이었다. 작가·작품론은 차치하더라도 한 시대의 문학사를 다룬 연구에서도 예외는 아니다.

해방 이후와 1950년대의 문단 형성과정을 주목한 연구로는 선안나의 「문단 형성기 아동문학장의 고찰: 반공주의를 중심으로」가 거의 유일하다.[11] 이 글은 1950년대 아동문학장 형성에서 월남 문인들이 아동문학의 주류로 부상하고, 보수 우익적 입장에서 작품 활동을 전개한 정황들을 실증적으로 포착함으로써 이 시기 문학사적 의미를 한층 풍성하게 이끌었다.

아동문학장에서 반공문학을 적극 창작한 작가들의 개인적 처지를 살펴본 결

10 권혁준, 「정전의 관점에서 본 문학작품 선정의 문제점과 과제: 초등학교 서사 장르를 중심으로」, 『아동청소년문학연구』 11호, 한국아동청소년문학학회, 2012.; 최은경, 「초등 교과서 수록된 동요·동시의 현황과 특징: 미군정기~3차 교육과정을 중심으로」, 『아동청소년문학연구』 13호, 한국아동청소년문학학회, 2013.; 최은경, 「초등 교과서 수록된 동요·동시의 현황과 특징 : 4차 교육과정기를 중심으로」, 『아동청소년문학연구』 14호, 한국아동청소년문학학회, 2014.

11 선안나, 「문단 형성기 아동문학장의 고찰: 반공주의를 중심으로」, 『동화와번역』 12호, 건국대학교 동화와번역연구소, 2006.

과 '친일', '부역', '월남' 등 새로 탄생된 국가에서 '국민 자격'을 증명해 보여야 할 입장인 경우가 대부분이었다. 또 공무원이나 군 소속 등 직업적으로 남한 체제에 속한 경우와, 공산당에 기득권을 빼긴 체험이나 원한이 있는 경우, 기독교인 가운데 종교 근본주의적 성향의 작가, 생존과 생계의 수단 등, 저마다 반공을 전유한 내적 동기가 달랐다. 이들이 생산한 반공작품의 내용을 살펴본 결과, 국가주의, 기득권의 관점, 친일, 친미, 보수, 우익의 입장으로 귀결됨을 확인할 수 있었다.[12]

당시 반공주의는 불안정한 위치에 있던 주체들이 새로운 문학장으로 편입할 때 안정적으로 정착하기 위한 통과의례로 작용했다. 선안나는 반공을 전유한 내적 동기를 개인이 처한 상황에 따라 다르게 적용하고 있는데, 그 변인은 친일, 부역, 월남, 기독교, 생존의 위협으로 요약된다. 모든 문제를 거대담론으로 수렴시키는 단순 논리에서 벗어나 반공주의가 각기 다른 방식으로 내면화되는 양상을 추적했다는 점이 이 글의 특장(特長)이라고 하겠다.

하지만 반공주의를 문학장의 핵심 동인으로 삼다 보니, 상대적으로 개인적 층위에서 발생할 수 있는 미시적 요소들에 대해서는 주목하지 못한 게 사실이다. 문단 형성기에서 반공이데올로기가 통과의례와 같은 당위적 자격 요건이었다면, 어쩌면 학연, 지연과 같은 사적(私的)인 관계망들이 이 당시 문학장 형성에 실제적인 영향력을 행사했을지 모를 일이다. 이는 월남 문인들은 물론 정통성을 승계한 남한 출신 아동문학가들에게도 동일하게 적용되는 문제의식이기도 하다.[13]

12 위의 글, 128쪽.

13 〈대구아동문학회〉 회원의 대부분이 〈협회〉의 회원으로 등록한 것은 그들의 작품 경향과는 상관관계가 없다는 이야기가 된다. 즉 작품의 경향이나 작가정신이라기보다는 인맥에 의한 문단의 갈등으로 이해할 수 있다. 특히 대구라는 지역성과도 연관지을 수 있다. 김종헌, 「1970년대 대구·경북 지역 아동문학 연구: 〈한국아동문학가협회〉와 〈대구아동문학회〉를 중심으로」, 『아

한편 1960년대 아동문학 연구로는 장영미의 「1960년대 아동문학의 분화와 위상 연구」가 있다. 여기에서는 문학 제도적 측면에서 신춘문예에 주목한 장면이 눈에 띄는데, 당시 등단 작가와 심사위원들의 목록[14]을 체계적으로 정리함으로써 당시 아동문학의 핵심 주체와 미래를 이끌어 갈 작가들의 단면을 제시하였다. 그러나 논문의 주된 방향이 1960년대 아동문학 작품이 새롭게 분화하기 시작했다는 주장에 맞춰져 있다 보니, 실제 아동문단 내부에 어떤 변화가 있었는지는 알 수가 없다. 무엇보다 1960년대를 바라보는 전반적인 인식이 이재철의 문학사의 틀에서 크게 벗어나지 못하다는 점은 이 연구의 가장 큰 한계점이다.

오히려 1960년대 아동문단의 동향은 1970년대 아동문학단체를 다룬 소논문을 통해 간접적으로 가늠해 볼 수 있다. 여기에 해당하는 것으로는 1970년대 아동문학단체의 창립과 아동문단의 재편 과정을 다룬 원종찬[15]과 대구 경북지역 아동문학 단체를 연구한 김종헌의 글[16]이 있는데, 특히 원종찬은 앞서 언급했던 선안나와 문제의식을 함께하면서 1960년대 월남 기독교인들이 남한 문단의 중심부를 차지하는 문협정통파들과의 연관 관계에 주목하였다.

> 분단 상황은 반공과 승공을 내세우는 문인들의 주도권을 행사하도록 작용했다. 문인단체에 정부보조금이 주어지고 각종 행사에 혜택이 뒤따르면서 문단 내 잡음이 끊이질 않았는데, 한국문인협회 집행부는 온갖 이권을 대가로 독재정권

동청소년문학연구』 14호, 한국아동청소년문학학회, 2014, 102쪽.

14 장영미의 조사에 따르면, 1960년대 신춘문예 평가위원으로 참가한 빈도수는 다음과 같다. 마해송(21회), 윤석중(16회), 이원수(13회), 김요섭(5회), 강소천(3회), 어효선(2회), 최정희(2회), 황영애(2회), 박목월(2회), 박홍근(2회), 조지훈(1회), 전영택(1회), 김영일(1회) 순이다. 장영미, 「1960년대 아동문학의 분화와 위상 연구」, 성신여대 대학원 박사학위논문, 2011, 49쪽.

15 원종찬, 「이원수와 70년대 아동문학의 전환—한국아동문학가협회의 창립과 아동문단의 재편 과정」, 『한국아동문학의 쟁점』, 창비, 2010.

16 김종헌, 앞의 논문.

과 밀월관계를 유지했다. 문단의 대립은 보수 대 진보가 아니라 한국문인협회의 주도권을 놓고 파벌 다툼을 벌이는 양상이었다. 한국문인협회 이사장은 문단의 원로인 박종화가 오랫동안 연임하고 있었으나, 차기 이사장 자리를 두고 똑같은 청년문학가협회 출신의 김동리와 조연현이 치열하게 대립하고 있었다.

50년대의 한국문학가협회와 60년대의 한국문인협회 아동문학분과위원장은 거의 강소천과 그 계열에 속한 문인들이 차지했다. 여기에서 강소천 계열이라 함은 월남한 이북 출신에다 기독교적 배경을 가진 김영일, 박화목, 김요섭, 장수철(張壽哲) 등을 가리킨다. 한국문인협회로 통폐합되고 나서의 첫 번째 아동문학분과위원장은 김영일이었다.[17]

위의 인용문에서 주목해야 할 사항은 보수 관변단체인 한국문인협회의 내부 상황이 월남 아동문학가와의 연대와 무관치 않다는 사실이다. 아동문학분과위원장도 월남 아동문학가 강소천과 김영일로 이어져 내려왔음을 지적하고 있다. 이러한 정황은 1950~60년대 아동문단 연구가 아동문학 내부의 독립성만 가지고 접근하기에는 일정한 한계를 노정하고 있음을 시사한다. 실제로 1950년대부터 1960년까지 서울을 중심으로 활동하던 전국단위의 아동문학단체는 성인문학단체에 소속된 아동문학분과 체제로 운영되다가 1970년대에 이르러 독립적으로 분화해 나가기 시작한다. 하지만 당시 아동문학분과위원장이 누구였는지는 위에서 인용한 글뿐만 아니라 다른 어디에서도 확정된 기록을 발견할 수가 없다. 이름이 거론되고는 있지만 출처가 불분명하고, 정확한 시기를 알 수 없기 때문에 현재로서는 그 계보를 정리하기가 어려운 형편이다. 따라서 1950년대~60년대 아동문학분과위원장에 대한 계보학적 고찰은 이 연구가 풀어가야 할 주요한 과제인 셈이다.

---

17 원종찬, 앞의 책, 144~145쪽.

지금까지가 문단 권력에 관한 연구사 검토를 통한 문제 제기라면 이러한 권력이 문예지, 전집 등의 매체를 통해 접속하는 방식과 담론의 구체적인 양상을 살펴나가는 과정이 필연적일 것이다. 특히 1960년대에 등장한 이 매체들 앞에는 '최초', '본격', '대표'라는 수식어가 빈번하게 사용돼 왔다. 이를테면 한국아동문학 최초로 어른을 대상으로 한 순문예지 『아동문학』, 한국아동문학의 본격적 전집의 시대를 연 『한국아동문학독본』과 『한국아동문학전집』, 한국아동문학을 대표하는 개론서 『아동문학개론』이 모두 1960년대의 산물이다. 그런데 이러한 매체들 역시도 성인문단과의 상호작용을 통해 구축되는 1950년~60년대 아동문학장의 형성과정을 통해 온전한 이해가 가능하다. 『아동문학』의 편집위원은 물론 전집 『한국아동문학독본』과 『한국아동문학전집』의 출간주체, 『아동문학개론』의 문학사관도 마찬가지이다.

먼저 전집 연구에 주목하는 이유는 전집의 서사 구성이 정전의 목록과 밀접한 연관성이 있기 때문이다. 전집의 서사를 구축한다는 일은 단순히 작품 목록을 선별한다는 의미를 넘어 '위대한 작품'에 대한 심미적 기준을 마련한다는 점에서 그 자체로 권력 행위에 해당한다. 지금까지 한국아동문학전집 연구는 조은숙, 장수경에 의해 해방 이후부터 1970년대까지 진행된 정도가 전부라 해도 과언이 아니다. 조은숙은 「해방-1950년대 중반까지 한국아동문학전(선)집 편찬과 정전화」에서 『조선동요전집』(1946), 『소파동화독본』(1946), 『현대한국아동문학선집』(1955)을 통해 해방 이후 정전화가 이루어지는 핵심적인 지점들을 꼼꼼하게 짚어나갔고, 「1970년대 한국아동문학전집 편찬과 '해석정전'의 형성」에서는 1970년대 전집의 해설 텍스트에 나타난 담론 형성의 양상을 탐색하였다. 또한 장수경은 「아동문학전집에 나타난 문화적 상상력과 정전 구성에 대한 욕망」에서 을유문화사에서 나온 『한국아동문학독본』에 담긴 편집주체의 정전화의 욕망과 1960년대 한국아동문학의 정본으로서의 역할을 분석적으로 제시하였고, 「해방 후 방정환전집과 강소천전집의 존재 양상」에서는 개인전집을 통해 방정환과 강소천이 정전 작가의 위상을 획득하는 양상을 탐색하였다.

두 연구자의 이러한 실적은 전집을 통해 정전화의 양상을 파악할 수 있는 단초를 제공했다는 점에서 귀중한 성과가 아닐 수 없다. 그런데 이 과정에서 1960년대 아동문학전집을 대표하는 민중서관의 『한국아동문학전집』이 연구 대상에서 빠져 있는 것은 아쉬운 부분이다. 각각의 전집은 독립된 실체가 아닌 서로 마주 보는 비교 대상으로 삼을 때 진정한 의미소(semanteme)를 마련할 수 있기 때문이다. 장수경이 「아동문학전집에 나타난 문화적 상상력과 정전 구성에 대한 욕망」에서 주장했듯, 『한국아동문학독본』은 1960년대 편집주체들의 정전화 욕망이 강하게 응집된 결과물임에는 분명하다. 그러나 을유문화사본을 정본으로 평가하기에 앞서 당시 정전화의 욕망이 순수주의문학론을 정립시키는 과정 위에 있었다는 문제의식을 견지할 필요가 있겠다.

이러한 맥락에서 민중서관본과 을유문화사본은 문범(文範)의 형성과 이를 두고 전개된 문단의 경쟁적 산물로 이해할 필요가 있다. 그동안 민중서관본은 체계적이지 못한 목록 구성과 상대적으로 뒤떨어지는 이름값(name vaule)으로 인해 제대로 된 검증조차 받지 못한 측면이 있었다. 물론 질적으로 을유문화사본을 뛰어넘는다고 보긴 어렵겠지만, 적어도 문단 권력과 담론의 경쟁 구도 위에서 민중서관본이 주목받을 가치는 충분해 보인다. 두 전집의 세력 기반이 1950년대 문단 권력과 어떻게 연결되는지, 그리고 두 전집의 차별화된 편집 방침에 담긴 의미와 문학사적 위치는 이 글이 풀어가야 할 과제가 될 것이다.

다음으로 1960년대에서 전집과 더불어 가장 상징적인 성과물이라면 잡지 『아동문학』의 등장과 아동문학 최초의 개론서 『아동문학개론』의 발간을 꼽을 수 있을 것이다. 이 둘은 1960년대 문학 담론의 형성은 물론 이후 시대별로 지배 담론이 전유되는 양상을 가늠하기 위해서도 꼭 다루어야 할 연구 대상이다. 문예지와 개론서는 아동문학에 대한 원론적인 정의는 물론 세부 장르를 통어하고, 나아가 아동문학사의 기초를 다진다는 점에서 지식담론의 핵심이기 때문이다. 여기서 생성된 담론이 해석정전으로 지금까지 전유되고 있는 사실만 보더라도 충분히 이해할 수 있다. 이를테면, '순수문학=본격문학'이요 '『아동문학』지는 본격 아동문학의 시작'이라는 선언이 우리 아동문학사 기술에서 아무런 저항 없이 안착되는 데에는 이재철의 『아동문학개론』이 절대적이라고 해도 과언이 아니다.

> 비평부재의 모순을 극복하기 위한 몸부림은 60년대 초기를 넘어서면서 본격문학 건설의 여건 조성과 병행하여 시작되었던 것이니, 그것은 곧 순수아동문학 전문지 『아동문학』의 창간을 계기로 실현의 기미를 보여 주기 시작했다. (…) 당시까지 아동문학이 문화 운동적 기능을 벗어나지 못한 통념에서 문학으로서의 기능을 되찾은 중대한 전기를 마련해 주었다는 점에서 의의가 컸다. 뿐만 아니라, 비평 이전에 이미 확립되어 있어야 할 이론적 바탕을 전혀 갖지 못한 당시의 형편으로 본다면, 오히려 이러한 이론의 구축이 곧 원리론적 비평의 한 형태로서 그 최초의 출발점이 되게 하는 것이다.[18]

이재철은 『아동문학』의 창간을 본격문학의 시발점으로 평가하고 있으며, 이러한 관점은 이후 연구자들을 통해 승계되어 오고 있다.[19] 이처럼

---

18 이재철, 『한국현대아동문학사』, 일지사, 1978, 584~585쪽.

19 장성유는 『아동문학』의 문학적 의의를 살피는 자리에서 "본격문학을 실현시킨 직접적 동기가 됐다"는 점을 꼽았다.(장성유, 「배영사 『아동문학』지 소고」, 『아동문학평론』 2006년 여름호, 261쪽.) 또한 장영미는 그의 논문에서 『아동문학』에 실린 평론이 아닌 작품을 분석 대상으로 삼았으되, 잡지에 대한 평가는 "아동문학관을 새롭게 정립하여 문학으로서의 아동문학에 접근하는 본격 아동문학 시대를 열어간 것"이라며 기존 평가와 궤를 함께 하고 있다. (장영미, 앞의 논문, 38쪽.)

1960년대를 본격문학의 시기로 선언하고, '『아동문학』이 중대한 전기를 마련해 주었다'라는 관점은 김동리가 줄기차게 주창해 왔던 〈순수문학=본격문학〉이라는 도식과 일맥상통한 부분이다.[20] 『아동문학』의 아동문학사적 의미는 이 연구를 통해 해결해야 할 과제이겠지만, 한 가지 분명한 사실은 『아동문학』이 1960년대 본격문학론의 증거로 활용되고 있으며, 여기에 대한 별다른 도전이나 의문조차 제기되지 않았다는 점이다.

논쟁의 무풍지대에 놓여 있기는 이재철의 『아동문학개론』도 마찬가지이다. 이미 20여 년 전에 순수문학론, 냉전적 사고 등 이데올리기적 편향성이 지적된 바가 있고,[21] 최근 학술대회에서는 아동문학사를 시대별로 점검함으로써 문학사 서술에 부분적인 재평가가 이어지고는 있다. 그러나 아직까지 이재철 문학사와 대립각을 세울 만한 저서가 존재하지 않는 것은 물론, 이재철 아동문학사론에 대한 철저한 연구 과정도 미비한 실정이다.

『아동문학개론』의 또 다른 기둥을 이루고 있는 아동문학의 정의도 재검토가 필요하기는 마찬가지이다. 특히 1960년대 '아동문학이란 무엇인가?'를 주요 테제로 삼았던 『아동문학』과 1967년 『아동문학개론』 초고판에 구현된 아동문학의 정의가 과연 어떤 연관관계에 있는지를 살펴봐야 할 필요가 있을 것이다. 『아동문학개론』 초고판은 1983년에 나온 개론서는 물론 1978년에 나온 『한국현대아동문학사』, 더 나아가 『세계아동문학사전』의 토대가 됐다는 점에서 각별한 의미를 지닌다. 지금까지 『아동문학개론』을 제목으로 한 연구는 신헌재의 「『아동문학개론』의

---

20 〈순수문학=본격문학〉 도식은 김동리에 의해 정립된다. "자본주의적 기구의 결함과 유물사관적 세계관의 획일주의적 공식성을 함께 지양하여 새로운, 보다 더 고차원적 제3세계관을 지향한 것이 현대문학정신의 본령이며, 이것을 가장 정계적으로 실천하려는 것이 오늘날 필자가 말하는 소위 순수문학, 혹은 본격문학이라 일컫는 것이다." 김동리, 「순수문학과 제3세계관—김병규씨에게 답함」, 『대조』 2권 2호, 1947, 8쪽.

21 원종찬, 「한국 현대아동문학사의 쟁점—『한국현대아동문학사』 다시 보기」, 『아동문학과 비평정신』, 창비, 2001.

특징과 의의」[22]가 전부일 만큼 그 명성에 비해 학문적 연구는 턱없이 부족한 실정이다. 특히 개론서는 문예지와 비교했을 때 지식담론 형성에 미치는 영향력이 한층 우위에 있기 때문에, 1960년대 아동문학사에서 반드시 짚고 넘어가야 할 대상이 될 것이다.

그리고 마지막으로는 1950년대와 1960년대를 통합적으로 접근하고 있는 본 연구의 특성상, 시대를 연계하고 있는 이유에 대한 설명을 덧붙여야 할 필요가 있겠다. 그 이유는 크게 두 가지로 요약할 수 있는데, 첫째는 단독정부 수립 이후 문단 형성의 과정에서 두 시기가 유기적 관계에 놓여 있기 때문이다. 앞서 언급한 바와 같이 1950년대와 1960년대는 아동문학단체가 본격적으로 분화하기 이전에 성인문학단체의 분과위원회로 운영되던 시기라는 공통점이 있다. 1960년대 아동문학분과위원장은 1950년대의 흐름 속에서 그 의미를 적확하게 파악할 수 있으며, 이는 대한민국 아동문학의 계보를 이해하는 데에도 중핵적인 과제가 될 것이다.

두 번째는 1960년대가 상징적으로 점유해 왔던 본격문학론에 대한 비판적 문제의식과 깊은 연관이 있다. 이재철의 아동문학사 관점으로 보면, 1950년대와 1960년대의 관계는 단절적인 시각이 지배적이다. 1950년대는 전쟁과 함께 모든 가치가 소멸해 버린, 카오스와 무의미의 시대로 고착화된 반면, 1960년대는 비로소 반성과 성찰 위에 본격적인 문학이 발아된 시기로 규정돼 왔던 것이다.[23] 물론 전쟁체험에 대한 시간적 거리를 확보할 수 있다는 점에서 1960년대는 그 이전에 비해 문학적으

22 신헌재, 「『아동문학개론』의 특징과 의의」, 『아동문학평론』, 가을호, 2012. 그 외에는 『아동문학개론』이 발간 당시, 소식을 전달하는 수준의 글들이 몇 편 등장했을 뿐이다. 김요섭, 「아동문학개론」, 《한국일보》, 1967.11.7.; 정상묵, 「아동문학개론」, 『새교실』, 1967년 12월호.; 박경용, 「본격평론, '한국아동문학사'」, 『교육평론』, 1971년 1월호.

23 이는 1960년대를 어용주의, 교훈주의, 대중상업주의에 대한 반성과 극복의 시대로 설정하고 동화, 동시, 아동소설, 동극, 비평에 이르기까지 모든 분야에서 본격문학운동이 시작됐다고 주장하는 이재철의 문학사적 인식에서 벗어나지 못한 측면이 크다.

로도 좀 더 냉철한 접근이 가능해졌고, 4·19혁명을 겪으면서 민주적 시민의식이 싹트게 된 것도 사실이다. 하지만 1960년대의 차별적 우위는 순수문학 논자들이 주장하는 '본격문학의 시발점' 위에서 축조된 측면이 지배적이다. 문학 제도적 측면에서 1960년대가 현대적 면모를 갖추기 시작한 것은 부인할 수 없지만, 1950년대는 물론 해방 이전까지 평가절하할 만큼 주도적인 위치를 점하고 있는지는 되짚어 봐야 할 필요가 있을 것이다.

따라서 해방과 분단, 그리고 6·25전쟁으로 문단이 급격히 재편된 이후 아동문학 문단이 어떻게 변모해 왔으며, 이 과정에서 등장하게 된 이른바 '1960년=본격문학'론의 실체가 무엇인지를 규명하기 위해서는 1960년대뿐 아니라 1950년대와의 연속적인 접근이 긴요할 수밖에 없는 것이다.

2. 연구 방법 및 범위

전술한 바와 같이, 이 논문의 목적은 1950~1960년대 아동문학장의 성격과 그 형성과정을 규명하는 데 있다. 기본 논제는 아동문학장의 형성과정을 밝히는 것이지만, 본고의 특수성은 '1950~60년대'라는 시기 설정과 '성인문학의 관련성'을 토대로 한 접근 방식에 있다. 문학장을 살핀다는 것은 해당 장을 구성하는 동인들의 내용과 그들의 상호작용, 그리고 재생산의 양상까지를 함께 파악하는 것이다. 이 글에서는 그 핵심 동인을 문인단체, 문예지, 문학개론서, 전집으로 설정하고 그 긴밀한 상관관계를 탐색해 나갈 것이다.

그러기 위해서는 '문학장'의 개념부터 정리하고 넘어갈 필요가 있겠다. 주지하듯 문학장은 부르디외(Pierre Bourdieu)에 의해 본격적으로 사용된 용어로, 문학작품의 생산과 변화가 이루어지는 헤게모니 투쟁의 공간을 일컫는다. 문학의 장은 기존세력의 관계를 변형하거나 유지하려는 목표를 가지고 움직이는 힘과 특수한 형태의 권력과 위신을 추구하는 투쟁이 공존하는 장소인 것이다.[24] 문학장 안에서 이루어지는 정치적 발언이나 작품에 대한 평가 등 모든 것은 객관적 결과가 아닌 영구적 갈등의 산물로 받아들여진다.[25]

따라서 문학 연구에서 '장(場)'의 개념을 사용할 때는 이러한 동적 대립구도와 투쟁 과정을 주목하고자 하는 의도가 담겨 있다. 문단이라는 상황도 장의 개념으로 맥락화하면 동질적 집단이나 통합체라는 사전적 의미보다는 권력의 쟁취와 투쟁적 의미가 부각되며, 담론 역시도 지배적 담론과 그에 저항하는 담론까지 두루 포괄하는 기호로 전환된다.

이렇듯 역동적인 운동성이야말로 장이론의 핵심이라 할 수 있다.[26] 그렇다면 문학에서의 장이 다른 영역들과 구분되는 특징은 과연 무엇일까. 브르디외는 문학장이 다른 장에 비해 고유의 영역이 확고하지 않다는 점을 지적하고 있는데, 이는 달리 말해 외부적 요인이 장 형성에 많은 영향을 미치게 된다는 것을 의미한다.

> 문학적이거나 예술적인 장들은, 특히 대학 장과는 달리 **아주 약한 코드화**의 정도로, 그와 동시에 그 경계들의 **극단적인 유연성**과 그들이 제공하는 위치들 정의의 극단적인 다양성, 그리고 동시에 **거기에서 부딪치는 합법성의 원칙들의 다양성**에 의해 특정된다. 여기에서의 행위자들의 속성들을 분석해보면, 그 장들이 경제적 장에서처럼 높은 단계의 유산으로 물려받은 경제적 자본도 대학장

---

24 현택수, 『문화와 권력』, 나남, 1998 참조.
25 삐에르 부르디외, 하태환 역, 『예술의 규칙』, 동문선, 1998, 305~306쪽.
26 문학장은 하나 이상의 자본과 담론들의 상호작용을 통해 구성되며, 이들의 가장 큰 특징은 역동성이라 할 수 있다. 김준현, 「전후 문학 장의 형성과 문예지」, 고려대 박사학위논문, 2008, 2쪽.

에서처럼, 또는 고도의 공공 기능을 가진 권력 장 분야들에서처럼 높은 단계의 학력적인 자본도 요구하지 않는다는 것을 확인할 수 있다. (강조-인용자)[27]

위 인용문의 요지는 문학장이 다른 장에 비해 이질적 요소들에 의해 침범될 수 있는 가능성이 한층 높다는 것이다. '매우 약한 코드화', '극단적 유연성'은 이러한 특수성을 함축적으로 보여준다. 그런데 그 다음에 이어진 '합법성 원칙들의 다양성'이란 표현이 다소 모호하다. 합법성이란 말 그대로 규범에 일치하는 성질이고 명료함과 절대성을 내포하는 말인데, 그 원칙들이 다양하다는 것은 기실 모순된 어법에 가깝기 때문이다. 다른 장에 비해 코드화의 정도가 약하다고는 하나 문단 역시도 나름의 규범과 동질성을 기반으로 구축된 집단인데, 그 규범의 원칙이 다양하다니 언뜻 이해하기 어려운 게 사실이다.

이 모호한 표현에 대한 해석은 예술 구성원들이 그룹을 형성하는 원리를 설명하는 대목에서 사용된 '아비투스'를 통해 가능할 듯하다. 무릇 문단이란 일차적으로는 직업적 문인들의 사회적 조직을 가리키지만, 다른 한편으로는 비문학적인 것으로부터 '문학적인 것'을 구분하고 일정한 문학적 가치를 설정하여 작품을 통해 그것을 퍼뜨리는 '제도화된' 집단의 일종이다. 그런데 부르디외의 주장에 따르면 이 제도화는 아비투스라고 말하는 예술그룹 성원들의 사회적 출신, 학력, 성향 등을 동질적인 것으로 구조화함으로써 이루어진다.[28] 즉 문단이라는 동질적 요소의 구조화는 문학적 지향 혹은 정치적 이념과 같은 단일한 조건을 통해 형성되는 것이 아니라 학연, 지연, 우연한 친분, 개인적 성향 등과 같이 다양한 맥락과 통해 있는 것이다. '합법성의 다양성'도 이러한 측면에서 이해할 수 있다. 그동안 맑스주의를 기반으로 한 문학 연구가 경제자본

27 현택수, 앞의 책, 297쪽.
28 조은창, 「1950년대 문학장의 재형성과 현대문학지 연구」, 성균관대 석사학위논문, 2009, 8~9쪽.

과 계급분화를 지나치게 단선적으로 연결하거나 이데올로기에 함몰되는 경향이 강했다면, 부르디외 이론의 장점은 한층 다양한 맥락—학력과 연령, 성별, 출신지역, 정치적 연줄—을 고려하고 있다는 점이다.

특히 그는 사회자본이 갖는 영향력이 문화, 경제, 상징자본으로 전화(轉化)될 수 있는 가능성에 주목하였다. 특정 집단에 소속되는 것 자체가 사회자본을 의미하는 것인데, 여기에는 개인적 성향·기질과 같은 이념적 동질성과 더불어 인맥과 학맥 등 '특정한 자질'[29]이 요구된다는 것이다. '특정한 자질'이란 클럽, 동창회와 같은 각종 사교조직, 여가활동 등을 함께할 수 있는 것처럼, 특정 집단에 소속될 수 있는 일종의 자격 요건을 의미한다. 그리고 이러한 자질은 자연적으로 주어지는 것이 아니라, 지속적인 갱신과 유지 작업을 필요로 하며, 이 과정은 상징권력의 승인과도 밀접한 연관성을 갖는다.

이러한 부르디외 이론은 문학장이라는 전체적인 접근 방식은 물론 1950년대 이후 문단 형성 배경과 남한 문단의 주류 문인들이었던 문협 정통파와 아동문학 주체들이 교통하는 맥락을 설명하는 데 유효한 참조틀을 제공한다. 거대담론의 차원에서 반공이데올로기와 순수문학이 우익 문단이 결집할 수 있는 구심점이 됐다는 점도 물론 중요하지만, 좌파라는 대타항이 사라진 이후 우익 내부가 분화하기 시작하면서부터 개인이 가지고 있는 사회자본이 문단 형성 과정에 적지 않은 영향력을 행사했다는 점을 놓칠 수 없기 때문이다. 특히 성인문학의 주류인 남한 출신과 6·25전쟁 이후 아동문학의 주류로 부상한 북한 출신 작가들과의 관계성을 규명하기 위해서는 이념적 동질성과 함께 이들이 사회적 관계망을 형성하게 된 계기를 짚어볼 필요가 있는 것이다. 이것은 문협파와 아

---

29 전통적인 맑스주의가 경제자본과 계급분화를 지나치게 단선적으로 연결시키고 있다는 한계를 브르디외는 학력이나 출신지역, 연령, 성별들을 중요한 변수로 고려함으로써 한층 진전된 이론으로 인정받고 있다. 삐에로 부르디외, 장일준 역, 『상징폭력과 문화재생산』, 새물결, 1995, 29~36쪽 참조.

동문학 주류의 연관성은 물론 전집과 문예지의 배경 세력을 설명해 줄 수 있는 중요한 단초가 될 수 있을 것으로 보인다.

이에 2장은 반공주의와 학연, 지연 등을 토대로 한 사회자본이 성인문학의 주류 세력들과 연계되면서 강력한 힘을 발휘하게 되는 상황들을 살펴보면서, 동시에 아동문학단체장의 계보와 권력 구도를 실증적으로 고찰하고자 한다. 이 시기 아동문학단체장은 성인문단에 소속된 상황이었고, 특히 1960년대 이후에는 문인협회 이사장 선거를 둘러싼 헤게모니 투쟁이 아동문학 장에도 서서히 영향을 끼치기 시작한다. 이사장 선거의 헤게모니 투쟁이 본격적으로 시작된 1970년대는 공교롭게도 아동문학 단체가 독립적으로 분화되는 시점이어서 김동리 체제와의 관계성이 어떤 흐름으로 전개돼 나가는지를 확인할 수 있을 것이다. 그런데 이 장은 다분히 실증주의적 연구를 필요로 하는 영역이기 때문에, 기초 자료 수집에 대한 한계가 적지 않다. 따라서 현재의 아동문학 자료는 물론이고, 신문 기사, 잡지 그리고 성인문학의 문단사를 통해 증거 자료를 수집하는 데 주력할 것이다.

3장에서는 아동문학 전집을 다룬다. 전집은 기본적으로 경제자본을 가진 출판사와 상징자본을 지닌 편집위원의 결합으로 이루어지는데, 문학 연구에서는 흔히 정전화의 욕망으로 접근된다. 전집의 서사를 구축한다는 일은 단순히 작품 목록을 선별한다는 의미를 넘어 '위대한 작품'에 대한 심미적 기준을 마련하는, 다분히 권력적인 행위이기 때문이다. 그렇다면 1950년대부터 1960년대까지 우리나라 전집의 서사 목록은 어떠한 변화를 거쳐 왔는가? 이를 알아보기 위해서 1955년에 발간된 『현대한국아동문학선집』, 1960년대를 대표하는 『한국아동문학독본』, 『한국아동문학전집』은 물론이거니와 1939년에 나온 『조선아동문학집』까지 검토해야 될 필요가 있다. 『현대한국아동문학선집』은 『조선아동문학집』과의 비교 분석을 통해 그 의미를 온전히 파악할 수 있기 때문이다. 두 선집은 문단의 재편과 함께 작품의 선별 기준이 어떤 큰 변화가 있었는지를 명확하게 보여 줄 것이다.

한편 『한국아동문학독본』, 『한국아동문학전집』은 차별화의 대상으로서 비교연구를 통해 살펴볼 것이다. 『한국아동문학독본』과 『한국아동문학전집』은 전집의 시대라고 하는 1960년대의 출판 현상을 가장 단적으로 보여주는 예시이자, 한국 아동문학 전집의 원형을 탐색할 수 있는 대상이다. 특히 두 출판사의 편집주체가 상호 대립적인 관계에 있음에 주목하고자 한다. 아직까지 두 전집의 비교 연구는 물론 『조선아동문학집』, 『현대한국아동문학선집』을 통시적으로 고찰한 연구가 없다는 점에서 나름의 의의를 지닐 것으로 보인다.

마지막으로 4장은 1960년대 본격적으로 생성되기 시작한 아동문학 담론의 형성과 전유의 양상을 살핀다. 1절에서는 『아동문학』을 중심으로 문예지의 발간주체가 맺고 있는 자본의 관계를 살펴보고, 편집위원들이 아동문학 담론을 형성하는 데 어떤 영향력을 발휘하고 있는지를 탐색해 나갈 것이다. 『아동문학』 발간 배경과 편집위원 구성이 장을 움직이는 매체의 외적 동인(動因)이라면, 이 문예지의 편집체계와 이념적 지향, 담론의 양상은 내적 동인(動因)이라 할 수 있다. 이 과정에서 지배담론이 내포하고 있는 실제적인 의미와 비판 담론의 징후들을 중점적으로 탐색해 나갈 것이다.

마지막으로 4장 2절에서는 한국 아동문학의 이론적 규범을 마련한 이재철의 『아동문학개론』을 다룬다. 이 저서는 문학과 장르적 성격을 통어하는 개론서 본연의 기능은 물론 아동문학사와 작가론, 세계아동문학에 대한 정보까지 매우 포괄적인 범위를 다루고 있다. 이 연구에서는 크게 문학사관과 아동문학 담론으로 나누어 살펴보고자 하는데, 1967년에 나온 『아동문학개론』 초고판만으로는 논의가 제한적일 수밖에 없을 것이다. 따라서 초고판으로부터 15년 후에 나온 개고판은 물론이고 『한국현대아동문학사』까지도 포함해서 문학사관과 아동문학 담론의 전개 양상을 살펴보고자 한다.

제2장_1950~1960년대 한국아동문단의 형성과정

1. 아동문학과 성인문학 주체의 결합 양상
2. 문단의 통합과정과 아동문학 지형의 변화

/ 제2장 /

1950~1960년대 한국아동문단의 형성과정

1. 아동문학과 성인문학 주체의 결합 양상

1) 반공주의를 통한 동일성[1]의 형성

(1) 문협정통파와 반공주의의 길항관계

단독정부 수립 이후 남한은 반공규율사회로 급속히 전환되며 사회는 물론 개인의 의식마저도 반공주의(anti-communism)에 의해 구조화되는 과정을 거치게 된다. 사회 규율 체제로서의 반공주의가 문단 지형의 전복을 가져온 것은 물론이다. 해방 정국에서 일제 잔재의 청산과 새로운 사

1 프랑스의 철학자 레비나스가 타자(the other)와의 관계성을 설명하는 데 도입한 개념은 동일자이다. 기본적으로 동일자는 자기는 물론 자기 근처의 남들도 자기와 같아야 한다는 '동일성'을 지향한다는 것이다. 그러나 동일자가 동일성 안에서 의미가 해석되고 있고, 일반적으로 통용되는 용어라는 점에서 이 글에서는 '동일자' 대신 '동일성'으로 사용하고자 한다. 레비나스는 동일성 개념을 네 가지로 종류로 사용하고 있는데, 첫 번째는 개인의 의식 또는 인격의 동일성이고, 두 번째는 논리적 사유의 보편성, 세 번째는 사물의 자체 동일성, 그리고 네 번째는 주체와 객체의 매개에 의한 동일성이다. 이 글에서 '동일성'의 의미는 네 번째에 해당하는 것이다. (여기에 대해 자세한 내용은 강영안, 『타인의 얼굴: 레비나스의 철학』, 문학과지성사, 2005를 참고하기 바람.)

회 건설을 나타내는 지시어로 빈번하게 사용돼 왔던 '민족'과 '민주주의' 개념도 이제는 모든 공산주의를 배제하는 대타항적 개념으로 확고하게 자리를 잡는다.

이러한 대북 반공주의는 6·25전쟁을 거치면서 한층 강력해진다. 전쟁에 대한 공포와 혐오로 인해 공산주의는 모든 재난의 원천이라는 의식이 집단 공유되었고, 문화계 역시도 공산주의에 대한 즉각적 반발을 소재로 한 활동들이 주를 이루게 된 것이다. 1955년 조연현이 『문학예술』에 발표한 글에는 그가 역사를 바라보는 관점이 6·25전쟁을 기점으로 얼마나 변모했는지를 여실히 보여준다.

> 일반대중을 기만하고 민족진영의 문인들을 형식적으로라도 포섭하기 위해서는 전술상 공산주의문학이라는 분명한 사기를 내세우지 말고, 누구나 속기 쉬운 민족문학건설이라는 대의명분아래 한국의 전작가를 가담시키는 것이 더욱 유리하다는 것이었다. (…) 붉은 괴뢰인 문건이 발족인 ?개월후인 9월 17일 역시 **붉은 괴뢰인 카프파들이 중심이 되어 '○○○○○○○○○문학동맹'**을 결성한 것은 적색괴뢰들의 내분의 첫 출발점으로서 흥미있는 구경거리였다.
>
> 그것은 대다수의 문인들이 그 당시에 결정적인 우위를 차지했던 좌익세력에 무비판적으로 타협해 간 때문이었으며 그 또 하나의 이유는 괴뢰 문건의 사기에 대다수 문단인들이 속아 넘어간 때문이기도 했던 것이다. (강조-인용자)[2]

문협을 대표하는 평론가였던 조연현은 해방기 문단을 회고하는 이 글에서 '문맹'을 '붉은 괴뢰'로, 문맹의 모든 활동을 사기로 규정하고 있다. 불과 몇 해 전인 1949년 김동석과 '순수의 정체'를 두고 논쟁을 벌일 때와 비교하면 발언의 수위가 한층 강해진 셈이다. 6·25전쟁 이전까지 공

---

2 조연현, 「해방 문단 10년사」, 『문학예술』 1955년 2호, 127쪽.

산주의는 반목의 대상이거나 극복의 대상이었지만 이제는 더 이상 논쟁과 논파의 대상이 아닌 무조건적 거부의 대상 즉, 주적(主敵)으로 자리잡게 된 것이다. 문맹을 붉은 괴뢰나 사기 집단으로 규정한 것은 해방 공간에 대한 해석을 반공이데올로기로 소급 규정한 결과라 할 수 있는데, 조연현이 쓴 『한국현대문학사』(1961)는 이러한 관점의 산물이라 할 수 있다.

한편 문협 논자들은 반공주의를 정치적 기반으로 삼아 자신의 거취를 확실하게 조직해 나간다. 겉으로는 문학을 정치로부터 뚝 떨어뜨려 놓는 탈정치를 주장하였지만, 실제 순수문학론은 문학 및 현실과 관련된 문학이념 수립과정에서 반공주의를 토대로 강력한 제도적 실정력을 확보하며 그 위력을 발휘한다.[3]

순수문학만이 정통이라는 주류의식은 다른 문학관을 모두를 타자화시키는 행위와 다를 것이 없었다. 여기에서 타자는 일차적으로 공산주의 세력을 의미하는 것이지만, 안으로는 자신들과 다른 문학관을 지닌 문인들까지 포괄하였다. 우익 진영 문단의 단일화를 내걸었던 한국문학가협회의 결성도 결과적으로는 문인 내부의 위계 질서를 세우는 역할을 수행하였고,[4] 문단의 중심부는 청년문학가협회의 핵심 멤버들이 장악함으로써 비로소 문협정통파 중심의 문단 재편을 완성하기에 이른다.

문협정통파의 문단헤게모니 장악은 '순수문학=민족문학'이라는 논리가 주류적 문학담론으로 격상되는 과정이기도 했다. 순수문학과 민족문학을 동일시함으로써 순수문학에 대한 비판이 민족문학을 부정하는 것이요, 더 나아가 자유민주주의를 침해하는 반애국 세력으로 규정하려는

3 김동리의 순수문학론과 반공주의 정치권력과의 상관성에 관한 논의는 김윤식의 『김동리와 그의 시대』(민음사, 1995), 권영민의 『한국현대문학사』(민음사, 2002), 김진기의 『반공주의와 한국 문학의 근대적 동학Ⅱ』(한울, 2009)을 참고하기 바람.

4 이봉범, 「단정수립 후 전향의 문화사」, 『반공주의와 한국 문학의 근대적 동학Ⅱ』, 한울, 2009, 119~120쪽.

정치적 의도가 농후했던 것이다. 반애국은 공산주의 세력과 연대하거나 사상적으로 추종하는 이들, 즉 빨갱이 무리를 일컫는 지시어나 다름없었다. 그러니까 1950년대 '공산=폭력=비민족↔반공=애국=민족'이라는 등식은 의심의 여지조차 없었고, 이러한 논리는 1950년대까지 지속적으로 순수문학론[5]을 통해 이론화되고, 문학 작품을 통해서 재현되는 양상을 보인다.[6] 이렇듯 해방 이후 태동한 순수라는 문학이념은 대한민국 정식정부 출범(김동리의 표현)과 함께 정통성을 부여받으며, 반공주의의 자장 안에서 1950년대에 강력한 정치적 권력을 행사한다.

승승장구했던 문협의 위상은 1960년 4·19혁명을 기점으로 큰 위기에 봉착한다. 그러나 기득권이 흔들렸던 것도 잠시, 이듬해 일어난 5·16쿠데타는 이들에게 새로운 기회로 작용한다. 정치와 문학의 유착관계가 1950년대보다 한층 심해졌다는 비판이 제기될 정도였는데, 이는 박정희와 주류 문단세력의 이해관계가 정확하게 맞아 떨어진 결과였다. 박정희 정권은 '5월 문예상',[7] '신인 예술상'을 만들어 파격적인 상금을 시상하는가 하면 한국문인협회를 중심으로 문학강좌, 시화전, 문인극이 열릴 수 있는 재정 지원도 아끼지 않았다. 자유당 정권 때도, 민주당 정권 때도 문단의 원로 중진급 문인들이 정부 고위층을 면담해 문화 예술에 대한 정책적 배려를 호소한 일이 있었지만 일방적 구애에 끝나고 말았던 문인들로서는 군사정권과 그 뒤를 잇는 공화당 정권의 출범이 내심 반

5 김동리는 "순수문학이란 문학의 본령이다"라고 규정하면서 민족문학과의 동일시를 거쳐 세계문학까지 의미를 확장해 나간다. "순수문학이란 한마디로 말하면 문학정신의 본령정계의 문학이다.(…) 순수문학과 민족정신이 기본되는 민족문학과의 관계란 벌써 본질적으로 별개의 것일 수 없다는 것을 알 수 있다. 우리가 목적하는 민족문학이 세계문학의 일원으로서의 민족문학인 것처럼, 우리의 민족정신이라는 것도 세계사적 휴머니즘의 일환인 민족 단위의 휴머니즘으로 귀결될 것이며, 이러한 민족단위의 휴머니즘을 세계적인 각도로 내포하고 있는 것이 오늘날 순수문학인 것이다." 김동리, 「순수문학의 진위」, 《서울신문》, 1946.9.15.

6 빨갱이라는 비국민 배제를 통한 반공국민만들기의 과정은 오영진, 김동리, 김이석, 차범석 등을 통해 재생산된다. 이에 대한 자세한 논의는 남원진의 「반공 네셔널리즘 그리고 대한민국 역사를 문학으로 번역하기」(『반공주의와 한국 문학의 근대적 동학Ⅱ』)를 참조하기 바람.

7 1964년 제1회 '5월 문예상' 수상자는 김동리였다.

가웠을 게 자명했다.[8]

그렇다면 군인 출신의 박정희가 이토록 문인들에게 지대한 관심을 보였던 까닭은 무엇일까? 여기에는 다양한 논거들이 제출되고 있지만, 그 중에서도 반공주의 세력 기반이 취약했던 박정희가 자신의 정체성 확보를 위해 반공 애국세력과의 연대가 필요했다는 의견이 지배적이다. 주지하듯 집권 초기 박정희는 미국과 남한 우익으로부터 '좌익' 혐의를 받고 있었고, 정체성 불안에 시달렸다. 이 점이 바로 1960년대 박정희식 반공주의가 이승만 정권의 그것과 뚜렷하게 구별되는 지점이기도 하다. 자타공인 우익을 대표하던 이승만이었고 여기에 6·25전쟁이라는 즉각적인 체험을 통해 반공주의가 필연적으로 안착된 것이라면 박정희의 반공주의는 자신의 아이덴티티를 증명해내는 과정에서 보다 계획적이고 치밀하게 준비된 것이기 때문이다. 박정희의 정체성 불안이 반공주의의 과잉적 행태로 이어졌다는 게 중론이다. 남북대결, 간첩단 조작 사건 등을 통해 반공주의를 자기화하고 자기정체성을 반공/민족주의로 재구성해내기 위한 필사적 투쟁이었다는 해석도 여기에서 나온다.[9]

이러한 점에서 반공주의 세력인 문협파와 박정희 정권의 연대는 너무나 자연스러운 결과였다. 자신의 정체성 불안을 벗어나야 했던 박정희에게나 정권과의 순응관계를 통해 안정적인 기반이 필요했던 문협에게나 모두 공생해야 하는 확실한 이유가 있었던 것이다. 그리고 이러한 공생은 단순한 동거가 아닌 생존 방식의 동질성을 의미하는 것이기도 했

8 군사정권과 그 뒤를 잇는 공화당 정권은 그 은밀한 목적이야 어디 있었든지 간에 문화예술에 대해 해방 후 가장 적극적인 관심을 보인 정권으로 기록될 만하다. 정규웅, 「5·16과 문단통합」, 『글동네에서 생긴 일』, 문학세계사, 1999, 102쪽.

9 권보드래와 천정환이 함께 낸 책에는 1960년대 중반의 정국을 이렇게 묘사하고 있다. "'반공이 국시'라든가 '자수하여 광명 찾자' 따위 박정희 시대의 국가적 구호는 단지 '국민'을 겁박하기 위한 반공주의의 상투어가 아니었다. 이는 대한민국이 대한민국에게, 대한민국-국민이 대한민국-국민에게 하는 재귀적인 말이자 스스로의 다짐이다. 좌익이었거나, 좌익에 매력을 느끼고 동조한 적이 있거나, 좌익을 가족이나 친구로 둔 것은 다름 아닌 대한민국 전체였던 것이다." 권보드래·천정환, 『1960년을 묻다』, 천년의상상, 131쪽.

다. 박정희가 자신과 생각이 다른 무리들을 포괄적인 간첩으로 몰아가는 이른바 배제의 정치는 1960년대 중반 순수문학 진영에서 참여문학을 비판하는 논리와도 일맥상통하기 때문이다.

> 문학은 사회주의 사상뿐 아니라 어떤 한 사상의 단독의 통제도 받을 수 없는 것이다. 그와 동시에 문학작품은 무엇보다도 먼저 예술품으로서 성공한 것이어야 한다. 이런 생각들이 「순수시」를 말하는 시인 전부의 공통된 생각이었다.[10]

서정주가 순수시에 대한 개념을 피력한 이 장면은 20년 전, 『백민』(1948년)에 실린 조지훈의 순수시론을 떠올릴 만큼 청문협 시절의 그들의 논리를 고스란히 보여준다.[11] 다만 조지훈의 비해 서정주는 반공주의에 대한 의식을 더욱 적극적으로 드러낸다는 점에서 차이가 있을 뿐이다. 문학은 먼저 예술품으로 인정받아야 한다는 순수문학론의 기본 담론에 사회주의 사상을 특별히 거론한 것은 서정주의 이러한 성향을 잘 보여주는 대목이다. 또한 「사회참여와 순수개념」이라는 글에서도 "문학주의 예술주의를 거부하는 사회주의적 사회참여 정신은 또 그 필연적으로 민족주의까지를 적으로 삼았다."[12]며, 반공주의적 감각을 여실히 드러낸다.

이러한 배제와 선택의 논리는 1970년대 김동리, 조연현이 민족문학 진영과의 논쟁에서 그들을 '사회주의 세력'으로 몰아붙이는 데에도 동

---

10 서정주, 「한국 현대시의 사적 개관」, 『서정주 문학전집』, 1972, 131쪽.

11 "시인 각자가 제 개성 속에서 우러나오는 확고한 세계를 파악하여 새로운 인간성의 탐구에도 그의 문학적 생명의 모든 정열을 표출하기만 한다면 길은 천갈래라도 좋을 것이니 오히려 그렇게 함으로써 민족문학의 한 줄기 강물은 곤곤(滾滾)할 수 있는 것이다. 그러나 시인은 민족시를 말하기 전에 그냥 시 자체를 알지 않으면 안된다. 먼저 시가 된 다음 그것이 민족시도 되고 세계시도 될 수 있는 것이므로 시의 전통이 확립되지 못한 이땅의 시가 민족시로서 세계시에 가담하기 위하여서 먼저 일어날 것은 순수시운동이 아닐 수 없다." 조지훈, 「순수시의 지향—민족시를 위하여」, 『백민』, 1947.3, 166쪽.

12 서정주, 「사회참여와 순수개념」, 『우리 문학의 논쟁사』, 어문각, 1985, 40쪽.

일한 매카시즘으로 작동한다. 1978년 9월 김동리가 태창출판부가 주최한 강연에서 당시의 민중문학을 가리켜 "당신들은 사회주의적 무엇무엇을 신봉하는 자들이다"라고 규정하는 장면이나, 조연현이 「참여주의 문학에 대하여」, 「민족문학과 민중문학」이란 글에서 참여주의 문학에 내재하는 특정한 목적이 사실상 '사회주의 혁명'이 아니겠는가 하는 함의를 노골적으로 드러내는 장면이 모두 그러하다.[13]

해방 이후 우리 문학의 논쟁사가 가히 정치 공세의 장으로 변질된 것은 끊임없이 다른 한쪽을 배제함으로써 자신의 논리를 세워야 하는, 강력한 반공이데올로기가 작동한 결과라 할 수 있다. 해방 이후 태동한 순수문학은 반공주의의 이념 검증 속에서 문학사적 실재로서 가장 강력한 이데올로기로 작동했다. 그런 점에서 반공주의와 순수문학의 이념은 결코 상치되거나 회피하는 관계가 아니었으며 냉전적 사고와 논리를 적극적으로 활용해 구성된 것이었다.[14] 순수문학론이 1950년대 이후부터 60년대를 거쳐 그 이후까지 위력을 발휘했던 것도 반공이데올로기의 기반 위에서 가능한 것이었다.

따라서 반공주의는 순수문학의 제도화 혹은 정전화의 과정에서 핵심 인자(因子)임에 분명하다. 문협파가 이승만, 박정희 정권과 순항관계를 유지할 수 있던 것도, 국정 교과서를 통해 문협파의 미학이 확대, 과장케 될 수 있던 것도 이념적 동질성이 있기에 가능한 것이었다.[15]

---

13 이동하, 「한국 비평의 재조명3—김동리와 '사회주의적 사실주의' 논쟁」, 『한국문학과 비판적 지성』, 새문사, 1996, 87쪽.

14 유하, 「'순수'의 문학적 기반」, 『반공주의와 한국 문학의 근대적 동학Ⅱ』, 49쪽.

15 반공에 대한 날카로운 의식이 문협정통파의 미학을 확대, 과장케 하는 상황으로 전개될 수 있었다. (김윤식, 「문학교육과 이데올로기—국어교과서의 역사성 비판」, 『난대이응백박사고희기념논문집』, 한샘, 1992, 184쪽.) 정재찬, 앞의 논문 재인용.

(2) 반공주의와 아동문학 핵심 주체의 위상 변화

남북분단과 6·25전쟁 이후 1950~60년대 남한 아동문학장의 중심을 이끌어 온 작가는 윤석중, 마해송, 강소천, 김영일, 이원수로 요약할 수 있다. 이들을 지역코드 중심으로 나눈다면 윤석중, 마해송, 이원수는 남한 출신, 강소천과 김영일은 북한 출신이다. 특히 이 시기 아동문학장 형성에서 가장 특이한 점이라면 북한 출신 작가들의 비약적인 성장이다. 주지하듯, 북한 출신이 남한 사회로 편입하는 데 있어 가장 확실한 방법은 반공주의를 통해 이념적 동질성을 증명하는 일이었다. 특히 해방 직후 경찰 간부로 있으면서 이미 우익적 입장이 선명했던 김영일에 비해, 혈혈단신 남으로 내려 온 강소천은 이념적 동질성을 확보하는 문제가 더욱 다급한 과제였을 것이다. 오히려 김영일은 일본 고등계 형사로 있었기에 친일 반민족행위자로 인민군의 우선적 처단 대상자였을 가능성[16]이 농후하다는 점에서 마해송과 공통분모가 두드러진다. 친일에 가담한 정도를 떠나, 그 혐의만으로도 두 사람이 반공을 수용하는 계기는 충분했을 것으로 보인다. 한편 반공주의와는 무관하게 여겨져 왔던 윤석중도 최근 연구를 통해 비참한 가족사가 드러나면서 그의 내면 깊숙한 곳에 잠재해 있던 사회주의 콤플렉스가 주목을 받고 있다. 그러함에도 윤석중, 마해송, 강소천, 김영일은 6·25를 전후로 문단에서 확실한 기반을 다져나간 반면, 해방공간에서도 좌파적 혐의로부터 자유롭지 못했던 이원수와 이주홍은 상당한 고비를 맞게 된다. 특히 해방 공간에서 주류의 핵심부에 있던 이주홍은 단독정부 수립 이후 중앙문단과는 거의 결별한 채 스스로 비주류의 길을 선택한다. 그러고 보면 그 계기성은 각기 다르지만, 어느 누구도 반공주의에 속박되지 않은 이가 없었던 셈이다. 그렇

---

16 선안나, 「1950년대 아동문학에 나타난 반공주의」, 앞의 책, 145~146쪽 참조.

다면 '좌파, 친일, 가족사, 월남'으로 분류되는 이러한 개인 이력들이 반공주의의 자장 안에서 어떤 방식으로 굴절되었으며, 이들이 남한 문단에서 자리매김하는 데 과연 어떠한 영향을 주었던 것일까?

먼저 좌파적 성향의 작가로 분류됐던 이주홍과 이원수는 문단 재편 이후 운신의 폭이 줄어드는 게 당연했다. '국민보도연맹'과 '전향문화인'은 당시 두 사람이 처한 상황을 극명하게 대변해 주는 말이다. 대한민국 수립 이후 정부는 전향한 공산주의자를 선도, 규제하기 위해 일제가 만들었는데, 이때 '사상보호관찰법'과 유사한 법체계를 가진 국민보도연맹을 만들고, 사상적 전향을 통해 대한민국 국민으로 거듭나겠다고 다짐한 이들을 '전향문화인'으로 일컬었던 것이다. 이봉범이 제시한 명단을 보면, 1949년 보도연맹이 발표한 전향문화인 200여 명 중에는 이주홍과 이원수도 포함돼 있는데,[17] 그렇다고 이들 명단에 있는 사람들 모두가 공산주의자는 아니었다. 엄밀히 말해 좌파라기보다는 비판적 성향의 문화적 중간파가 대부분이었다고 보는 게 적절할 듯하다. 김기림, 박태원, 정지용, 송완순, 설정식, 김용호 등을 제외한 상당수는 해방 직후 좌파 문화조직에 잠시 몸담았던 전력 정도가 고작이었기 때문이다. 그러니까 같은 전향문화인 안에서도 해방 정국에서 좌파 단체에 얼마나 깊이 관여했느냐에 따라 눈에 보이지 않는 등급이 존재했던 셈이다.

그렇다면 이원수와 이주홍은 과연 어느 정도 위치에 놓여있던 것일까? 두 사람은 공교롭게도 친일 혐의가 있는 좌파 아동문학가라는 공통점이 있다. 작품의 편수나 적극성의 여부를 떠나 두 사람의 친일 행적은 뚜렷한 과오로 지적하지 않을 수 없다. 이주홍은 친일 잡지였던 『동양지광』[18]에 수필 「반곡선생과 그의 제자들」(1942.12), 「청년과 도의」(1943.7)

---

17 이봉범은 전향문화인의 규모를 200명 정도로 추산하면서 그 명단을 제시했는데 이 중에는 정지용, 이원수, 송완순, 최병화, 윤복진, 이순애가 포함돼 있다. 이봉범, 앞의 글, 95쪽.

18 『동양지광』은 3·1운동 때 독립선언서를 낭독한 33인 중 한 명인 박희도가 변절하여 1938년 1월 발간한 일문 월간지이다.

등을 비롯해 단편소설 「지옥안내」와 다수의 시를 남겼고, 이원수 역시 1942년 조선금융연합조직회의 국책 기관지인 『반도의 빛』이라는 월간 잡지에 학도병 지원을 찬양하는 「지원병을 보내며」 등 5편의 시를 게재한 이력이 있다. 당시에 이러한 이력이 얼마나 알려졌는지는 확인하기 어렵지만, 두 사람 각자에게 상당한 핸디캡으로 작용했을 것은 분명하다. 그런데 이런 경우 대부분은 반공주의를 적극적으로 내면화하는 방식으로 새로운 질서에 편입하는 게 일반적인데, 두 사람은 시종 반공주의를 거부하는 위치에 있었다는 점에 주목할 필요가 있겠다. 요컨대 친일이라는 불리한 이력을 반공주의를 적극적으로 수용함으로써 위기를 타계해 나갔던 김영일, 마해송과는 사뭇 다른 노선을 선택하게 된 것이다. 이는 차후 전개되는 아동문학장에서 리얼리즘 계보를 이어가는 중요한 변별점이기도 하다.

다만 이원수와 이주홍도 위기를 헤쳐 나가는 방식에서 만큼은 사뭇 달랐다. 이원수는 서울에 남아 꾸준히 중앙 문단과 교류를 맺어간 반면 이주홍은 이미 1947년에 부산으로 향한다. 이것은 당시 두 사람이 처한 상황에 있어 미묘한 차이를 보여주는 대목이다. 이원수는 1949년 문협 준비위원 명단에 윤석중, 김영일과 함께 이름이 올라 있었던 것으로 보아,[19] 문단 재편 직후까지 이원수의 입지가 어느 정도 탄탄했음을 알 수 있다. 그가 문단의 주류에서 밀려나게 된 계기는 6·25전쟁 당시 인민군에 협력한 일로 9·28수복 후 부역 죄인 혐의를 받으면서부터였다. 이원수가 1950년대 불안정한 상황에 놓이게 된 이유도 친일이나 좌파라는 요인보다는 인민군 부역 혐의가 한층 강하게 작용했을 것으로 보인다. 주변 문인들의 도움으로 옥살이는 면하게 됐지만 한동안 경찰의 감시를 받아야 할 만큼 1950년대 이원수는 반공주의로부터 속박된 삶을 살게

19 「한국문학가협회 결성식」, 《경향신문》, 1949.12.14.

된다. 이원수가 중앙 문단에서 어느 정도 입지를 회복하기 시작한 시점은 1960년대 들어서부터라 할 수 있다.

반면 이주홍은 1947년 단독 정부가 수립된 직후 바로 부산으로 내려가 80평생 중 절반 정도를 중앙문단이 아닌 지방, 그것도 서울과는 가장 먼 곳에서 보내게 된다. 그렇다면 이주홍은 왜 남한, 그 중에서도 부산을 행선지로 선택했을까? 해방 공간에서 향파의 거취를 문제적으로 조명한 바가 있는 김윤식의 글에서 그 실마리를 찾을 수 있을 듯하다. 이주홍 문학 100주년을 기념한 세미나 기조 발제를 맡은 김윤식은 1947년 보도연맹의 사상 전향이라는 일련의 정국 앞에서[20] 이주홍이 실존적 위기에 직면했을 것으로 보았다.

> 객: 선생이 제일 궁금한 것은 왜 조선문학가동맹에서 벗어나 부산으로 왔고 연극 및 아동문학으로 향했나 하는 점이지요. 연극 및 아동문학으로 향함이란, 선생의 시선에서 보면 본격문학에서 물러섬이겠습니다. 문단 주류 일선에서 물러서기라는 점. 이 전략적 후퇴가 어째서 향파의 실존적 모습(위기)이었는가를 알아내는 일이겠습니다. (…) 조선문학가 동맹이란 그러니까 남로당의 외곽단체이겠는데요. 임화, 김남천 등이 북한으로 옮겨간 것은 1947년 무렵이지요. 어째서 향파는 거기에서 휩쓸리지 않고 부산행을 감행했을까. 거기에는 많은 곡절이 잠복해 있었을 터입니다. 실존적 위기, 그러니까 인생을 건 위기의식 말입니다. 이 점을 접어둔 채 향파론이 과연 가능할까요.
>
> (…)
>
> 주: 카프의 원칙론자(중심인물)의 하나이자 조선문학가동맹 전국대회에서 차기 전국문인대회 준비위원의 서기장으로 뽑힌 권환이 어째서 월북도 하지 않았고, 고향 마산으로 낙향했고, 또 마산중학 독일어 강사를 하다 죽었는가를 설명

20 「악몽 깨인 사천 새 역군 보도연맹원 사열시위 광적 대성황」, 《경향신문》, 1949.11.7.

하기 어려웠지요. 이 의문은 향파의 부산행에서도 꼭 같이 제기됩니다.

객: 권환과 이주홍이 일련탁생(一連托生)이라는 뜻인가요.[21]

해방 직후 이주홍은 문단의 주류(조선문학가동맹)에 닿아 있었다. 이주홍이 어떻게 문맹의 핵심 존재로 등장할 수 있었는지는 뚜렷하지 않지만, 김윤식에 따르면 1945년 봄에서 8월 16일까지 옥살이를 했던 사실로 미루어, 이미 해방 직전부터 '요주의 인물'[22]에 속해 있었다. 그러나 가장 문제적인 것은 1947년 문맹의 임화, 김남천이 북한으로 넘어갈 때 거기에 휩쓸리지 않고 왜 부산을 택했을까 하는 것이다. 김윤식은 "개인적 사정(체험적 영역)이 이념보다 앞섰다고 볼 수도 있다"[23]고 조심스럽게 짐작하지만, 명확한 해답은 여전히 미궁 속에 놓여 있다. 다만 확실한 것은 해방 전후를 기점으로 이주홍이 사회주의에 경도되어 있었고, 특히 해방 공간에서 조선문학가동맹의 중책을 맡았던 이력이 상당한 부담감으로 작용했을 거라는 사실이다.

이주홍은 부산을 거점으로 『문학시대』(1966) 주간, 〈부산아동문학회〉 창립과 함께 소설, 희곡, 동화, 수필 등 다양한 장르를 넘나들며 방대한 작품을 남기며 제2의 문학 인생을 전개해 나간다. 그러나 순수문학 계열이 장악한 중앙 문단과는 언제나 거리를 유지했으며, 창작활동에서는 아동문학의 비중은 점차 줄어들고 성인문학, 그 중에서도 소설 창작에 몰두하는 경향이 두드러졌다.[24] 이는 1950~60년대 아동문학장을 탐색

---

21 이 글은 김윤식이 향파 100주년 기념 전국학술대회에서 기조 발제한 것이다. 그는 "한 달여 전에 남송우 부경대 교수가 향파 자료 거의 전부를 큰 상자째로 보내왔는데 향파론을 한줄도 쓸 수 없었다."고 고백한다. 이 때문에 기조발제를 주, 객의 대화체 방식으로 기술하게 된다. 김윤식, 「불시착한 어떤 고대인의 내면 풍경—향파 이주홍론을 위한 각서」, 『문학사의 새영역』, 강, 2007, 228~229쪽.

22 당시 일제는 치안유지법을 제정하고 천황제를 부정하는 공산주의자를 철저히 탄압하면서 그들의 사회 복귀를 도모하고자 사상보호관찰법을 제정했는데, 이주홍도 이 법에 따라 요시찰 인물로 감시를 받았던 것이다.

23 김윤식, 앞의 책, 237쪽.

> "엄마! 雪上行步는 蛙雨聲이라지요."
> 나는 혼자 중얼거렸다.
> 金村英一(가네무라 에이이찌)가 다가서서 물었다.
> "어디서 그런 문자를 알았어. 재미있는 글귄데."
> 혼자 입속으로 중얼거리는 소리가 가네무라한테 들렸던 모양이다.
> "우리 어머니한테서 들었죠. 지금 발밑에서 어머니하고 같이 걸어 갈 때 나던 그 소리가 나서·······."
> "趙愛實! 내가 가끔 책을 차입해줄테니 그 속에서 읽어요. 나도······실은 文學을 하는데·······."
> 나는 깜짝 놀랐다. 文學家가 어쩜 高等係 말단 刑事노릇을 하며 그래도 思索에 잠길 수 있는 요소, 事物에 대한 관찰력도, 보통 사람하고도 좀 다를텐데 어떻게 同族의 손에 고랑을 채우려 들었단 말인가. 포박을 질러 데리고 가려하지 않았던가. 혼자 중얼거린 文字속은 용케 알아듣고 同情的 세포가 작용해서일까 <冊을 차입해주마고! 순간적인 말뿐일께다. 오죽이나 악랄한 思考方式을 가졌으면 刑事노릇을 하누·······.>
> 나는 기가 찼다.

김영일의 친일 행적은 조애실이 1977년에 발표한 『차라리 통곡이기를』(전예원)을 통해 세상에 알려졌다.

하는 데 있어 이주홍이 큰 주목을 받지 못하는 이유이기도 하다.

한편 김영일과 마해송은 친일 혐의로 인해 반공주의를 적극적으로 수용하게 된 경우이다. 김영일의 친일 행적은 시인 조애실이 쓴 『차라리 통곡이기를』(1977)에 일제 고등계 형사였던 김영일과의 일화를 소개하면서 세상에 처음 밝혀졌지만,[25] 인민군 처단 대상자였던 것으로 보아 6·25전쟁 당시부터 이미 공공연한 사실로 받아들여졌음을 짐작할 수 있다.[26] 그런데 대부분의 친일 문학인들이 반민족특위 결성과 함께 해방 정국에서 그 신변이 매우 불안정했던 것에 비해 김영일은 오히려 해방 직후 거침없는 행보를 이어간다. 일제 말기까지 고등계 말단 형사였던 그가 어떻게 해방을 맞아 경찰 간부직에 오를 수 있었는지, 그 경위는 정확히 알 수 없다. 다만 확실한 것은 김영일이 해방 이후 확실한 우익

---

24 류종렬 편저, 『이주홍의 일제강점기 문학 연구』, 국학자료원 2004, 336~341쪽 참조.

25 당시 조애실의 경성지방법원 판결문을 보면, 그녀는 1945년 서대문형무소에서 징역 2년(집행유예 4년)을 선고받은 것으로 명시되어 있고 죄목은 "기독교 신도 등에게 조선의 독립이 가까워짐을 암시하고 조선의 역사와 국어 사용을 권장하는 등 민족의식 앙양에 노력하였다."로 되어 있다. 국가기록원, 「조애실(趙愛實) 경성지방법원 판결문」 참조.

26 김영일의 친일 동시는 「大日本의 少年」(『아이생활』, 1940)이 대표적이다.

의 입장에 있으면서 줄곧 관변단체나 정권세력들과 순응관계를 맺어왔다는 점이다. 6·25전쟁 당시 부역죄로 몰린 이원수를 구명해 줄 수 있던 것도 해방기 경찰 간부로 있었기에 가능한 것이었고,[27] 이러한 기반을 바탕으로 1950년대는 학생잡지 『중학시대』, 『소년태양』, 『建兒時報』, 『애국소년』의 주간을 역임하기도 하였다. 심지어는 1960년 4·19혁명 때도 김영일의 입지는 흔들림이 없었다. 자유당 정권과 유착한 문학인들은 물론이고 친일문학으로 일본 제국주의에 협력한 문인들까지 비판의 화살이 쏟아지던 시기에, 외려 김영일은 문단원로를 불러 4·19 관련 여부를 문초하는 역할을 담당하는[28] 등 시대와 정권을 넘어 관변적 위치를 지속적으로 유지해 나간다.

반면에 마해송은 친일 부역의 문제가 반공주의로 선회하는 데 결정적 요인으로 작용했다는 점에서는 김영일과 궤적을 같이하지만, 친일의 적극성 여부, 반공주의로 돌아선 시점에서는 뚜렷한 차이를 보인다. 마해송이 반공주의자로 변모하게 된 시점은 해방 이후나 문단재편 당시가 아닌, 6·25전쟁이 일어나서부터이다.

> 자수자 명단—자수시켜야 할 사람의 명단— 심문해야 할 사람의 명단 첫머리에 내 이름이 있더라는 소식은 놀라운 일이 아닐 수 없었다. 그것으로 끝날 것이 아님은 넉넉히 짐작이 가는 일이 아닐 수 없었다. 들은 바 있는, 재교육을 해

---

27 이재철은 김영일의 친일식민지잔재를 정리한 글에서 당시의 상황에 대해 "해방후 경찰간부로 있던 연유로 6·25 때 南下하지 않고 유엔군 인천 상륙시 사리원까지 갔다 온 이원수씨를 부역죄에서 구출"해 주었다고 기술하고 있다. 이재철, 「日帝植民地殘滓 兒童文學의 清算을 위한 覺書—윤극영, 정인섭, 김영일씨의 경우를 중심으로」, 『한국아동문학연구』, 한국아동문학회, 1996, 225쪽.

28 해방 이후 조애실이 김영일을 다시 만난 건 4·19혁명 직후인 듯하다. 이때 문인들을 심문하는 김영일을 보고 화가 난 조애실은 김영일을 향해 일본어 이름으로 호통을 친 일화를 소개한 바 있다. "4·19혁명 직후 문총회의 때 김영일씨가 문단원로 중진들을 개별로 별실에 불러 마치 형사처럼 4·19 관련 여부를 문초하는 것을 보다 못해 처음으로 '金村英一'라고 부르며 호통친 일이 있었다." 조애실, 앞의 책, 224쪽.

야 한다는 교양소라는 이름의 감옥에 넣거나 카추샤가 간 시베리아 유형이 아니면 숙청이란 이름의 잔학한 행위가 있을 것이 짐작되는 것이었다.

'망할 놈들! 그 속에 나를 넣어/ 내가 벌받아야 할 대상이라면 벌받지 않을 백성이 없겠구나!'

분하기도 했지만 떨렸다. 한여름 복중이었다.

'네놈들만 아니면 모두가 처벌 대상이란 말이냐?'

(…)

붉은 이리떼의 손아귀에서 벗어나서 아름다운 조국의 품 안으로 돌아올 생각이 치밀 것이라고 생각했다. 그 일을 해야겠다고 생각했다. 총탄과 포화로 무찌르는 국군의 뒤를 따라다니며 그 일을 해야겠다고 생각했다.

6·25에 한 번 사선을 넘은 몸이라 목숨을 바쳐서 아까울 바가 없다고 생각했다.[29]

잘 알려진 바와 같이 마해송은 도쿄에서 발행되던 『문예춘추』의 편집위원이자, 일본인 직원을 거느리며 발행 부수가 10만을 넘었던 잡지 『모던 니혼』의 사장을 역임하면서 한때 일본 문화계를 주름잡았던 인물이다. 최근 들어서는 노벨문학상 수상자였던 가와바타 야스나리를 물질적으로 도왔다는 사실과 학도병 권유 대담에 사회를 맡은 경력 등이 추가로 밝혀지면서 친일 예비자 명단에 오르기도 했다.[30] 그러나 친일의 증거가 작품이나 글을 통해 명확히 드러난 윤극영, 김영일, 정인섭, 이원수

29 마해송, 앞의 책, 132~138쪽.

30 마해송은 2005년 민족문제연구소가 발표한 친일 인사 명단에서 이원수, 유치환 등과 함께 2차 심의 대상자로 분류됐는가 하면, 2007년에는 1944년 당시 이광수, 최남선이 조선인 유학생들에게 학병 참가를 권유하는 강의를 한 뒤 이들이 나눈 대담에서 사회를 맡았다는 내용이 기사화되기도 하였다. 이 기사에서는 '"마해송에 대해서는 그동안 친일 여부를 놓고 논란이 계속돼 왔는데, 학병 권유 좌담의 사회를 맡은 사실이 확인되면서 친일 쪽으로 좀더 무게가 실릴 것으로 보인다."고 언급하고 있다. 「이광수·최남선 '학병 권유 대담' 발굴… 마해송 사회」, 《한겨레신문》, 2007.3.2.

문예춘추사 중역들과 함께 사장실에서. 왼쪽에서 세 번째가 사사키 사장, 그 옆이 마해송. 1963년 일본 동경.

등과는 달리 마해송은 주변적인 정황을 통한 추단이 있을 뿐이다. 어쨌든 친일 혐의에 대한 검증을 떠나 당시 마해송 본인으로서는 친일파로 몰린 것에 대해 큰 충격과 억울함을 느꼈을 게 분명하다. 「토끼와 원숭이」, 「떡배단배」 등 일본에 대한 저항의식을 고취하는 내용의 작품을 발표했던 점, 창씨개명 앞에서도 馬씨(氏) 성을 끝까지 고수했던 점, 형편이 어려운 조선 유학생들의 학비를 대주기도 했다는 증언[31] 등을 종합해 보면, 마해송 스스로는 민족주의자로서의 길을 걸어왔다는 자부심을 가질만 했기 때문이다.[32] 아무튼 마해송은 이때 받은 충격과 함께 북한군이 민간인을 학살하는 만행을 목도하면서 적극적인 반공주의자로 급선

31 엄기원, 「숨어서 남을 돕던 마해송 선생」, 『문단유사』, 월간문학출판부, 2002, 519쪽.

32 윤석중은 문예춘추사에 근무하던 마해송을 다음과 같이 기억하였다. "그가 전쟁 때 낸 『모던일본』 조선판이 마음에도 없는 글들로 꽉 찼었는데, 잡지 여백에 깨알 같은 활자로 '한글 자랑'을 몇 줄 적어 놓고 나서 '요 몇 줄을 위해 이 한 권을 낸 거나 다름없지,'라며 좋아했다." 윤석중, 『어린이와 한평생(1)』, 웅진출판사, 162쪽.

회하게 된다. 1950년대 발표된 일부 작품에서 내면화된 반공적 신념이 곳곳에서 발견되는 것도 이러한 사정이 깔려 있다.

그렇다면 문단 재편 이후 대한민국 정부에서 명실상부 최고의 동시인으로 평가받던 윤석중의 경우에는 어떠했을까? 사실 우리 아동문학사에서 윤석중만큼 좌우를 가리지 않고 폭넓은 교류를 맺어 온 인물도 드물다. 좌우 대립이 첨예했던 해방 공간에서도 비슷한 시기에 조선문학가동맹(1946.2) 아동문학위원회 위원과 전조선문필가협회(1946.3)의 추천회원 명단에 동시에 이름을 올렸을 만큼 윤석중의 문인 관계는 성인문학과 아동문학은 물론 특정 계파에도 얽매이지 않았던 것으로 보인다. 오히려 윤석중의 문학적 지향이나 이념적 편향은 자발적인 선택보다는 타자에 의해 규정된 측면도 적지 않았다. 송완순이 방정환 계보를 잇는 눈물천사주의 작가로 비판하는 장면[33]은 좌파 문학으로부터 윤석중이 타자화되고 있음을 보여주는 단적인 사례라 할 수 있다. 자의든 타의든 6·25가 터졌을 때 이미 윤석중의 대외적 이미지는 우익 쪽으로 한참 기울었던 것은 분명하다.[34] 그런데 이러한 윤석중도 사회주의로부터 자유롭지 못했다는 사실이 최근 연구를 통해 밝혀졌다.

> 6·25전쟁은 남북한 민중에게 큰 고통과 상처를 끼쳤다. 윤석중 또한 그 상처를 비켜갈 수 없었다. 한국전쟁은 윤석중에 두 가지 핸디캡을 안겼다. 하나는 그의 아버지와 계모가 인공치하 좌익 혐의로 우익에 의해 살해된 점이며, 하나는 그가 잔류파로서 인공치하에서 피난생활을 했던 점이다.[35]

33 송완순은 「아동문학의 천사주의」(『아동문화』, 1948.11)라는 글을 통해 '방정환의 동심천사주의를 윤석중이 잇고 있다'며 강도 높게 비판하였다.
34 당시 인민군의 처결 대상이 되지 않을까 전전긍긍했다는 윤석중의 진술은 이러한 맥락과 통해 있다. 윤석중, 『어린이와 한평생(2)』, 54쪽.
35 김제곤, 『윤석중 연구』, 청동거울, 2013, 125쪽.

윤석중의 가계는 6·25전쟁으로 그야말로 풍비박산이 된다. 아버지, 계모와 형제들까지 모두 처형되거나 행방불명, 혹은 징집되어 전사하게 된 것이다.[36] 그런데 윤석중은 이러한 아픔을 자신의 입으로 직접 언급한 적이 없다고 한다.[37] 강소천이나 이원수의 경우처럼 전쟁으로 가족과 헤어지는 상흔을 겪고 난 후에는 그 아픔을 적극적으로 드러내기 마련인데 윤석중은 예외적인 경우였던 것이다. 위의 인용문을 근거로 한다면, 부친과 계모가 좌익혐의로 처형됐다는 사실이 윤석중에게는 강한 콤플렉스로 작용했을 가능성이 높다. 반공이 국시인 시대에서 가족, 그것도 직계(直系)가 공산주의자였다는 것이 밝혀진다면 제아무리 윤석중이라 하더라도 상당한 부담감을 안을 수밖에 없었을 터이다. 게다가 9·28 서울 탈환 직후 일명 도강파가 위세를 떨치고 잔류파는 죄인 취급을 받던 시기를 맞으면서, 부친과 연관된 레드콤플렉스는 윤석중을 더욱 압박했을 것으로 보인다. 따라서 윤석중이 대구 육군본부 작전국 심리작전과에 들어가 안정감을 되찾게 된 것은 우연한 결과라기보다는 불안정한 입지에서 어떻게든 벗어나기 위한 자발적 선택이라는 해석이 가능할 듯하다.[38]

마지막으로 월남 아동문학가와 반공주의와의 연관성은 지금까지 살펴본 사례 중에서도 가장 연결고리가 확실한 경우라 하겠다. 결론부터 말하자면 반공이데올로기는 사상적 검증을 넘어 남한 아동문학계의 주

---

36 노경수는 6·25전쟁에서 사회주의에 몸담고 있던 그의 새어머니와 그로 인하여 사회주의자로 오인받은 부친이 우익에 의해 처형되고, 당시 20세의 둘째 동생은 의용군으로 가서 행방불명되었으며, 18세였던 셋째 동생은 국군으로 징집되어 가 전사하게 되었음을 밝힌 바가 있다.(노경수, 앞의 논문, 110쪽.) 그런데 김제곤은 윤석중의 부친이 사회주의자로 '오인'받아 처형되었다고 기술한 부분은 1920년대 윤덕병의 사회주의 행적을 도외시한 발언이라며, '오인(誤認)'에 의한 결과가 아님을 지적하였다. 김제곤, 앞의 책, 125쪽.

37 윤석중이 이 부분에 대해 언급한 것은 1950년대 막바지에 쓴 한 짧은 칼럼에서 우회적으로 나타낸 게 전부였다. 위의 책, 125쪽.

38 김제곤은 윤석중이 군문(軍門)에 들어가게 된 절박함을 두 가지로 설명하고 있는데, 하나는 6·25전쟁으로 말미암아 안게 된 핸디캡에서 벗어나기 위한 것이요, 다른 하나는 가장으로서 뚜렷한 일자리가 필요한 때문이었을 것으로 해석하였다. 위의 책, 130쪽.

류로 성장하는 데 결정적 심급으로 작용했을 뿐 아니라 문협정통파와 이념적 동일성을 획득하는 계기로 작용한다. 단독정부 수립 이후 성인문학의 중심부는 영남권을 연고로 한 남한 출신들에 의해 유지된 반면, 아동문학의 경우에는 월남한 아동문학가들이 핵심으로 부상하는 정반대의 결과가 나타난 것도 이와 무관치 않다. 물론 남한 출신 작가 중에도 윤석중, 마해송, 이원수처럼 아동문학의 정통성을 승인받은 작가들이 엄연히 존재했지만, 아동문학의 전체적인 지형도는 월남 출신에 의해 요동쳤던 게 사실이다. 강소천, 장수철, 박화목, 김요섭, 박경종, 박홍근 등은 모두가 월남하여 1950년대와 1960년대 이후까지 남한의 아동문학장을 이끌었던 아동문학가들이다. 그리고 이들 중에서 강소천, 장수철, 박화목은 종군작가단과 함께 1950년대 반공주의 성향의 작품을 다수 발표하기도 하였다.[39] 선안나는 당시 월남작가들의 반공주의를 내면화게 된 동기를 다음과 같이 분석한 바 있다.

> 월남작가들의 반공주의는 상실 체험과 삶의 기반 확보라는 두 측면의 동기를 가진다. 기독교에 대한 공산당의 탄압은 많은 기독교인 월남작가들을 반공주의자로 만드는 데 결정적으로 기여하였다. 일제강점기에 관리나 지주였다면, 인민군에 토지와 재산을 몰수당하고 목숨마저 위태로운 지경에 처하였을 수도 있다. (…) 그리고 이유 여하가 어찌되었던 가족과 재산과 삶의 기반을 송두리째 상실한 체험은 많은 월남인을 반공주의자로 만들기에 충분했다. 그런가하면 또 하나, 남한사회에서 북한 출신이 같은 국민으로 받아들여지기 위해서는 자신이 붉은 색과 아무 관계가 없다는 것을 상시 증명해 보일 필요가 있었고, 나아가 반공이 사회 지배이데올로기인 시대에 보다 선명한 반공의 표명은 사회적 입지 확보에 도움이 되기도 했다.[40]

39 강소천 2편, 장수철 5편, 박화목 1편, 김영일 2편. (선안나, 『아동문학과 반공이데올로기』, 청동거울, 2009, 98쪽 참조.)

당시 월남한 아동문학가 중 상당수는 기독교인 출신으로 탄압을 받았거나 가족을 잃는(또는 헤어지는) 개인적 상실을 경험했고, 뚜렷한 반공주의 입장을 택함으로써 자신의 정체성을 입증하려고 했다. 1950년대 아동문학의 핵심으로 부상한 강소천은 이러한 배경을 가장 명료하게 설명해 주는 인물이다. 흥남 철수 때 유치장에 수용된 채 모든 희망을 놓고 있던 순간, "기독교 신자는 손 들라"는 헌병의 말에 구사일생으로 미군 함정에 승선하게 된 유명한 일화가 말해 주듯 강소천과 기독교는 서로 떼어 놓을 수 없는 관계에 있다. 또한 북에 두고 온 가족과 고향에 대한 그리움은 월남 이후 그의 문학세계의 원천적인 질료가 되기도 하였다. 그는 월남 직후부터 육군 정훈파견대와 교과서 및 반공독본 편찬 일을 하면서 남한 사회에 안정적으로 편입하게 되는데, 이러한 승인 절차에는 반공이데올로기의 적극적 수용이 큰 부분을 차지했다. 당시 정훈부는 대적 공작과 대내 선전을 주요 임무로 담당했기에 사상적으로 검증되지 않고는 들어가기 어려운 부서였을 뿐 아니라,[41] 반공주의가 가장 표면화될 수밖에 없는 반공독본에 참여한 장면도 이러한 승인 절차와 연관된다. 종군작가로 활동한 박화목과 비교적 적극적인 반공주의 작품을 썼던 박경종, 장수철도 이러한 맥락에서 이해가 가능하다.

그러나 강소천과 월남아동문학가의 부상(浮上)을 반공주의만으로 설명하기에는 여러모로 한계가 있을 수밖에 없다. 반공주의가 남한 사회로 편입될 수 있는 강력한 동일자로 작용한 것은 부인할 수 없지만, 문단이 형성되는 당시의 어수선한 상황에서는 돌발적인 우연이나 사적인 인연이 적지 않은 변수로 작용하기 때문이다.

---

40 선안나, 앞의 책, 99~100쪽.

41 창공구락부에 근무하기 전 정훈국에서 잠시 몸담았던 마해송에 따르면 당시 정훈국은 "대적 공작과 대내 선전, 다시 말하면 사기를 돋우는 임무"를 띠고 있었다. 마해송, 『아름다운 새벽』, 성바오로출판사, 1993, 138쪽.

2) 사회적 관계망을 통한 동일성의 형성

불안정한 시대일수록 법·질서 등 공적 관계보다는 지연, 학연, 혈연 등 사적 관계가 우선시되는 경향을 보인다. 경제자본이나 상징자본의 형성과정에서 사회자본이 중요한 연결고리가 되는 것이다. 특히 다른 장에 비해 경계가 유연한 편에 속하는 문학장의 경우에는 이러한 개연성이 한층 높아질 수밖에 없다. 주지하듯 해방 이후 우리나라는 분단국가 수립, 6·25전쟁과 휴전, 4·19혁명과 자유당 정권의 몰락, 5·16군사쿠데타, 3공화국 출범 등 그야말로 혼돈의 소용돌이에 놓여 있었다. 이 과정에서 문단은 반공이데올로기라는 거대 담론만으로는 설명하기 어려운 다양한 변인들의 역학관계를 통해 형성 분화해 나갔다. 특히 좌파라는 대타항이 사라지고 우익 중심으로 개편된 상황에서 이념적 차이보다는 개인이 맺고 있는 관계망이 한층 유의미한 변인이 되었을 가능성에 주목할 필요가 있다.

성인문학에서 우익 문단의 시발점이었던 청년문학가협회의 경우만 하더라도 같은 지역 출신이라는 동질성이 두드러진다. 당시 청문협의 주요 구성원은 1939년에 『문장』에 등단한 최재웅, 조지훈, 박두진 그리고 1930년대 중반에 등단한 서정주, 김동리, 이광래 등 이제 막 문단 활동의 안정기에 접어든 문인들 중심이었다. 함남 출신의 김송을 제외하면 모두 영남 출신이었던 것이다.[42] 특정 지역의 파벌 문제는 한국문학가협회가 설립된 이후에도 계속된다. 예술원 파동 당시 조연현과 곽종원은 영남 문인이라는 비난에 대해 지역 연고가 아닌 문학이념으로 모였다는 모임의 순수성을 강조하며 이를 극구 부인하기도 했다. 그러나 서정주와 김동리는 다솔사를 중심으로 친분이 있었으며, 해방 전부터

42 이미정, 「1950년대 '순수문학'의 제도화 과정 연구」, 서강대 박사학위논문, 2011, 15쪽~16쪽. 참조.

김동리의 집에 자주 놀러 갔다는 조연현의 진술 등으로 미루어 보건대, 영남이라는 지역적 동질성이 확연한 게 사실이다.[43]

그렇다면 아동문학은 문단의 인맥이 어떻게 형성되었으며, 그 영향력은 어느 정도였을까? 이 장에서는 아동문학의 핵심 주체들이 당시 남한 문학의 상징권력[44]이었던 문협정통파, 그 중에서도 김동리와의 연관성을 중심으로 살펴보고자 한다.

(1) 아동문학 정통성의 승계: 윤석중·마해송

문단 재편 이후 가장 광범위하고도 안정적인 문단 인맥을 구축하고 있던 아동문학 작가를 꼽는다면 단연 윤석중과 마해송이다. 이들은 1920년대부터 문단에서 활동하며 근대 아동문학을 이끌어 온 선구자일 뿐 아니라 그 인지도나 활동 범위도 아동문학을 훌쩍 넘어 성인문학의 중심과도 맞닿았던 인물들이다. 문화·예술 전반으로 활동 반경을 넓혀 가면서, 아동문학가로는 드물게 대한민국 예술분야에서 상을 받는 등 그야말로 아동문학계의 확실한 실세로 자리를 잡는다. 그런데 이러한 배경에는 아동문학가로서 역량은 물론 주변의 화려한 인적 네트워크가 적지 않게 작용했다는 점을 주목하지 않을 수 없다.

윤석중은 「어느 소년 시절」(『윤석중전집 28』)에서 밝힌 바와 같이 소년기부터 청년기까지 이미 문화계의 거장들과 크고 작은 인연을 맺어왔다. 방정환을 시작으로 심훈, 이광수, 이태준, 홍난파에 이르기까지 윤석중의 문화계 인맥의 면면은 매우 화려하다.[45] 방정환의 애제자로 알려진

---

43 조연현, 『남기고 싶은 이야기들』, 부름, 1981 참조.

44 "부르디외는 아방가르드의 상징권력에 대해 말하고 있지만, 우리 문학사의 경우 순수문학론에 적용하는 것에 별 무리가 없다고 생각한다." 김한식, 「백민과 민족문학」, 『한국 근대문학 재생산 제도의 구조』, 상허학회, 2007, 246쪽.

45 김제곤은 1930년대 초반 윤석중이 맺었던 문단 인맥을 크게 여섯 부류로 정리하였다. 첫째는

윤석중과 마해송은 문단 재편 이후 남한의 아동문학장에서 가장 높은 봉우리에 있던 작가들이다. 왼쪽 윤석중, 오른쪽 마해송.

윤석중은 어릴 때부터 방정환과 가까운 곳에 살면서 존경심을 키워왔으며, 심훈에 대해서는 '마음의 스승'이라고 칭하던 인물이었다. 또한 이광수와는 바로 건너편(명륜동 3가)에 마주 살면서 왕성한 교류가 있었는데,[46] 이러한 과정에서 월탄 박종화, 일석 이희승, 동명 김을환, 소향 이상로 등의 문인들과도 폭넓은 친분을 쌓았던 것으로 보인다. 1935년에는 조선중앙일보사(사장 여운형)에서 학예부장을 맡고 있던 이태준에게 연락을 받고 노천명, 박노갑과 함께 일을 맡다가 일장기 사건으로 《소년중앙일보》가 폐간되면서 조선일보사(1936)로 자리를 옮기게 된다. 당시 조선일보사는 '문인들의 사랑방'이나 다름없을 정도로 많은 문인들이 모이는 장소였다. 윤석중이 『소년』과 《소년조선일보》 주간을 맡으면서, 이

방정환과 연관된 개벽사 편집부 인맥과 색동회 계열 인사, 둘째는 이광수와 연관된 동아일보 인맥과 그를 사숙한 작가들, 셋째는 이태준을 위시한 구인회 소속의 성인문단의 작가들, 넷째는 극예술연구회 소속의 연극인들, 다섯째는 홍난파, 심평필 등 중앙보육학교에 적을 둔 음악, 교육 관계자들, 여섯째는 신문 잡지 등에 삽화를 그렸던 화가들로 요약해 볼 수 있다. 김제곤, 앞의 책, 94쪽.

46 1932년 신구서림에서 발행한 『윤석중동요집』의 머릿글을 이광수가 썼으며, 윤석중이 동경 유학시절에도 서로 편지로 안부를 묻는 정황 등을 보아 윤석중과 이광수의 관계는 매우 친밀했던 것으로 보인다.

광수, 주요섭, 김유정, 채만식 등 성인문학가들의 작품을 폭넓게 싣게 된 이유도 이와 무관치 않았을 것이다. 강소천의 대표작 「닭」도 이때 『소년』에 실리면서 세상에 처음 알려졌고, 오래전부터 알고 지낸 박목월도 동시를 짓는 족족 윤석중에게 보냈던 것으로 알려져 있다.

해방 이후 윤석중은 남한 아동문학계의 실질적인 상징권력으로 자리 잡는다. 동시·동요 분야에서 근대 아동문학의 선구자였을 뿐 아니라 주요 작가들이 북으로 향했던 상황까지 고려한다면 어느 정도 필연적인 결과라 할 수 있다. 그런데 윤석중과 교류가 깊었던 『문장』 계보에 있는 작가들이 남한 문학의 명실상부한 주류 세력으로 부상했다는 점도 윤석중의 입지를 논하는 데 빼놓을 수 없는 것 중 하나이다.

> 『가정 글씨체 첩』, 『지용 시선』에 이어 또 한 권의 시집이 '을유'에서 나오게 되었다. 일제 말엽에 순수시를 끝까지 지킨 젊은 시인들의 '3인 시집'이었다. 그때 나이 지훈 조동탁은 26세, 혜산 박두진과 목월 박영종은 동갑내기인 30세.
>
> 그들은 『문장』지에서 정지용의 추천으로 1940년을 전후하여 우리 시단에 등장한 시인들이었는데, 그들말고도 화인 김수돈, 을파소 김동한, 박남수, 목남 이한직들도 같은 추천 시인이었으나, 곧 연락이 닿은 세 사람으로 시 작품을 한 사람 앞에 10여 편씩 모아 책으로 내준 우정 출판이었다.
>
> 목월은 해방 13년 전부터 잘 아는 터였고, 두진은 일제 말엽 안양 시절에 알아 해방이 되면서 제일 먼저 만난 친구였으며, 지훈은 그의 아버님(조헌영)을 잘 아는 터였다.[47]

윤석중이 『청록집』 탄생 배경을 설명하는 대목에는 박목월, 박두진, 조지훈과의 인연이 상세히 드러나 있다. 이 책의 내용과 이형기가 쓴

47 윤석중, 『어린이와 한평생(2)』, 26쪽.

『박목월 평전』의 내용을 종합한다면, 윤석중은 조선아동문화협회(이하 아협)에서 주간 『소학생』을 발행하면서 박두진에게 전보를 보내 함께 일해 보라 하였고, 다시 박두진은 경주에 있던 박목월에게 전보를 띄워서 청록집을 제안했음을 알 수 있다.[48] 박목월과 박두진은 『문장』 추천 동기생이었는데, 오랜 인연으로 본다면 윤석중과 박목월은 이들보다 더욱 숙친한 사이였다. 박목월은 1940년 『문장』에서 추천을 받아 등단하기 이전에 윤석중이 주간으로 있던 『어린이』에서 처음 동시가 실리면서 아동문학가로 이름을 알렸고, 1937년 『소년』, 《소년조선일보》에 주간으로 있던 윤석중에게 다수의 동시를 보내는 등 동시인으로 보자면 윤석중은 박목월의 큰형과도 같은 존재였다.[49] 윤석중과 박목월의 관계는 다시, 박목월과 김동리로 이어진다. 잘 알려진 바와 같이 박목월과 김동리는 중학교 선후배일 뿐 아니라, 경주 문학청년 모임을 통해 두터운 교분을 쌓았고, 박목월이 청년문학가협회 준비위원으로 참가하게 된 것도 김동리의 권유가 있었기에 가능한 것이었다. 이렇듯 해방 이전부터 문화 예술계 거물들과 인연이 깊었던 윤석중은 해방 이후에는 자연스럽게 『문장』 계보를 잇는 문협정통파와 자연스럽게 연결되고 있음을 짚고 넘어가지 않을 수 없다.

마해송 역시 문학적 성과는 물론, 인맥이라는 측면에서도 윤석중에 결코 뒤지지 않았다. 오히려 경제자본과 문화자본에서 앞서 있던 마해송이 윤석중보다 한층 우월했다고 보는 게 정확할 것이다. 마해송은 명실공히 근대 동화 문학의 개척자로 평가받는 작가였는데, 다만 문학적 편

48 이형기 편저, 『박목월 평전』, 문학세계사, 1993, 54쪽.

49 "조선일보사 기자 생활을 청산하고, 일본으로 건너가 토쿄에서 유학을 하고 있던 윤석중 씨가 귀국하였다가 되돌아가는 길에 잠시 내게 들렀다. 윤석중 씨는 성건리에 있는 우리집에서 하룻밤을 유하였다. 거의 밤을 세우다시피 우리는 이야기에 열중하였다. 그것은 동요에 관한 것으로 씨의 동요에 대한 이야기는 끝이 없었다." 박목월, 「청록집 시절의 추억」, 『누구에게 추억을 전하랴』, 고려원, 1978, 271쪽.

향에서는 윤석중과는 분명한 차이가 있었다. 1931년 당시 색동회 동인이던 마해송이 방정환의 작품을 '눈물주의'로 강하게 비판한 적이 있는데, 이를 두고 윤석중이 다시 반박하는 장면은 두 사람의 문학적 차이를 단적으로 보여주는 사례라 할 수 있다.[50] 그러나 이념이나 문학적 성향이 다를지언정 두 사람의 인간적인 교분은 매우 자별했던 듯하다. 마해송이 『모던 일본』을 경영하는 것에 대한 세간의 곱지 않은 시선을 받을 때에도 윤석중은 민족 의식이 투철한 작가라며 마해송을 두둔하는가 하면, 윤석중이 동경에서 유학하던 시절에는 마해송이 가까운 곳에 거처를 마련해주기도 하였다. 윤석중에게 강제 징용장이 날아왔을 때 한국으로 돌아갈 수 있는 길을 열어준 이도 마해송이었다. 그러고 보면 마해송은 윤석중이 위기에 처한 고비에서 큰 도움을 준 조력자였던 셈이다.[51]

이렇게 해방 이전까지 승승장구를 거듭하던 마해송은 6·25전쟁 발발과 함께 친일파 리스트에 이름이 오르면서 큰 충격과 함께 실존적 위기에 직면하게 된다. 이 대목은 그가 왜 반공주의자로 급변하게 된 이유를 설명해 준다. 공군종군문인단장에 오르게 된 배경과 친일 혐의는 밀접한 연관성이 있던 셈이다. 마해송에게 창공구락부(공군종군문인단의 별칭)는 위기 상황의 극복은 물론, 문단의 주류 세력들과 강한 연대의식을 형성할 수 있는 계기를 부여해 준다. 당시 창공구락부는 부단장 조지훈, 사무국장 최인욱, 단원에는 최정희, 박두진, 박목월, 김래성, 방인환 등이 있었고, 결성 일 년 후에는 김동리, 황순원 등이 합류하면서 하나의 거대 문단과 다름없었다. 유일한 여성 종군작가였던 최정희는 그 시절을 이렇게 회고하였다.

---

50 마해송은 1931년 9월(《조선일보》) 죽은 소파를 추도하는 글에서 방정환의 영웅주의와 눈물주의 성향을 비판한 바 있다. 이에 대해 윤석중은 마해송의 대표작 「바위나리와 아기별」과 「어머님의 선물」도 눈물을 자아내기는 소파의 슬픈 이야기와 별로 다를 게 없다며, 대립적인 입장을 표명한다. 윤석중, 『어린이와 한평생(1)』, 74쪽.

51 해방과 함께 을유문화사와 함께 일하게 된 것도 동경에 있을 때 마해송의 소개로 민병도를 만났던 게 인연이 되었다. 위의 책, 174쪽.

공군종군단장 시절, 1952년경 강릉비행장에서. 왼쪽에서 두 번째가 마해송.

> 대구의 피난 문인들은 화목하다고들 남들이 말하기도 했지만 실상 화목했었다. 한 사람이라도 떨어져서도 안 되고 하루라도 떨어져 있을 수가 없었다. 제각기 떨어지게 되면 무서운 전쟁을 더 흠뻑 느끼게 되고, 뼈저린 가난을 더 절실히 받아들이게 되는 탓이었는지 모르겠다.[52]

전쟁에 대한 공포와 가난, 여기에 막다른 삶의 끝이 주는 절박함은 이들을 더욱 결속시키는 원동력이 되었을 것이다. 더군다나 술을 좋아하고 사교적이었던 마해송은 소속 단체를 떠나 어느 누구와도 잘 어울리면서 관계의 폭이 넓었던 것으로 보인다.[53] 물론 아동문학가에 대한 애

52 윤석중, 앞의 책, 476쪽.

53 마해송 씨와 조지훈 씨는 공군 작가단에 소속해 있었지만 그들은 소속단체를 떠나 누구하고든 막걸리집엘 갔다. 돈만 있으면 누구나 술 좋아하는 마해송 씨를 모시고 버드나무집에를 가려했다. 그래서 버드나무집만 가면 언제나 마해송 씨를 만날 수 있었다. 최인욱, 「창공구락부 시절」, 『한국문단이면사』, 깊은샘, 1983, 263쪽.

정만큼은 여전하였다. 전란 중에도 공군의 협조를 얻어 어린이날 행사로 전단 수만 장을 만들어 비행기로 각처에다 뿌리면서 매해 어린이날 행사를 이어갔고, 전국에서 제일 먼저 '어린이 헌장비'(1957)를 대구에 세우기도 하였다.

그러나 마해송에게 창공구락부는 친일에 대한 논란에서 확실하게 벗어 나와, 이른바 애국세력으로 편승하는 데 결정적 계기가 된 것만큼은 부인하기 어렵다. 해방 이전까지 문학이나 이념적 편향에서 거리가 있던 조지훈, 박목월, 최인욱 등과 가까워지게 된 것도 기실, 문학적 동질성보다는 전쟁이 안겨준 대타항적 결속이라고 보는 게 타당할 듯하다. 요컨대 마해송은 창공구락부를 계기로 문단 전반에서 다시금 우월한 위치에 서게 된다. 자유문협이 출범하면서 문단이 양분될 당시, 두 단체의 갈등을 조율했던 사람 중 한 명이 마해송이었고, 1959년 제6회 '자유문학상', 1964년 제1회 '한국문학상' 등 아동문학가로는 드물게 성인문학이 주최한 대회에서 수상자로 당선되는 영광을 안기도 했다. 그러나 아동문학가 마해송을 놓고 봤을 때 전후(戰後) 문학 작품이 그 이전에 비해 진일보했다고 평가하기는 어렵다. 일부 작품 속에는 반공주의가 내재화되는 문제를 드러냈고,[54] 그나마 작품 활동보다는 문화·예술 운동에 몰두하는 경향이 두드러졌기 때문이다.

(2) 남한 아동문학 주류의 새로운 코드: 강소천

1950년대는 강소천의 시대라 할 만큼 그의 존재는 남한 아동문학장에서 절대적이었다. 강소천은 1950년대 월남 아동문학가들이 남한의 주류로 부상하게 된 사건을 가장 상징적으로 보여주는 인물이기도 하다. 그

---

54 1955년 『소년세계』에 발표한 『앙그리께』에 대한 반공주의 문제는 선안나, 원종찬, 김상욱 등을 통해 이미 검증된 바가 있다.

렇다면 1950년 혈혈단신 남으로 향했던 그가 아동문학의 주류로 우뚝 서게 되는 과정에서 과연 어떤 배경과 조력자들이 존재했던 것일까?

최태호는 강소천의 가장 큰 조력자로 알려져 있다. 당시 문교부 편수관에 있던 최태호가 강소천을 교과서 편찬 일로 이끌어 주면서 1959년에는 강소천이 국정교과서 국어과 심위위원까지 오르게 된 것은 두루 알려진 사실이다. 또한 그가 세상을 뜬 이후에 소천아동문학상 운영위원회를 이끌면서 소천의 문학 세계를 끝까지 기념, 전파하고자 했던 이도 최태호였다.[55] 1950년대 이후 강소천이 남한 아동문학의 핵심으로 자리 잡는 과정에서 최태호가 자주 거론되는 이유도 이 때문이다.

그런데 강소천과 최태호가 만나기 전까지 가장 참혹했던 순간을 벗어날 수 있었던 것은 함흥 영생학교 동문(同文)들의 도움이 있기에 가능한 것이었다. 1·4후퇴 때 LST에 몸을 싣고 거제도에 상륙한 강소천은 "거지꼴이 돼있었고, 산에 가서 나무도 끌어 내리고 장터에서 생선 장사도 했지만 사실은 죽지 못해 살아"[56]가는 형편이었다. 이것은 비단 강소천뿐 아니라 흥남철수선을 타고 남쪽으로 내려왔던 월남인들 모두가 겪었을 엄혹한 현실이었을 것이다. 생사의 기로를 오가는 질곡의 늪에서 어떻게 벗어날 수 있었는지는 윤석중의 증언에서 그 단서를 찾을 수 있다. 윤석중은 6·25 당시 상황 긴박했던 상황을 설명하는 과정에서 강소천이 구사일생한 일화를 이렇게 소개하고 있다.

> 하루는 대전일보 전쟁판에 정훈파견대 소식이 났는데 기획부장에 강용율이라는 이름이 눈에 띄었다. 강용율! 그는 아동문학가가 아니던가. 1932년 무렵

55 최태호는 세상을 뜨기 전 박종현을 불러 유언을 남기는데, 이 때 강소천 문학비의 비문과 글씨를 맡아달라고 부탁할 만큼 둘의 사이는 막역한 사이, 그 이상이었다. 박종현, 「리터엉 할아버지 최태호 선생」, 『문단유사』, 한국문인협회월간문학출판부, 2002 참조.

56 전택부, 「소천의 고향과 나」, 『강소천 문학전집 1』(김동리, 박목월, 윤석중, 최태호 엮음), 신교문화사, 1975, 315쪽.

최태호는 월남한 강소천에게 가장 든든한 조력자였다. 왼쪽 강소천, 오른쪽 최태호.

에 『아희생활』 독자 작품란에 내 손을 거쳐 뽑힌 적이 있는 그가 아니던가. 강용율이 강소천임을 아는 이는 드물었다. 나는 신문을 들고 정훈파견대가 묵고 있는 한국은행 대전지점을 찾아갔다. 파견대장은 김기웅 대위였는데, 알고보니 그는 강소천과 함흥 영생고보 동창생으로 미군의 흥남 철수 작전 때 갑자기 배에 실려 남하한 통에, 가족들하고도 생이별을 하고 허름한 옷 그대로 배에 실려 부산으로 온 것이었다. 잡혀가서 문초를 당하고 있는 것은 문교부(그때 장관 백낙준 박사) 비서실 일을 보던 박창해(전 연세대교수)가 다리를 놓아서 중학 동창인 강소천을 구출해 내어 문교부 편수국이 임시수도 부산에서 국어책을 새로 엮고 있을 때 그를 데려다가 편찬 일을 돕게 했고, 김기웅 대위가 거느리고 있는 정훈대로 자리를 옮겨 대전에서 군대일을 보고 있는 중이었다.[57]

이 글에 따르면 부산 피난 시기, 고난한 시기를 겪고 있던 강소천을 구출해 준 이가 함흥 영생중학교 동창생 박창해였다. 추측컨대 문교부

---

57 윤석중, 「6·25와 월북작가들」, 『동서문학』, 1988. (http://www.dongsim.net/gnu4/bbs/board.php?bo_table=adong002&wr_id=11) 참조.

편수국에 있던 최태호에게 강소천을 소개한 사람 역시도 같은 문교부 비서실에서 근무하던 박창해였을 것으로 보인다.[58] 박창해는 이후에도 〈한국아동문학회〉 창립 총회(1954년)와 강소천이 창립한 〈아동문학연구회〉(1960년) 발기인으로 참석[59]하는 등 지속적인 관계를 유지해 간다. 또한 강소천이 대전 정훈부에 있을 때, 당시 파견대장이었던 대위 김기웅[60]과 1954년 강소천을 『새벗』 주간으로 추천한 전택부 역시도 함흥 영생고보 동문들이었다.[61] 특히 전택부는 『사상계』 편집주간으로 이직하면서 『새벗』 후임 자리를 강소천에게 물려주었을 뿐 아니라, 1972년 '소천아동문학상 운영위원회' 위원장을 맡아 명맥이 끊겼던 소천문학상을 되살리고 『강소천 문학전집』(신교문화사)을 펴내는 등 강소천과는 매우 막역한 고향 친구였다. 강소천이 『새벗』 주간을 맡았던 시기인 1954년 10월부터 1963년(간암으로 타계)은 그가 남한 아동문학계의 중심으로 우뚝 선 시기와 맞물려 있다는 점에서도 나름의 의미가 있다.

한편 강소천은 1953년부터 한국문인협회 아동문학분과위원장을 역임하게 된다. 초대분과위원장이 윤석중이었음을 감안한다면 강소천은 남한 아동문학계의 새로운 대표 주자로 바통을 이어받게 된 셈이다.

그런데 강소천이 문협의 핵심 인사로 자리잡게 된 배경을 설명하기 위해서는 우익 문단의 대표격인 김동리와의 운명적인 만남을 거론하지 않을 수 없다. 대전에서 정훈부에 있던 강소천은 부산으로 내려오면서 당시 문인들이 자주 모인다는 소문을 듣고 금강다방[62]에 들르게 되는데,

---

58 전택부도 이 당시에 대해 "소천은 대전을 거쳐 부산에 가서 최태호, 박창해 등 친구들의 도움으로 문교부의 일감을 얻어 소생하기 시작했다."라고 설명하고 있다. 전택부, 앞의 책, 같은 쪽.

59 「아동문학연구회 20일 창립총회 개최」, 《경향일보》, 1960.11.21.

60 김기웅은 강소천과 함흥 영생고보 동창생으로 훗날 건국대 교수와 문화재 위원을 역임한다. 윤석중, 앞의 글 참조.

61 전택부는 아동문학가가 아닌 자신이 어린이 잡지 『새벗』 주간을 맡은 것에 대해 다소 불편한 심정이었는데, 마침 소천을 만나면서 그에게 일을 떠맡기게 되었다. 그러다가 사상계로 옮기면서 소천을 후임주간으로 삼게 된다. 전택부, 「思友 잊을 수 없는 그 때 그 친구(2)―아동문학가 강소천 씨」, 《경향신문》, 1979.12.6.

여기에서 김동리를 처음 만나게 된다. 이때 상황을 김동리는 이렇게 기록한 바 있다.

강소천 형은 1951년 10월 경이던가 그 무렵, 피난지 부산에서 처음으로 만났다. 그 무렵 우리는 부산시 광복동에 있는 금강이란 다방에 매일 출근을 하다시피 할 때인데, 하루는 웬 낯선 사람이 나를 찾아왔다. 얼굴은 검은 편이고, 키는 중간이요, 두 눈이 머루알같이 윤끼를 머금고 있었다.

앉으라고 했더니 일단 의자에 앉았다가 다시 허리를 일으키며 인사를 했다. 강소천이라고 했다. 나도 강소천이란 이름은 알고 있었으므로

"아. 그래요, 그런데 여긴 웬일이에요? 이번에 월남을 해 오셨나요?"

이렇게 물었더니, 강소천 형은 그렇다고 했다. 함경도에서 월남을 해 왔다는 것이었다. 그것도 그 유명한 흥남철수(興南撤收)의 배를 타고 왔다는 것이었다.

코오피를 시켜서 한 잔씩 들고나서 강소천 형은,

"손소희 씨는 부산에 와 있습니까?"

하고 물었다.

나는 맘속으로

'음, 그렇지, 손소희 씨는 함경도니까, 고향이 같거나 근처인 모양이지?' 하며,

"그럼요, 조금 있으면 여기 나올 거예요."

했다.

손소희 씨가 나오자 나는 곧 강소천 형을 손소희 씨에게 인사시켰다. 이것은 나중 안 일이지만, 강소천 형과 손소희 씨는 펜팔 관계로 상당히 친분이 있는

62 금강다방은 밀다원 다방이 문을 닫은 난 후 새롭게 옮긴 아지트였다. 1951년 임시 수도 부산, 그리고 금강다방은 우익 문인들에게는 매우 각별한 시공간이었다. 김윤식에 따르면 당시 문인들에게 부산 다방은 "문협정통파의 도피처이자 숨구멍이었으며, 그들의 문학 이데올로기를 구현하는 보루"였던 것이다. 도피처, 숨구멍, 보루라는 단어가 환기하듯, 당시 문협은 매우 긴박하고 어려운 상황에 놓여 있었고, 부산의 다방은 우익의 정신을 지켜내는 상징적 장소였던 셈이다. 김윤식, 「밀다원 다방의 시대」, 『사반과의 대화』, 민음사, 1997, 205~301쪽 참조.

사이였다.

그 뒤부터 강소천 형은 가끔 금강 다방에 나와 우리와 이야기를 나누곤 했다. 내가 '흥남 철수'란 소설을 쓰게 된 동기도 강소천 형의 체험담을 들은 것이 그 계기였는지 모른다.

이듬해 여름엔가 강소천 형은 조그만 동화집을 내었다. 금강 다방에서 출판기념회를 가지게 되어 내가 사회를 보았는데, 그 때 내가 놀란 것은 소천 형을 아는 사람이 뜻밖에도 많다는 점이었다. 강소천 형과 같이 그렇게 단신으로 피난 온 사람이 그 사이에 동화집을 내 놓는다는 것도 장한 일이지만 그의 출판 기념회를 축하해 주기 위해 모여든 문인, 교수 그리고 친지들이 의외로 많은데는 더욱 놀라지 않을 수 없었다.[63]

김동리와 손소희 부부. 두 사람은 강소천이 남한 아동문학장의 중심에 우뚝 서는 데 상당한 영향을 미쳤다.

서로의 이름 정도만 알고 있던 두 사람은 이 만남을 계기로 돈독한 관계를 유지하게 되는데, 이때 김동리의 부인이자 함흥 영생여자고등보통학교 출신인 손소희가 중요한 가교(假橋) 역할을 담당한다. 동향(同鄕)인 손소희와 강소천은 오래 전부터 펜팔 친구로 지내왔던 사이였던 것이다. 위에서의 장면이 첫 대면이었는지는 정확히 알 수 없으나, 손소희가 예술원 선거를 거론하며 쓴 글에서 "선거 때 받은 4표 중에 한 표는 문학 소년·소녀 시절부터 알았던 강소천 씨가 주었을 것"[64]이라는 대목을

63 김동리, 「강소천, 그 인간과 문학」, 『꽃신을 짓는 사람』(강소천 문학전집 3), 신교문화사, 1975, 305~306쪽.

64 손소희가 쓴 부분을 그대로 옮기면 다음과 같다.

(예술원 선거 직후) 어느 선배는, "여보시오, 당신 표가 나보다 많다고들 하는데 그게 정말이

보더라도 꽤 오래 전부터 문우관계를 유지했던 것은 분명해 보인다. 이 만남을 계기로 강소천은 다방에 나와 김동리는 물론 저명한 문인들과 지속적인 교류를 맺게 된다. 또한 1952년 9월에 열린 강소천의 출판기념회에서 김동리가 사회자로 나섰고 박종화, 이헌구, 모윤숙, 한정동, 김영일 등 성인문학과 아동문학의 주요 인사 26명이 자리를 함께 한다.[65] 이는 월남한 지 불과 일 년 정도밖에 안 된 강소천이 얼마나 빠르게 문단의 중심에 정착하고 있는지를 뚜렷하게 보여주는 장면이다.

이렇듯 강소천이 월남 작가 중에서도 큰 두각을 나타낼 수 있던 배경에는 이미 검증된 그의 문학적 역량 외에도 학연과 지연이 적지 않게 작용했던 것을 알 수 있다. 함흥 영생고보 동문들은 그가 정훈부에 들어가 자기 정체성을 확실하게 입증할 수 있는 가교 역할을 했을 뿐 아니라 당시 문교부 편수국에서 근무하던 최태호의 운명적인 만남도 가능하게 했다. 또한 고향 펜팔 친구였던 손소희는 남한 문단의 주류이자 보수의 대표격이었던 김동리와 접속할 수 있는 연결고리가 되는데, 이는 1950년대 중반 이후 김동리 체제로 전환된 문협에서 강소천이 아동문학분과위원장을 연임하게 되는 상황을 이해할 수 있는 근거이기도 하다.

(3) 아동문학 보수문단의 변곡점: 김영일·김요섭

1963년 강소천이 세상을 뜬 이후 김영일은 아동문학계의 새로운 주류로 부상한다. 이른바 '자유시론'의 창시자로 알려진 김영일은 1934년 매

요?"하고 나에게 물었다. "제가요? 제가 듣기로는 선생님 표는 34표구요, 제것은 4표라고 하던데요." 내가 대답했다. 나의 4표 중의 두 표는 김용호 씨와 강소천 씨가 준 것이라 하였다. 강소천 씨의 경우는 문학 소년·소녀 시절에 알았던 이름이어서 썼을 법도 하다고쯤 생각하고 있었고 또, 그것은 틀린 해석은 아니었을 것이다. 손소희, 『韓國文壇人間史』, 행림출판사, 1980, 198쪽.

65 「조그만 사진첩 출판기념회 개최」, 《경향신문》, 1952.9.25.

일신보 신춘문예에 「반딧불」이, 그 뒤 1938년 『아희생활』에 「방울새」가 당선되어 등단했으며, 1950년에는 1934년부터 1948년까지 발표한 시를 모아 첫 번째 동시집 『다람쥐』를 냈다. 그러나 김영일에 대한 평가는 아동문학 작가로서의 역량보다는 문단 실세로서 한층 두드러진다. 최근 연구에서는 김영일을 자유시론의 창시자로 지칭하는 것은 검증되지 않은 오해의 산물이라는 비판이 제기되기도 했다.[66]

김영일은 당대 정치 체제와 순응적인 관계를 형성하면서 시대의 흐름에 가장 영민하게 대처해 온 아동문학가라 할 수 있다. 일제시대에는 말단 경찰에 있다가 해방 직후 고위 간부를 지내는가 하면, 6·25전쟁 때는 임시 반공교과서 제작에 참여하였고, 1960년 4·19 이후에는 여기에 연루된 문인들을 심문하는 등 그의 관변적 성향은 시대를 떠나 일관되게 드러난다. 그러나 김영일에 대한 생애는 상세하게 밝혀진 바가 거의 없다. 같은 저자가 쓴 석사논문과 박사논문[67] 한 편씩이 나왔지만 생애와 관련된 내용이 매우 소략하다 보니 새롭게 주목할 부분은 찾아보기 어렵다. 김영일 자신도 지난 과거 행적에 대해 직접적으로 언급한 바가 거의 없다. 그나마 이재철과 조애실을 통해 일제시대와 해방기 그리고 1960년대의 단면이 일부 드러나기는 했으나, 그의 생애를 추론하기에는 매우 단편적인 수준이다. 사실상 현재 자료만으로는 김영일이 정치나 문단의 중심부와 어떻게 긴밀하게 연결될 수 있었는지를 밝히는 것은 추단(抽單)의 영역을 벗어나 있다. 다만 분명한 것은 1960년대에 접어들면서 김영일이 아동문학의 핵심 권력으로 부상했다는 점이다. 1960년

---

66 자유시론의 창시자로 알려진 김영일은 최근 연구를 통해 그 의미가 많이 부풀려졌다는 비판을 받기도 하였다. 김찬곤은 학술지 논문을 통해 김영일이 자유시로서 동시를 쓰고, 자유시론을 주창한 것이 양 알려진 것은 이재철의 검증되지 않은 평가에서 온 오해임을 지적한 바 있다. 김찬곤,「김영일의 '자유시론'과 '아동자유시집' 『다람쥐』, 『아동청소년문학연구』 10호, 한국아동청소년문학학회, 2012 참조.

67 권석순, 「김영일 아동문학 연구」, 강릉대 박사학위논문, 2009.

문단의 강제 통폐합 조치로 한국문인협회가 출범했을 때 초대 아동문학 분과위원장을 맡았을 뿐 아니라, 1962년에는 문공부 관할의 우량아동도서선정위원회의 위원장을 맡기도 했다. 당시 우량아동도서선정위원회는 읽혀야 할 책의 목록을 제시한다는 점에서 상당한 권력을 행사하고 있었다. 그러나 김영일의 세력 기반이 어디에 닿아 있었는지를 명확하게 보여주는 장면은 1970년에 들어서부터다. 예총과 한국문인협회 회장을 둘러싼 갈등이 심화됐던 1971년 《경향신문》에는 다음과 같은 기사가 실려 있다.

> 결국 문협의 예총 내의 비중이 커짐에 따라 그 외 단체와의 갈등이 이번 예총 회장 선거에서 표면에 드러난 것이다.
>
> 이러한 자체 내의 구성모순에서 이해랑 씨가 국회 진출을 위해선 김동리 씨의 "명예회장에 추대하고 국회진출을 돕겠다"는 제의를 "김동리 씨 자신이 국회 진출 의사를 갖고 있어 실현불가능"이라고 현직 예총 회장을 요구하여 예총 내에 「정치바람」의 파란을 일으켰다.
>
> 이러한 풍토에 **문협은 김동리씨가 문협 상임이사로 추천한 김영일, 이형기 씨 대신 조연현 씨가 추천한 김윤성 씨를 선출, 결국 김동리 씨를 불신임한 것**이다. (강조-인용자)[68]

김영일은 이형기와 함께 김동리가 문협의 상임이사로 추천한 인사로 언급돼 있다. 상임이사는 회장, 부회장, 사무처장 등과 더불어 문협의 핵심 인사 중 하나였다는 점에서 김영일이 김동리 체제에서 차지하는 비중을 가늠할 수 있다. 실제 김영일은 김동리의 문협 회장 선거 캠프에도 깊이 관여한 것으로 보인다. 시인 성기조는 1973년 2월 문인협회 이사

---

68 「어용단체 비난 속에 예총내분 심각」, 《경향신문》, 1971.2.12.

1979년 7월 28일 도봉산장에서 열린 제9회 한국아동문학회 세미나 사진. 왼쪽 두 번째부터 최태호, 김영일, 김동리, 성기조.

장 선거 캠프 상황을 전하는 과정에서 "문인협회 이사장으로 협회 살림을 야무지게 했던 김동리 회장 편에는 상임이사에 김영일, 『월간문학』 편집 실무를 맡은 이문구 씨가 있었는데 이번 선거에도 이들의 활동이 두드러졌다."[69]고 밝히고 있다. 또한 김영일이 1974년 한국문학사에서 주최한 제1회 〈한국문학작가상〉 심사위원으로 참가하게 된 이유도 김동리와의 관계를 무시하고는 해명이 불가능하다. 이때 김영일은 백철, 김동리, 유주현, 박남수와 함께 심사위원을 맡았는데, 이렇듯 유수의 평론가와 문학가 사이에서 김영일이 자리할 수 있던 것은 당시 주최측인 한국문학사의 대표가 김동리였기에 가능한 것이었다.[70] 1971년 김영일이 재창립한 〈한국아동문학회〉 정기세미나에 유독 김동리가 발제를 자주 맡게 되는 장면도 이러한 맥락과 통해 있다. 당시 김동리의 정기세미나

---

69 성기조, 『문단기행』, 한국문화사, 1996, 189쪽.

70 제1회 한국문학작가상의 심사위원은 백철, 김동리, 유주현, 박남수, 김영일이 맡았다. 이때 시 부문에는 고은, 소설에 송병수가 당선됐다. 「금년 문단을 결산하는 각종 문학상 수상 작가」, 《동아일보》, 1974.11.1.

발표 횟수는 〈한국아동문학회〉의 차기 회장이었던 박화목 다음으로 많았다.[71] 이러한 상황을 종합해 보건대 아동문학가 중에서 1970년대 김동리 체제와 가장 밀접해 있던 인물이 김영일이라는 사실은 틀림이 없어 보인다.

한편 환상동화의 선구자로 평가받는 김요섭은 김영일에 비하면 생애 고찰이 명쾌한 편이다. 김요섭의 자서전 『눈보라의 思想』(자유문연, 1991)에는 자신의 유소년시절부터 월남하는 과정, 6·25의 공포뿐 아니라 시·동화 습작 과정과 남한에서 정착하는 과정에서 교류가 있던 문인들까지 잘 드러나 있다. 김요섭은 함경북도 나남 출신으로 하나님이 주신 선물이라는 뜻으로 '요섭'이라고 이름을 붙일 만큼 독실한 기독교 집안에서 태어났다.[72] 출신 지역과 종교, 산문보다는 시가 주된 영역이라는 점에서 강소천의 궤적과 상당히 유사한 게 사실이다. 그러나 유복한 환경에서 자란 강소천에 비해 김요섭은 재혼 가정에서 태어나 가난한 유년시절을 보냈으며, 해방 이전 꽤 유명한 동시인이었던 강소천에 비해 김요섭은 1938년 《매일신보》 신춘문예에 2석으로 입선했다는 이력 외에는 문인으로서 내세울 만한 게 없었다. 오히려 함경북도 최고의 중학교인 나남중학교를 두 해 연속 낙방하고 그 다음 해에는 청진에 있는 실업계 수산학교마저 낙방하는 등 그의 청소년 시절은 좌절의 연속이었다. 그는 스무 살에 배움의 꿈을 안고 상경(上京)하기도 했는데, 당시 김요섭은 경제적 어려움은 물론 문학적으로도 하나의 영역에 뚜렷한 확신

---

71 김동리가 〈한국아동문학회〉의 세미나에 참석한 정황들은 다음과 같다. 1973년 8월 〈아동문학의 현실 진단〉에서 주제 강연, 1975년 8월 〈아동문학과 인간 형성〉 주제 강연, 1976년 7월 〈아동문학의 사회적 영향〉에서 주제 강연, 1978년 7월 〈새 시대 새 아동상〉 주제 강연, 1979년 7월 〈80년대 한국 아동 문학의 위상〉 주제 강연. 이것은 현재 상임고문인 박화목(8회) 다음으로 많은 횟수에 해당한다. (송명호, 「아동문학단체 세미나에서 일어난 일들」, 『문단유사』, 99~102쪽.) 원종찬, 「이원수와 70년대 아동문학의 전환」, 앞의 책, 147쪽 재인용.

72 아들을 얻기 위해 온갖 귀신을 섬기다가 뜻을 이루지 못하자 주변의 권유로 기독교를 믿게 됐는데, 이때 김요섭을 갖게 되면서 집안 모두 독실한 기독교인이 됐다. 김요섭, 『눈보라의 사상』, 한국문연, 1991, 16~17쪽.

을 갖지 못했던 것으로 보인다. 취직문제를 부탁하기 위해 미군정청 보건사회부에 있던 자형 사촌형님을 찾아가기도 하고, 희곡을 써 보고 싶어 극단 토월회 대표 박승희(朴勝喜)를 찾았다가 이도 여의치 않자, 동향 시인 이용악을 찾아가 도움을 청하기도 한다. 불안정하기는 정치적 성향도 마찬가지였다.[73] 좌익 단체인 조선민주당 나남시당 당원이었다가 우익 노조인 대한노총 간부로 일하기도 했는데, 이는 본인의 정치적 신념에 따른 결과라기보다는 당시 처한 상황에 따라 휩쓸린 측면이 적지 않았다. 그렇다면 김요섭의 심중은 과연 어느 쪽을 지지하고 있었을까? 다음 장면은 그 방향성을 가늠할 수 있는 단초를 제공해 준다.

내가 이 사람들한테 내놓은 한성일보 김동리, 서정주 등이 4월 4일에 조선청년문학가협회를 조직한다는 기사는 아주 낭보였다. 발기인 명단에는 많은 문학인의 이름이 나열되어 있었다. 유치환, 박두진, 곽종원, 박목월, 조지훈 등도 있었으나 그 때 전국적으로 알려져 있는 것은 김동리, 서정주, 유치환 같은 분이었다.

"서정주, 김동리 우익이구나!"

그들은 진심으로 기뻐하며 안도의 표정이었다. 그때 북쪽에서 듣기로는 문단은 진보적 민주주의란 이름으로 새빨갛게 되어 있다고 들었다.

별 볼일 없이 서울 갔다가 패전병처럼 고향에 돌아온 나는 그들을 만났을 때 창피한 생각만 들었다. 그러나 그들이 한성일보를 보고 기뻐하는 표정을 보자 내 마음에는 생기가 돌았다. 나는 부질없이 서울에 갔다온 것이 아니다. '개가 바위를 보고 온 것이 아니다' 이 말은 내가 심부름을 제대로 못하고 집에 돌아왔을 때 부친께서 한심하다는 듯이 내던진 말이다. **조선청년문학가협회 조직**

73 김요섭은 시인 김복원의 칭찬이 동화에 매진할 수 있던 큰 동기가 됐다고 말한다. 그런데 어느 날 아동문학의 계급성을 인정하는가를 묻는 그의 질문을 받고 얼결에 "네"라고 대답하는데, 그는 이때까지 이 문제에 대해 심각하게 생각해 본 적이 없었다고 토로한 바 있다. 김요섭, 위의 책, 289~290쪽.

기사가 실린 신문조각을 가지고 온 것만도 이번 여행의 큰 성과로 생각하게 되었다. (강조-인용자)[74]

상경의 꿈이 무너지고 다시 고향으로 돌아오는 길에 그는 조선청년문학가협회 조직 기사가 실린 한성일보를 발견하고는 그 기쁨을 고향 친구들과 함께 나눈다. 대부분의 문인들이 좌익 편에 선 줄 알고 내심 불안했던 차에 김동리, 서정주, 유치환이 우익으로 남아 있는 것을 알게 되면서 크게 안도했다는 대목에서 김요섭과 주변 문우들의 문학적 성향을 어느 정도는 예측할 수 있다.

이런 맥락에서 김요섭이 1946년 3·8선을 넘어 와서 대구에 정착하게 된 것은 그의 문학 인생에서 매우 운명적인 일이었다. 그는 대구에서 유치환이 집필자로 있던 『죽순』 동인지에 시 「수풀에서」로 첫 추천을 받았고, 이후 「바닷가」, 「애가(哀歌)」로 추천을 완료하면서 시인으로서 새로운 출발점에 서게 된다. 그리고 다시 『소학생』에 「연」(1948)을 발표한 이후부터 동화 창작에도 매진하게 된다. 여러 장르에 대한 고민을 접고 시와 동화 쓰기에만 몰두하기로 결심한 것도 대구에 정착한 이후부터였다. 이뿐만 아니라 대구 지역을 연고로 했던 영남 문인들과도 이때부터 인연을 맺게 된다. 특히 대구 동인동에 살던 박목월과는 주말 저녁마다 그의 집에서 시와 시국담을 나누는 등 꽤 친분이 깊었던 것으로 보인다. 김요섭이 대구 생활을 접고 서울로 올라가서 취직을 하게 된 것도 박목월 덕분이었다. 당시 대구에서 우익 노조 대한노총에 선거전력관으로 있던 김요섭은 "산아방이라는 출판사를 차렸으니 올라오라"는 박목월의 편지를 받고 미련 없이 서울행을 택한다. 당시 산아방은 『여학생』, 『중학생』, 『시문학』을 발간하던 출판사였는데, 김요섭은 이곳에서 박목

74 김요섭, 위의 책, 280~281쪽.

월 측근이었던 조지훈, 서정주, 김동리 등을 알게 된다.[75] 또한 많은 문인들의 집을 "직접 방문해서 원고 청탁과 수집"하는 과정도 남한 주류 문인들을 알아가는 데 큰 도움이 됐을 것이다.

이렇듯 1946년에 3·8선을 넘어 약 4년간 머물렀던 대구에서 김요섭은 시인과 동화작가로서 입문했을 뿐 아니라 박목월과의 친분을 바탕으로 서울에 올라와서 청년문학가협회 출신의 문인들과도 관계를 형성할 수 있는 계기를 마련하게 된다. 1945년, 스무 살에 상경했다가 한 달을 못 버티고 한성신문 한 부 사들고 귀향했던 김요섭이 불과 10년 만인 1955년, 문예지 『문학예술』 편집장을 맡게 된 상황도 이러한 배경을 통해서 설명이 가능하다.

그러나 한 가지 의문스러운 것은 출신지, 종교, 청문협 문인들과의 인연 등 여러모로 공통점이 두드러졌던 강소천과는 왜 그토록 대립적인 관계에 있었는가 하는 점이다. 그 원인을 실증적으로 밝혀내기는 쉽지 않지만, 당시 월남 아동문학가는 물론 아동문학계를 대표하던 강소천을 대타항으로 삼았을 가능성은 충분히 예측할 수 있다. 주류 경쟁에서 강소천은 반드시 넘어서야 할 대상이었고, 이는 문학적 성향과는 별개로 상대적으로 주류 경쟁에서 열세에 있던 작가들에게 암묵적인 연대의식을 심어주었을 것으로 보인다. 실제로 김요섭이 강소천에 대해 날카로운 비판을 쏟아낸 것은 1964년 『아동문학』 10집, 그러니까 강소천 1주기 추모 특집이 거의 마지막이었다. 아이러니하게도 1965년 김동리, 조지훈, 박목월, 최태호가 운영위원으로 있던 제1회 〈소천아동문학상〉을 김요섭이 받게 되면서 그의 문학적 행보는 새로운 전환기를 맞게 된다. 같은 해 김요섭은 김동리가 창간한 『월간문학』의 편집자로도 참여하게 된다. 박정희와 독대를 통해 지원금을 받아 낸 일화로 유명한 『월간문

---

75 조지훈은 산아방에서 나온 『시문학』 2호 편집주간이었고 서정주, 김동리가 이 출판사에 드나든 정황들은 그의 자서전에 잘 드러나 있다. 위의 책, 454~460쪽.

학』은 김동리가 조연현의 『현대문학』에 대항하는 자기만의 문예지를 갖기 위한 강력한 열망으로 탄생했다. 현재 자료만으로는 〈소천아동문학상〉 수상과 『월간문학』 편집자 중 어느 쪽이 먼저였는지는 확실하지 않다. 다만 분명한 사실은 이 두 가지 행적이 김요섭과 김동리가 연결되고 있는 강력한 신호이자, 강소천 이후 시대의 경쟁 구도에 김요섭이 주도권을 잡게 된 상황이라는 점이다.

1960년대 김요섭의 행보 역시 아동문학보다는 시인으로서의 활동이 두드러진다. 1965년 김요섭은 〈한국시인협회〉의 재창립 멤버로 참여했는데, 당시 구성원은 박두진, 조지훈, 장만영 등 50세 전후의 중견시인 3인과 이경남, 박희진, 김요섭, 이창대 등 30대 시인 4명이 전부였다.[76] 이들은 단체 발기인을 선정하는 작업을 시작으로 〈한국시인협회〉의 중추적인 역할을 수행해 나간다. 김요섭이 1968년 〈한국신시 60년 기념사업회〉의 사무국장을 역임하게 된 것도 이러한 흐름 속에 놓여 있다고 봐야 할 것이다.

그러고 보면 1965년은 김요섭 문학 인생의 변곡점이라고 해도 과언이 아니다. 제1회 〈소천아동문학상〉 수상, 『월간문학』 편집자, 〈한국시인협회〉 재창립 동인이라는 굵직한 변화들을 동반한 시기였기 때문이다. 물론 한층 다각적인 논의가 필요하겠지만, 이러한 일련의 변화가 강소천 사후(死後)에 일어났으며 김동리와의 접점이 뚜렷하게 드러난다는 점은 예사롭지 않은 부분이다. 특히 〈소천문학상〉과 『월간문학』의 경우에서 보면 강소천과 문학적 경향이 달랐고, 오히려 강소천 동화를 교훈주의와 상업주의로 비판했던 김요섭이 강소천을 기념하는 문학상의 초대 수상자가 됐다는 점이나 또 같은 시기에 김동리가 대표로 있는 문예지의

---

76 이들 창립 멤버는 광화문 유성다방에 모여 한국시인협회를 재발족시키기 위한 준비위원회를 가졌는데, 이들은 우선 발기인 선정 작업부터 착수했다. 발기인 명단은 50대 6명, 40대 18명, 30대 15명이었는데 김요섭은 30대에 속해 있었다. 정규웅, 앞의 책, 158~162쪽.

편집자로 참여하는 장면은 김동리를 둘러싼 함수관계를 고려하지 않고는 해명이 어려운 부분들이다.

위의 논의를 정리하자면, 1950~60년대 월남문인 출신으로 아동문학계의 중심부에 있던 강소천, 김영일, 김요섭은 어떤 식으로든 김동리 체제와의 관련성이 무관하지 않았다. 1950년대부터 1963년 타계하기까지 강소천이 가장 측근에 있었다면 이후 그 자리는 김영일과 김요섭에 의해 채워지는 양상으로 진행됐던 것이다. 김영일 이후 〈한국아동문학회〉를 이끌었던 박화목 역시 1946년 청년문학가협회 결성 당시 함께 일했던 인연이 있었다. 반면에 남한 출신으로서 견고한 문화자본을 구축하고 있던 윤석중, 마해송은 김동리와의 연관성이 특별하게 두드러지지 않는다. 각각 한국 아동문학계의 운문과 산문을 대표하는 작가로서, 대한민국의 정통성을 승계하기 위한 요건에서 월등한 위치에 있었기에 월남 작가들과의 경쟁은 별다른 의미가 없었을 것이다. 오히려 남한 출신이지만 6·25전쟁 이후 운신의 폭이 좁아진 이원수가 이들과 함께 경쟁했다고 보는 시각이 더욱 합당할 듯하다.

2. 문단의 통합과정과 아동문학 지형의 변화

문학사 연구에 있어 문단의 조직과 변화 과정을 탐색하는 일은 당대 문학의 목적성을 드러내는 작업과 다르지 않다. 하나의 문학단체는 그들 나름의 이념적 지표나 문학적 실천 방략을 기반으로 성립하기 마련이고, 이것은 그들이 문학을 통해 실현하고자 하는 바가 무엇이었는지를 명징하게 보여주는 표지이기 때문이다. 문학 연구에서 문단 내의 정치적 대립을 살펴봄으로써 문인 개인의 변화와 선택, 담론의 포섭과 배제 등을 주목하는 이유도 여기에 있다.

여기에서 다루고자 하는 1950~60년대는 강력한 국가권력과 문단 내부의 헤게모니 싸움이 문학단체의 생몰과 재편을 주도한다는 점에서 각별한 주목을 요한다. 남북분단과 6·25전쟁을 거치면서 자유민주주의는 필연적으로 반공주의를 동반하는 거대 기표로 작용했고, 주류 문학은 여기에 철저히 순응하는 방식으로 세력을 확장해 나갔다.[77] 1954년 예술원 선거와 1961년 군사정권 포고령 제6호에 의한 문화예술단체 통폐합 과정은 문화와 문학을 정치권력 안으로 포획·순치시키려는 대표적 사례로 꼽힌다. 그러나 당시 기득권 문학인들은 문학의 자율성 침해라는 본질적인 문제의식은 뒤로한 채 어떤 형식으로 동참할 것인가의 문제에 더욱 집착한다.[78] 여기에서 형식은 문단 내부의 주도권 싸움에서 어느 쪽이 유리한 룰을 선점하느냐의 문제와 직결되는 것이었기 때문이다. 따라서 1955년 자유문협과 문협의 양립에서부터 1961년 한국문인협회로 통합되는 일련의 상황은 문학과 국가권력의 유기적 공생관계를 보여주는 어두운 단면인 셈이다.

그렇다면 이러한 정치 문화적 배경, 성인문단의 분파와 조정 국면이 아동문단에는 어떠한 영향을 미쳤을까? 1950~60년대 서울에서 활동하던 아동문학단체는 〈한국문학가협회 분과위원회〉(1949), 〈자유문학자협회분과위원회〉(1955), 〈한국아동문학회〉(1954), 〈한국문인협회분과위원회〉(1961)로 요약할 수 있다. 한국아동문학회를 제외하고는 모두가 성인문단에 소

77 6·25전쟁을 겪으면서 냉전이 지배적 이데올로기로 고착화됐고, 남북한 모두 체제 순응적인 문학이 주류로 성장하게 되었다. 남한의 경우 순수문학이 구축되어 가는 과정은 이러한 시대적 분위기와 긴밀히 관련되어 있다. 이경수, 「순수문학의 구축 과정과 배제의 논리」, 『한국문학권력의 계보』, 문학과비평연구회, 2004, 79~80쪽.

78 예술원 선거 결과를 두고 분규가 일어난 것은 서로의 이해관계가 맞지 않은 결과일 뿐, 예술원 선거 자체만 두고 보면 문예단체의 적극적인 참여를 통해 이루어졌다. (이봉범, 「전후 문학 장의 재편과 잡지 『문학예술』」, 『한국 근대문학 재생산 제도의 구조』, 상허학회, 2007, 283쪽 참조.) 또한 한국문인협회로 통합되는 과정에도 군사정권에 대한 저항이 아닌 문단 주도권의 문제가 더욱 민감하게 작용하였다.

속된 분과단체였던 것이다. 그런데 엄밀하게 말하자면 한국아동문학회 역시 당시 〈전국문화단체총연합회〉(1947)에 속해 있었기 때문에 이 시기 중앙에서 활동하던 아동문학단체는 그 어느 것도 완전한 독립성을 획득하지 못한 상황이었다.

1950~60년대 아동문단 연구가 성인문단과의 역학관계를 통해 중층적인 차원에서 조망되어야 할 이유가 여기에 있다. 단독정부 수립 이후 1970년대에 이르러서야 비로소 전국 단위 아동문학단체가 온전한 모양새를 갖추기 시작했고, 이 공백기는 대부분 분과위원회가 대체해 왔기 때문이다. 따라서 문협과 자유문협의 분과위원장이 누구였으며, 각 단체의 회원 구성에서 드러나는 차이점은 무엇인지, 문단 통합 후에는 분과위원장의 구도가 어떻게 재편되어 나갔고, 이러한 일련의 계보가 주류 성인문학과는 어떤 관계성을 맺어 왔는지가 중요한 과제로 부각되는 것이다. 그 중에서도 문학단체를 대표하거나 주도적인 역할을 담당한 사람이 누구였는지를 밝히는 일은 이 연구에서 가장 우선해야 할 작업이다.

그러나 지금까지 우리 아동문학사에서 1950~1960년대 아동문학단체에 관한 연구는 불모의 영역으로 남아 있다. 아동문학 자료를 집대성해 놓은 이재철의 『한국현대아동문학사』에서도 분과위원회와 한국아동문학회의 존재 정도만 언급하는 정도에 그쳤고,[79] 1950년대와 1960년대를 다룬 최근 박사논문에서조차 이 부분은 주된 관심을 받지 못했다. 그나마 이상현의 『아동문학강의』와 소논문 「한국아동문학회 창립 50주년의 역사적 의의와 나아갈 방향」에서 단서를 찾을 수 있지만, 공소(空疏)한 측면이 있고 검증을 요하는 문제가 남아 있다.[80]

---

79 "50년대 초기에 이르면 이들 문학단체에 〈兒童文學 分科委員會〉가 설치됨으로써 독립된 분야로서의 활동이 가능케 되었다." 이재철, 『한국현대아동문학사』, 일지사, 1978, 518쪽.

80 이상현, 「아동문학소사」, 『아동문학강의』, 일지사, 1987.; 「한국아동문학회 창립 50주년의 역사적 의의와 나아갈 방향」, 『제33회 한국아동문학회 세미나 자료집』 참조.

필자가 확인한 바로는 1961년 설립되어 지금까지 현존하고 있는 한국문인협회에서조차 1960년대 아동문학에 대한 기록은 전무한 상황이다. 단체에 소속된 회원 명단은커녕 아동문학분과위원장이 누구였는지도 정확하게 파악하기가 어려운 실정인 것이다. 상황이 이러하다 보니 역사 속으로 사라진 문협과 자유문협회에 관한 실증은 더욱 요원할 수밖에 없다. 한국아동문학회(1954)의 연구는 조금 나은 편이지만, 창립년도 외에는 초대회장을 둘러싼 논란도 명쾌하게 정리되지 못하였고, 역대임원의 조직 구성은 창립총회 정도만 확실하게 드러나 있을 뿐이다.

따라서 여기에서는 1950~60년대 아동문학의 중앙문단의 역할을 수행했던 전국적 대표 문인단체 소속 아동문학분과위원회와 1954년부터 1961년까지 존속했던 한국아동문학회의 단체장과 핵심 임원의 계보를 정리하는 데 우선적인 목표를 두고자 한다. 아동문학뿐 아니라 일반문학 논저들에서 부분적으로 언급한 내용들을 하나로 모아본 후에 신문기사와 관련 저서를 통해 실증적으로 검증해 나갈 것이다. 또한 이 연구의 또 다른 목표는 성인문학과 아동문학이 교통하는 지점을 발견하고 아동문학 장의 형성과 분화라는 측면에서 그 의미를 탐색하는 데 있다. 이 시기는 정치적 현실의 제반 문제가 문단적 상황에 직접적으로 연결됨으로써 문단권력의 치열한 경쟁을 유발하였고, 아동문학분과위원회도 이러한 맥락과 무관하지 않기 때문이다. 따라서 당시의 아동문학단체장의 계보와 그것이 함의하는 바가 무엇인지는 성인문학과의 상관관계 속에서 적실한 의미를 드러낼 수 있을 것이다.

1) 1950년대 문단과 아동문학단체의 지형도

(1) 양대 문단의 성립 배경

1948년 단독정부 수립 이후 1950년대의 문단은 한국문학가협회(이하 문협)와 한국자유문학자협회(이하 자유문협)의 이원화된 구도에서 대립 경쟁하는 국면으로 진행되었다. 물론 전후 문단의 파쟁과 분립과정에서 역사적 정통성을 부여받으며 당대의 주도권을 행사한 쪽은 문협이었다. 문협은 1949년 12월 17일, 해방 정국에서 보수문단을 대변하던 '전국문필가협회'와 '중앙문화협회', '청년문학가협회'는 물론이고 좌익에서 전향한 문인들까지 포괄하여 '전국문화단체총연합회'(이하 문총) 산하로 결성된 문학 단체이다. 좌익문학과의 대타적 연대의식이 '민족', '반공', '자유민주주의' 담론으로 수렴됨으로써 문협이라는 통합적 보수단체가 탄생하게 된 것이다. 그러다 6·25전쟁이 끝나면서 김동리를 중심으로 한, 세칭 문협정통파가 자유진영 문인의 대명사로 부상하면서 우익문단 내부의 이권 투쟁이 서서히 가시화되기 시작한다.[81]

예술원선거는 이러한 내분이 문단주도권 쟁탈로 점화되는 결정적 빌미를 제공하였다. 1954년 3월 25일 예술원이 창설되고, 이때 예술원 회원으로 뽑힌 문학계 인사는 염상섭, 박종화, 김동리, 조연현, 유치환, 서정주, 윤백남이었는데,[82] 문제는 이들보다 문단의 선배격인 김광섭, 이헌구, 이하윤, 박계주, 모윤숙 등이 대거 탈락하면서 거센 반발이 야기된 것이다. 비난의 대상은 의당 문협파의 실질적 수장이었던 김동리에게 집중되었다. 예술원 선거에서 탈락한 이들은 김동리를 향하여, "문단에

---

81 최강민, 「문학제도와 정전의 계보학적 지형도」, 『한국문학권력의 계보』, 한국출판마케팅연구소, 2004, 23쪽.

82 조연현, 『내가 살아온 한국문단』, 현대문학사, 1969, 114쪽.

섹트를 구성해서 정실로 자파의 이익만을 일삼은 사람-모모를 핀셋으로 집어내라."[83]며 강력하게 성토하였다. 여기에서 '문단에 구성한 섹트'는 당연히 문협파를 가리키는 것이었고, 이러한 비판은 '문협 무능론'으로 이어져 급기야는 문협이 문총에서 제명되는 사태에 이른다. 결과적으로는 문총의 산하단체를 자유문협이 대신하게 되었지만, 문단의 주도권만큼은 여전히 문협 쪽에 기울어져 있었다.

1955년 두 단체의 임원 진용은 당시 이분화된 문단의 지형도를 선명하게 보여준다.

1955년 문협과 자유문협 임원진[84]

한국문학가협회	한국자유문학자협회
(수석대표위원) 박종화 (대표위원) 김동리, 서정주, 황순원 (시 분과 위원장) 박두진, (소설 분과위원장) 오영수 (희곡분과위원장) 이광래 (아동분과위원장) 강소천 (평론분과위원장) 조연현 (외국문학분과위원장) 원응서 (고전분과위원장) 구자균 (사무국장) 곽종원	(위원장) 김광섭 (부위원장) 이무영, 백철 (시분과위원장) 모윤숙 (소설분과위원장) 김팔봉 (희곡시나리오분과위원장) 서항석 (평론분과위원장) 이헌구 (외국문학분과위원장) 이하윤 (아동문학분과위원장) 마해송

문협은 제5차 정기총회를 통해 종전의 위원장제를 버리고 집단지도체제로 전환한다. 예술원과 문총 파동으로 어수선해진 분위기를 바로잡기 위한 비상체제였던 것이다. 상징적으로 존재하는 수석대표위원 박종화를 제외한다면, 대표위원 중에서 김동리가 가장 앞자리를 차지하고 있는데,[85] 이러한 임원 구성은 1961년 한국문인협회로 통폐합되기까지

83 서정주, 「명천옥 시대」, 『미당 자서전』, 민음사, 1994, 349쪽.
84 윤병로, 「한국 문인협회가 탄생하기까지」, 『문단유사』, 169~170쪽.
85 홍기돈, 「김동리와 문학권력」, 『한국문학권력의 계보』, 142쪽.

거의 변동 없이 그대로 유지된다. 이 시기 문협은 김동리가 실질적인 대표였다는 게 중론이다. 한편 1955년 4월 132명의 명의로 발기대회를 열고 출범한 자유문협은 김광섭을 위원장으로, 이무영·백철을 부위원장으로 세운다. 시분과위원장은 모윤숙이 맡음으로써 해방 후 최초의 순수문예지이자, 보수문학의 대명사였던 『문예』는 역사의 뒤안길로 자취를 감춘다. 『문예』의 폐간은 해방 후 좌익문학의 대타적 연대감으로 결집했던 보수 세력이 이제는 그들 내부의 헤게모니 투쟁으로 진입하고 있음을 보여주는 가장 상징적인 사건이었다.

이러한 일련의 분쟁, 그 이면에는 문단 지도층의 분열과 더 나아가 단체장을 둘러싼 헤게모니 싸움이 자리하고 있다.[86] 1955년과 1956년에 연이어 창간된 『현대문학』(1955.1)과 『자유문학』(1956.7)은 그 결과물이라 할 수 있는데, 두 잡지는 서로 경합을 통해 문단을 풍요롭게 하는 데 일조한 반면, 문단의 섹트화를 고착화시키는 결정적 빌미를 제공한다. 이 시기 문단 구조를 파악하는 연구에서 각 잡지의 고정필진이 누구였는지가 중요한 화제가 된 것도 바로 이 때문이다.[87]

(2) 양대 단체 아동문학분과위원장의 계보와 권력의 구도

전후 문학장의 재편과 우익문단 내부에서 벌어진 문단주도권 싸움이 아동문학장에는 어떠한 영향을 끼쳤을까. 좌우간의 갈등이 첨예했던 해방 공간이 그러했듯, 성인문단의 대립과 갈등이 아동문학 쪽으로 고스

86 1957년부터 60년 4·19 직후까지 『자유문학』의 편집장을 맡았던 김시철도 이러한 사실을 뒷받침하고 있다. "(두 단체의 양립은) 어쩌면 이것은 단체장이라는 '헤게모니' 싸움에서 생긴 부산물이라 해도 과언이 아니었다." 김시철, 「두 문학단체」, 『격랑과 낭만』, 청아출판사, 1999, 154쪽.
87 김시철은 그 당시 편집자들의 고충을 이렇게 털어놓았다. "이쪽에서 저쪽 권에 청고(請稿)를 하면 뭔가 서로 반목되는 입장인지라 잘 응해 주지도 않아서 필자선정도 어렵고 이런 저런 성향을 따져가며 눈치껏 부탁할 수밖에 없었다." 위의 책, 88~89쪽.

란히 전이되었다고 보기는 어렵다. 이 중에는 자기 의사와는 무관하게 단체에 이름만 올려놓았거나 인정에 끌려 임원을 맡게 된 경우도 배제할 수는 없다.[88] 그러나 일반 회원과는 달리 분과위원장은 비교적 자기 의지가 적극적으로 반영되었을 뿐 아니라 특정 권력을 기반으로 옹립된다는 점에서 일반 회원과는 차별성을 갖는다.

특히 문협 소속의 아동문학분과위원장은 당시 아동문학의 주류이자 대표성을 드러내는 기표라 할 수 있다. 1949년 초대분과위원장을 맡았던 윤석중은 등단시기, 창작활동, 문화운동 등 모든 면에서 당시 남한아동문학가 중 가장 선두에 자리하고 있었다. 해방 직후 '조선프롤레타리아문학동맹'(1945.9)에서 중앙집행위원으로 중책을 맡았던 이주홍은 애초부터 후보 명단에서 배제되었을 것이 뻔했고, 그나마 가장 유력한 경쟁자였던 이원수도 문협정통파(文協正統派)와의 친연 관계 면에서 윤석중보다는 열등한 위치에 있었다. 게다가 송완순이 「아동문학의 천사주의」(『아동문화』, 1948. 11)에서 좌파의 대척점에 윤석중을 세움으로써 일시에 우파를 대표하는 작가로 부상하게 된 배경도 간과하기 어렵다.

윤석중은 1951년 2차 정기총회[89]를 통해 재선하여 1952년까지 직책을 맡았던 것으로 보인다. 그러나 6·25전쟁으로 말미암아 당시 문협의 모든 사업이 전무했던 시기였고 이변의 여지가 없는, 지극히 당연한 선출이라는 점에서 윤석중의 존재는 상징적 의미가 한층 강했다고 봐야 할 것이다.[90] 오히려 아동문학장의 판세를 가늠하기 위해서는 다음 바통을 누가 이어받을 것인지, 거기에 더 큰 관심이 쏠릴 수밖에 없다.

1949년 문협이 결성되기 직전만 하더라도 이원수는 차기 분과위원장의 유력한 후보 중 한 명이었다. 당시 문협 준비위원회가 공지한 추천위

---

88 정규웅, 「카멜레온을 닮은 문인들」, 앞의 책, 47쪽.
89 윤석중은 1951년 제2차 정기총회에서 다시 이름을 올린다.
90 김동리, 앞의 책, 147쪽.

韓國文學家協會結成式

한국아동문학가협회 결성식 기사에는 추천위원 명단이 실려 있는데, 아동문학가 중에는 윤석중, 이원수가 포함돼 있다.《경향신문》, 1949. 12. 14.

원 명단을 보더라도 저명한 문인들 명단 속에 전문 아동문학가로는 윤석중, 이원수가 포함돼 있음을 알 수 있다.[91] 두 사람은 1911년 동갑내기로 등단 시기에서도 윤석중 1925년, 이원수 1926년으로 별 차이가 없을 뿐더러 비록 그 경향은 달랐을지언정 작가로서의 면모에서도 가장 독보적인 입지를 구축하고 있었다는 점에서도 충분히 납득이 가는 장면이다. 그러나 전술한 바와 같이 1950년 6·25전쟁이 발발하면서 이원수의 위상은 급격히 돌변한다. 전쟁 때 피난을 가지 못하고 3개월간 북한 치하에 있을 때 인민군에 협력한 일로 9·28수복 후 쫓기는 몸이 된 것이다.

한편 6·25전쟁을 기점으로 월남 아동문학가들이 남한 아동문학계의 새로운 주류로 부상하기 시작한다. 1953년 휴전 협정을 한 달여 앞둔, 6월 23일 문협 임원 개선에서 강소천이 분과위원장으로 등장하는 장면은 이러한 변화를 보여주는 대표적 징후라 할 수 있다. 강소천은 1953년부터 1961년 한국문인협회가 출범하기 전까지 약 8년 동안 분과위원장을

91 한국문학가협회 준비위원으로는 박종화, 김진섭. 염상섭, 이헌구, 김광섭. 김영랑, 백철, 주요섭, 유치진 이상 9명이고, 참석을 바란다며 회원 명단을 공개하였는데 이 중에서 전문 아동문학가로는 윤석중, 이원수, 김영일, 박화목이 포함돼 있다. (「한국문학가협회 결성식」, 《경향신문》, 1949.12.14.) 그런데 이때까지 박화목은 아동문학보다는 시인으로서 더 알려져 있었고, 문학적 성과나 입지로 보면 김영일보다는 이원수가 한층 비교우위에 있었던 게 사실이다.

유임한다. 특히 앞서 언급한 바와 같이 문총으로부터 제명된 1955년부터 김동리 중심의 체제 개편이 한층 강화된 시기였다는 점에서, 이 당시 강소천이 문협의 중핵적인 인물로 부상했음을 알 수 있다.

이러한 사실을 토대로 문협의 분과위원장 계보를 정리하면 다음과 같다.

〈한국문학가협회 아동문학분과위원장〉

○1949년 초대분과위원장 윤석중

○1951년~1952년 분과위원장(재선) 윤석중

○1953년~1961년 분과위원장 강소천

문협은 임원 개선이 많지 않았고, 특히 1955년부터는 사무국장이 바뀐 것 외에는 일체의 변동이 없었다. 그러다보니 아동문학분과위원장 두 사람만 가지고 논의를 진척하기에는 한계가 따를 수밖에 없다. 특히 문협 아동문학분과위원회의 활동 내역이 뚜렷하지 않거니와 문협 측 잡지였던 『현대문학』에서도 유의미한 흔적을 발견하기 어렵다. 이러한 상황에서 자유문협의 기관지였던 『자유문학』에 실려 있는 회원 명단과 아동문학 관련 지면들은 두 단체 간의 상대적 차이를 발견하는 데 유효한 단서를 제공해 준다.

먼저 현재까지 확인 가능한 자료를 토대로 자유문협 아동문학분과위원장과 소속 회원들의 명단을 정리하면 다음과 같다.

〈한국자유문학자협회 분과위원장 및 회원〉

○1955년 초대분과위원장 마해송[92]

92 "한국자유문학자협회 임원은 십이일 창립총회에서 다음과 같이 선출되었다. △최고위원: 백철, 김팔봉, 이무영, 이하윤, 이헌구 (…) △ 아동문학분과위원장 : 마해송" 「문화소식」, 《경향신문》, 1955.6.15.

○1956년 분과위원장 정홍교[93]

○1957년 분과위원장 이원수 (간사 김영일)[94]

○1958년 11월 기준 소속 회원[95]

김영일 · 김상덕 · 목일신 · 목해균 · 박화목 · 이종기

이영철 · 이원수 · 정홍교 · 홍은순 · 석용원 (박홍근)[96]

○1961년 분과위원장 정홍교[97]

자유문협 초대분과위원장 마해송은 김광섭, 김광균, 백철 등과 마찬가지로 예술원 선거에서 낙선하면서 문총 산하단체인 자유문협으로 결집한 경우이다.[98] 하지만 그동안 문헌자료를 검토해 보면, 자유문협 초대분과위원장이 정홍교로 잘못 알려진 경우가 많았다.[99] 마해송은 자유문협 회원이나 분과위원장으로서 부각된 바가 거의 없고,[100] 그나마 『자유문

93 「자유문협 임원 개선」, 《경향신문》, 1956.4.18.

94 1957년 7월 3일 정기총회에서는 분과위원장에는 이원수가 피선되고, 김영일이 간사를 맡았다. 「자유문협임원개선」, 《동아일보》, 1957.7.31.

95 1958년 11월호에는 자유문협 소속 회원명단과 주소가 실려 있는데, "下記의 名單은 自由文協 發足以來로 지난 九月까지 入會를 志望한 本人의 加入書에 準해서 이번에 발표하기로 된 것이다."라고 그 기준을 밝히고 있다. 「한국자유문학자협회 회원명단 및 주소」, 『자유문학』 1958년 11월호, 324~327쪽.

96 박홍근은 잡지 명단에서는 빠져 있는 대신 이재철의 『세계아동문학사전』에서 자유문협회원 소속으로 소개된 것을 발견할 수 있다. (이재철, 『세계아동문학사전』, 계몽사, 1989, 130쪽.) 1959년부터 60년까지 동시(1편), 시(2편)를 발표한 정황으로 봐서 명단이 발표된 1958년 11월 이후에 단체에 합류했을 가능성이 높다.

97 1960대 당시 중앙일보 기자였던 정규웅은 1961년 4·19혁명이 일어나기 직전 문협과 자유문협의 지도층 문인들을 언급하였는데, 여기에서 아동문학분과위원장이 정홍교로 명시되어 있다. (정규웅, 앞의 책, 47쪽.)

98 시인 최하림이 경향신문에 연재한 글에서 백철이 예술원 선거에서 떨어진 상황을 이야기하면서 그때 함께 떨어진 작가 중에서 마해송을 언급하고 있다. "세계에서도 유례가 없는 예술원 선거가 행해졌는데 30을 갓 넘은 많은 예술인들이 이른바 아카데미 회원이 되는 영예를 얻은 반면 김광섭, 김광균, 마해송, 백철 등이 낙선되었다." 「문단이면사 일화로 엮어 본 문인들의 작품과 생애 (19), 백철」, 《경향신문》, 1983.6.11.

99 그동안 1955년 자유문협 초대 아동문학분과위원장이 정홍교로 알려져 왔다. 이상현의 『한국아동문학론』(동화예술선서, 1976)에 실려 있는 「한국아동문학사 연표」(329쪽)나 『문단유사』에서 윤병로가 쓴 「한국문인협회가 창립되기 까지」(170쪽)에서도 마찬가지이다.

100 이재철의 『세계아동문학사전』(계몽사, 1989)에서도 마해송은 한국문학가협회 대표위원으로 소개되었을 뿐, 자유문협에 대한 언급은 전혀 없다.

학』 주간이었던 김용호가 쓴 글에서 본지의 주요 필자로 언급한 정도가 고작이다.[101] 이는 그동안 연구가 소홀한 탓도 있겠지만, 마해송 스스로가 미온적인 태도로 일관했던 이유가 더욱 컸을 것으로 보인다. 실제로 필자가 확인한 결과, 마해송이 『자유문학』의 필자로 참여한 것은 수필 2편이 전부였을 뿐 아니라[102] 자유문협에 관련한 사업에도 그의 이름을 찾아볼 수가 없었다. 게다가 당시 마해송은 자유문협 창립총회를 통해 아동문학분과위원장으로 선출되었는데, 불과 6일 후에는 문협의 대표위원에도 등장하는 등 애매모호한 행보를 보인다.[103] 이는 6·25전쟁 당시 공군종군단장을 지내며 조지훈, 박목월, 김동리 등과도 친분이 깊었던 마해송이 두 문학단체의 갈등 사이에서 매우 복잡한 심경에 처해 있음을 보여주는 장면이다.[104] 물론 이듬해인 1956년 3월 다시 문협을 탈퇴하였고,[105] 문총 산하단체였던 한국아동문학회의 대표(1956년)를 맡은 정황으로 미뤄 보건대, 마해송의 주요 거점이 자유문협 쪽이었다는 것은 부인하기 어렵다. 하지만 그렇다고 해서 마해송이 문협과 특별히 대립

---

101 김용호, 「자유문협 주변」, 『한국문단이면사』, 깊은샘, 1993, 383쪽.

102 여기서 확인한 자료는 1956년 7월 창간호부터 김광섭 개인 문예지로 넘어가기 직전인 1960년 12월까지를 대상으로 하였다. 다만 국립중앙도서관에 현존하는 자료만을 대상으로 하였음을 밝혀두는 바이다.

103 1955년 6월 15일자 《경향신문》에는 자유문협 쪽에 이름이 올랐다가 1955년 6월 21일자 《경향신문》에는 문협 쪽에 다시 이름이 올라와 있다. 특히 6월 21일자 신문에는 자유문협의 주요 간부인 모윤숙, 이하윤, 이무영, 이헌구를 제명하고 문협의 대표위원으로 박종화, 염상섭, 김동명, 마해송, 유치진을 선출하였다는 기사가 실려 있다. 「두 개로 완전 분열 문협과 자유문협」, 《경향신문》, 1955.6.21.

104 6·25전쟁 당시 공군문인단장을 역임하면서 조지훈, 박목월, 김동리 등 문협계 인사들과 두터운 친분을 쌓았던 마해송으로서는 그들과 대립각을 세워야 했던 현실이 못내 불편했을 것이다. 이러한 상황은 1956년 동아일보에 실려 있는 김팔봉과의 신춘대담에서도 고스란히 드러난다. "두 개로 양립되어 있는 것이 투쟁하는 건 아니라고 할지라도 외관상 좋지 못하니까 이것은 하나가 되어주는 것이 좋을거야요. 언젠가 마해송 씨가 나보고 팔봉이 월탄하고 제일 오랜 친구요 과거 백조(白潮) 동인으로서 다정한 사이로 이것은 팔봉 밖에 적임자가 없으니 팔봉이 월탄을 좀 만나서 어떻게 통합되는 방책을 간구하는 것이 좋지 않겠소.(…)" 「병신년(丙申年)의 문학·문단: 박종화 씨 김팔봉 씨 신춘대담」, 《동아일보》, 1956.1.5.

105 경향신문에는 한국문협 회원 마해송, 이한직, 조지훈, 최정희, 곽하신, 박남수, 방기환 총 7명이 단체 생활에 염증을 느껴 탈퇴하게 되었다는 기사가 실려 있다. 「단체 생활에 염증? 한국문협 칠(七)씨 탈퇴」, 《경향신문》, 1956.3.13.

적인 관계에 있었다는 근거 또한 전혀 없다. 자유문협의 초대분과위원장이었음에도 불구하고 1958년 12월, 자유문협이 공개한 회원 명단에서 빠진 것을 보더라도 마해송과 자유문협의 연관성은 매우 제한적이었다고 보는 게 적절할 듯하다.[106]

한편 마해송 뒤를 이어 분과위원장에 오른 정홍교는 문화운동에 많은 비중을 두었던 자유문협의 경향과도 잘 들어맞는 인사였다. 그는 해방 이전부터 소년운동단체 〈오월회〉(1925)의 회장을 맡으며, 당시 소년운동가로서 득의의 영역을 갖고 있었기 때문이다.[107] 그러나 작가로서 그의 면모는 지극히 왜소화될 수밖에 없다. 아동문학사에 뚜렷한 종적을 남긴 작품이 전무하거니와 대표작으로 소개된 작품들도 문학적 함량을 견지하지 못한 게 사실이다. 『자유문학』에서도 광고 지면을 통해 '사업가'[108]나 '소년운동 위원장'으로 소개되는 경우가 빈번한 반면, 순수하게 필자로 나선 경우는 거의 없었다.[109]

전문 아동문학가로서 『자유문학』에서 가장 활발하게 참여한 필자는 이원수와 김영일이다. 이원수는 창간호에서부터 1960년 12월까지 수필 1편, 평론 4편, 동화 1편을, 김영일은 수필 1편 동시 2편, 시 1편, 평론 2편을 발표하였는데, 아동문학 지면이 매우 제한적이었던 상황이었음을

---

106 『자유문학』이 발표한 회원 명단은 자유문협사무소국에서 작성한 것으로, 자유문협이 발족한 이래로 1958년 9월까지 '입회를 희망한 본인의 가입서'에 준해 구성된 것이었다. 따라서 마해송이 여기 명단에서 빠져있다는 것은 애초부터 가입서를 제출하지 않았거나, 중간에 탈퇴했을 가능성도 배제할 수 없다.

107 지금까지 정홍교는 현실주의 소년 운동가로 알려져 왔지만 이 부분도 아직 재평가될 여지가 많이 남아있다. 최근 원종찬은 1920년대 아동문학을 조명한 글에서 '그가 사회주의 운동에 전념한 것은 극히 일부 시기에 국한되어 있을 뿐이며, 민족사회운동으로서의 소년운동이 금지된 1937년 이후에는 친일적인 관제소년운동의 앞잡이로 전락했다'고 평가한 바가 있다. (원종찬, 「1920년대 〈별나라〉의 위상」, 『1920년대 한국아동문학의 재인식』, 2012 한국아동문학회 제19회 가을 학술발표대회 자료집, 102쪽.) 또한 1950년대 그가 발행한 『소년시보』를 보더라도 반공주의나 친체제적 성향이 강했다는 것을 확인할 수 있다. (『소년시보』, 1958.4.1. 참조)

108 정홍교의 이름은 광고 지면을 통해 더 많이 눈에 띈다. '축, 자유문학 발전! 한국 建· ·物 주식회사 사장 정홍교'(1958, 7월호), '한국소년운동자총연맹 위원장 정홍교 (1960, 4월호).

109 정홍교, 「소년운동과 그 사명」, 『자유문학』, 1960년 7월호.

고려하면 결코 적지 않은 활약이었다.[110] 필자로 참여하되 아동문학가가 아닌 시인으로서만 활동하던 박화목, 석용원이나 수필만 몇 편 썼던 마해송과는 사뭇 대조적이다. 특히 1957년 이후부터 아동문학 평론을 비롯하여 동화, 동시가 등장하기 시작한 것은 이원수가 분과위원장을 맡은 것과 밀접한 연관성을 갖는다.[111]

이러한 사실을 종합해 보건대 1950년대 분과위원장 중 핵심 인물은, 문협 쪽에서는 윤석중과 강소천, 자유문협 쪽에서는 이원수와 김영일이라 할 수 있다. 그 중에서도 각 단체의 대표성을 갖는 인물은 강소천과 이원수였다. 물론 이러한 구분이 극단적 반목과 대립을 의미하는 것은 아니지만, 자유문협 기관지에 윤석중과 강소천의 글이 한 편도 없는 것을 보더라도 각자의 활동 반경이 확연히 달랐던 것은 분명했다.[112]

그런데 여기서 한 가지 주목할 것은, 같은 단체에 소속된 임원이라고 해서 이념적 동질성 또한 균일하지는 않다는 점이다. 특히 문협의 분과위원장들에 비해서 자유문협 쪽이 훨씬 밀도가 떨어지는 게 사실이다. 당시 출판업까지 영역을 확장했던 정홍교는 차치해 두고라도, 김영일과 이원수 사이를 관통하는 일관된 특질조차 선뜻 잡히는 바가 없다. 김영일은 황해도 신천 출신의 월남작가로 해방 이후 줄곧 반공주의 입장에

---

110 『자유문학』에 실려 있는 이원수와 김영일의 글은 다음과 같다.
▶ 이원수: 「토끼와 친하여」(1956.8. 수필), 「모색하는 여러 경향」(1957.12. 평론), 「창작여담」(1958.2. 평론), 「문학으로서의 동화를」(1958.12. 평론), 「강물이 흐르듯이」(1959.12. 동화), 「동시의 방향을 바로 잡자」(1960.2. 평론).
▶ 김영일: 「동명이인」(1956.9. 수필), 「눈길」(1958.2. 동시), 「중국의 마술사에 대한」(1959.12. 시), 「아동문학의 동향」(1958.11. 평론), 「기다리는 밤」(1959.12. 동시), 「아동문학의 과제」(1960.5. 평론).

111 1957년 이원수가 평론 「모색하는 여러 경향」을 발표하기 전까지 마해송, 이주홍, 어효선, 김영일은 수필이 실린 게 전부였다. 마해송, 「조상(祖上)」(1956.6) / 이원수, 「토끼와 친하여」(1956.8) / 이주홍, 「희담(戲談)」(1956.12) / 어효선, 「집안 망신」(1957.8) / 마해송, 「기생」(1957.9) / 김영일, 「동명이인」(1957.9.)

112 필자가 확인한 바로는 강소천과 윤석중은 『자유문학』 필자로 한 번도 참여하지 않았고, 이원수는 1957년 『현대문학』에 단편동화 「여름밤의 꿈」을 한 차례 발표한 바 있다.

있었기 때문에, 설령 문협 쪽에서 활동하더라도 전혀 이상할 것이 없었다. 이원수와는 지역코드, 작품경향, 발행매체의 성향 등 모든 면에서 유사성보다는 차이점이 부각되는 것을 알 수 있다.

이러한 이질감은 자유문협 회원 명단에 있는 목일신, 목해균, 김영일, 김상덕, 박화목, 이종기, 이영철, 홍은순, 석용원, 박홍근에서도 동일하게 드러나는데, 이는 자유문협의 일반적 특징과도 일맥상통한다. 애초부터 자유문협은 주류 문단을 점유해 온 문협에 대한 대타항적 성격이 강했고, 문학적 정체성을 뚜렷이 하기보다는 문화운동 쪽에 한층 무게 중심을 두고 있었다. 문총 산하 단체로 있으면서 문협에 비해 회원수가 월등하게 많았음에도 불구하고 문인들의 결집력이나 문단의 영향력이 현저하게 떨어졌던 이유도 이 때문이다. 이러한 측면에서 문단이 통합된 1960년대를 지나 1970년대 초에 이르러 서로 다른 색채를 드러내기 시작한 것은 어쩌면 당연한 결과라 할 수 있다.

반면에 작가의 '지역 코드'를 중심에 두고 보자면 자유문협 성인문학 작가들과는 사뭇 다른 편향을 발견하게 된다. 주지하는 바와 같이 전후 문단 재편에서 남한 대 북한의 지역주의 코드는 주요한 변수로 작용했다. 자유문협은 주로 북한 출신들이 주류를 형성하고 있었는데 아동문학 회원만큼은 이러한 면모가 크게 두드러지지 않는다. 박화목(황해도 황주), 김영일(황해도 신천), 박홍근(함북 성진) 정도만이 북한 출신이고, 정홍교와 이원수, 마해송은 물론, 대부분의 회원들 역시도 남한 출신이었던 것이다.[113] 정작 1950년대 아동문학장을 주도했던 월남작가들, 이를테면 강소천, 박경종, 김요섭, 유영희, 최효섭, 함처식, 장수철, 이주훈, 한낙원 등의 이름은 여기에서 빠져 있다. 물론 이들 모두를 문협 회원으로 단정할 근거는 없다. 그럼에도 1950년대 월남한 아동문학 작가들이 그들의

---

113 목일신(전남 고성), 목해균(경기 안성), 김영일(황해도 신천), 김상덕(서울), 이종기(경북 영천), 이영철(개성), 이원수(경남 양산), 정홍교(서울), 홍은순(서울), 마해송(개성).

생존 방식으로 반공주의와 상징권력과의 연대를 추구해 왔다는 점에서 어느 정도 납득이 가는 부분이다.

범박하게 보자면 1950년대 아동문학분과위원회 구성은 '주류/비주류'라는 도식에서는 성인문단의 그것과 유사하지만, '남한/북한'의 지역코드 면에서는 오히려 정반대의 경향이 강했던 것이다. 이것은 다시 말해 성인문학에서 통용되는 〈주류 – 남한/비주류 – 북한〉이라는 도식이 아동문학에서는 거꾸로 〈주류 – 북한/비주류 – 남한〉이라는 전복된 양상으로 귀착되었음을 말해준다. 각각의 대립항에 강소천과 이원수가 자리하고 있음은 두말할 나위가 없다. 1950년대 강소천은 문협을 대표하는 아동문학가로서 남한 아동문학계의 주류로 떠오른 한편, 이원수는 이에 대한 대타항의 중심에 서게 된 것이다.

그럼에도 1950년대 문단에서 누구 못지않게 활발한 행보를 보인 김영일이 자유문협 간사에 머물렀다는 점은 여전히 이해하기 어려운 장면으로 남는다. 다음 장에서 논의할 한국아동문학회는 이러한 의구심을 풀어 줄 단서가 담겨 있다.

(3) 김영일과 〈한국아동문학회〉가 놓인 자리

〈한국아동문학회〉는 1953년 12월 총 44명의 아동문학가들이 발기인으로 참여하였고, 1954년[114] 1월 10일, 서울에서 활동하던 아동문학가들

---

114 〈한국아동문학회〉의 창립 연도는 1953년과 1954년이 혼재되어 왔다. 한국문인협회가 편찬한 『문단유사』에서 송명호(「아동 문학 단체 세미나에서 일어난 일들」, 99쪽.)는 1953년으로 돼 있는 반면, 이영호(「갈등 끝에 탄생한 한국 아동 문학인 협회」, 222쪽.)는 1954년으로 명시하고 있다. 또한 선안나(「1950년대 아동문학 연구」, 2005, 성신여대 박사학위논문)와 이재철(『한국현대아동문학사』, 1978, 일지사)의 글에서도 각각 1953년과 1954년으로 엇갈려 있다. 그런데 1954년 《경향신문》(1.17일자) 기사와 『소년세계』(1954.2, 47쪽.)에 실린 한국아동문학회 광고, 한국아동문학회 발기취지서를 확인한 결과 본 단체의 창립연도는 1954년이 확실하다.

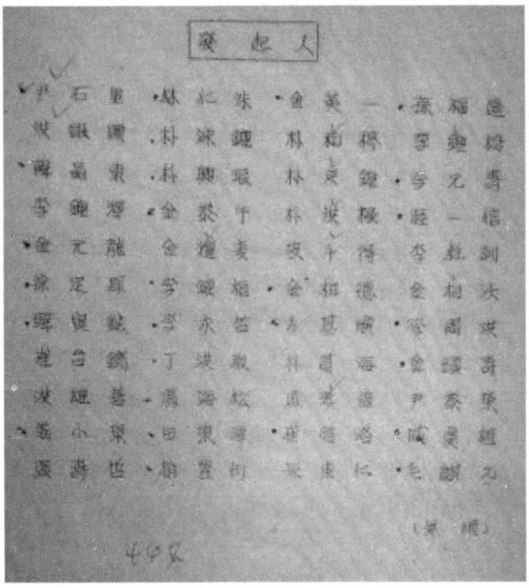

發起人

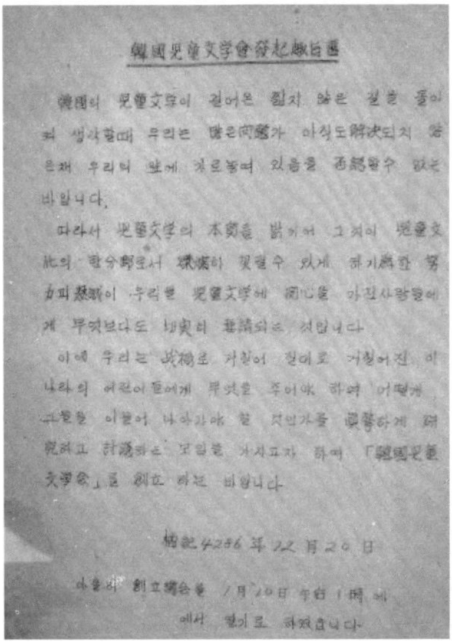

韓國兒童文學會發起趣旨書

檀紀4286年12月20日

▲한국아동문학회 발기인 명단에는 총 44명의 아동문학가들의 이름이 올라 있다.
▶한국아동문학회 발기 취지서. 1953년 12월 20일.

이 중심이 되어 창립하였다. 문협의 분과위원회 소속에 머물러 있던 아동문학단체가 1953년 7월 휴전협정이 맺어진 직후부터 독립적인 단체를 결성하게 된 것이다. 그러다 1955년 문총 산하의 자유문협이 출범하면서 한국아동문학회는 다시 분과위원회 소속으로 통폐합하라는 권고를 받게 된다. 1955년 7월 8일자 《경향신문》에는 당시의 상황이 잘 드러나 있다.

> 며칠 전 열린 문총중앙위원회에서는 그의 산하단체로서 얼마 전에 결정을 본 〈한국자유문학자협회〉의 가입을 조건부로 가결하였다. 조건이란 한국아동가협회(한국아동문학회를 칭함-인용자) 자유문협 쌍방에서 일개월 동안에 합류할 것을 전재로 한 것을 말한다. 자유문학자협회에서는 아동문학부라는 전문 분과위원회가 있으니 한국문학가협회라는 별개의 문학단체를 두기 어렵다는 것이 문총의 태도인 듯하다. 그러나 아동문학가협회 측에서는 문총의 산하단체로서 엄연히 존재하고 있었으니 만큼 새삼스러이 해체하거나 혹은 자유문협의 일개

분과위원회로 통합되기 싫다는 의사를 강경하게 표시하여 문총으로 하여금 일개월의 여유를 주게 한 모양이다.[115]

결과적으로 한국아동문학회는 1961년 한국문인협회로 통폐합되기 전까지 독립적인 단체로 존속하면서 해방 이후 최초의 선집인 『현대한국아동문학선집』(동국문화사, 1955)을 편찬하였고, 우량도서 선정,[116] 아동문학 강좌 주최,[117] 출판 기념회 등의 사업을 전개해 나간다. 그러나 위의 기사에서도 드러나 있듯, 한국아동문학회 역시 문총 산하에 있었기 때문에 이후에 결성된 자유문협 분과위원회와는 자매기관의 성격이 강했다. 역대 임원 구성에서도 이러한 면이 두드러지는데, 연도별 임원 구성을 정리해 보면 다음과 같다.

〈한국아동문학회 역대 임원 구성〉

○1954년 제1회 정기총회[118]

(회장)한정동 (부회장)김영일 · 이원수 (참여)정홍교 · 윤석중 · 박목월 · 강소천

(위원)이종환 · 방기환 · 김진수 · 홍웅선 · 김상덕 · 박화목 · 강소천

○제2회 정기총회[119]

(회장)김영일

---

115 「지성의 야합」, 《경향신문》, 1955.7.8.

116 「한국아동문학회 우량도서 선정」, 《경향신문》, 1955.11.24.

117 이상현의 「한국아동문학사 연표」를 보면 1958년 10월 29일부터 31일까지 '한국아동문학회 주최로 아동문학 강좌를 열었다'는 기록이 남아 있다. 이상현, 앞의 책, 329쪽.

118 어효선 고희기념 문집에 실려 있는 '아동문학회 창립 기념'사진을 근거로 보면 창립 총회 명단은 다음과 같다. 강소천, 김상덕, 김영일, 김진수, 박목월, 박창해, 박화목, 어효선, 이원수, 이종환, 임인수, 방기환, 손복원, 윤태영, 장수철, 최태호, 한정동, 홍웅선. 이상 18명. 이 사진은 『소년소녀 한국의 문학』 2권(신구문화사, 1972)에서도 확인할 수 있다.

119 이상현은 2회 정기총회에서 김영일이 회장으로 당선되었다고 했지만 정확한 연도와 분과위원 명단은 밝히지 않았다. 이상현, 앞의 글 참조.

1954년 1월 10일, 한국아동문학회 창립총회 사진. 앞줄 왼쪽부터 방기원, 윤태영, 박목월, 한정동, 김영일, 이원수. 뒷줄 왼쪽부터 박화목, 홍웅선, 임인수, 최태호, 김상덕, 이종환, 박창해, 장수철, 어효선, 김진수, 강소천, 손복원.

○1955년 한국아동문학회 임시총회[120]

(최고위원)정홍교 · 마해송 · 한정동 (사무국장)임인환 (차장)어효선

(동요위원)홍은순 (소설위원)최요안 (동시부위원)이종기

(동극부위원)박홍민 (출판부)김원룡 (평론위원)최태호

○1956년 제3회 정기총회[121]

(대표위원)마해송 (총무위원)방기환 (동시위원)이원수 (동화위원)강소천

(소설위원)김영일 (동극위원)장수철 (평론위원)이종환 (출판위원)김상덕

○1960년 마지막 총회[122]

---

120 「한국아동문학회서 우량도서 선정」, 《경향신문》, 1955.11.24.

121 "금년도 사업계획—기관지 발행, 아동문학선집 제이집발간, 한국아동문학상제정, 어린이날 행사", 「제3회 정기총회 개최 임원 개선」, 「아동문학회 소식」, 《경향신문》, 1956.3.7.

(회장)김영일 (부회장)박홍민 · 박화목 (전무)박홍근

(상임위원)최요안 · 장수철 · 이주훈 · 홍은순 · 박경종

초대 회장이 누구인가를 두고 논란이 있어 왔지만, 1954년 2월호 『소년세계』와 《경향신문》(1955.1.17) 기사를 확인한 결과 초대 회장은 한정동,[123] 부회장은 김영일과 이원수가 맡은 사실을 확인할 수 있었다. 2대 회장은 김영일이 맡았다가 문단이 이원화되자 1955년 임시총회를 통해 정홍교 · 마해송 · 한정동 집단체제로 전환된다. 그리고 이듬해인 1956년 제3회 정기총회에서 다시 마해송이 대표위원을 맡는다. 짐작컨대 문총으로부터 통폐합 권고를 받으면서 최고위원 집단 체제로 비상 개편을 시도하였고, 그 다음은 문총 고위 인사와의 소통을 감안하여 마해송을 대표로 추대했을 가능성이 높다. 1957년부터의 상황은 그 행적이 묘연한데, 다만 이상현의 진술을 따른다면 5 · 16과 함께 문학단체 통폐합 조치 직전인 1960년은 김영일이 다시 회장을 맡은 것으로 보인다.

여기에서 가장 눈에 띄는 것은 자유문협 소속 아동문학가들이 회장이나 부회장 혹은 최고위원 같은 중책을 두루 선점하고 있다는 점이다.[124] 마해송, 정홍교, 김영일이 최고위원과 회장을 맡고 있으며, 분과위원장이나 주요 임원 역시도 이원수, 홍은순, 이종기, 김상덕, 박홍근이 자리

122 김영일은 5 · 16으로 문학단체 통폐합 및 폐쇄조치가 있기 전까지 회장직을 연임한 것으로 알려져 있다. 이상현, 앞의 글 참조.

123 〈한국아동문학회〉의 초대회장은 윤석중, 한정동, 김영일을 두고 여전히 논란이 있다. 당시에 함께 참여했던 문인들의 증언도 엇갈리는데 박화목은 "총회에는 참석하지 않았으나 윤석중 씨를 회장으로 뽑았다"고 하는 반면, 홍은순과 어효선은 "윤석중 씨는 회장을 지낸 일이 없는 것으로 기억"하면서, "김영일 씨가 초대 회장을 하지 않았던가?"라고 기억을 더듬었다. (이상현, 앞의 글) 그러나 『소년세계』와 신문 기사에서 확인한 결과 초대 회장은 한정동이 명확해 보인다. (「한국아동문학회 창립」, 『소년세계』(1954년 2월호), 47쪽.; 「한국아동문학창립」, 《경향신문》, 1954.1.17.)

124 한국아동문학회 초대회장 한정동 역시 자유문협 창립총회 명단에 김영일, 마해송, 이원수와 함께 이름이 올라 있는 것을 확인할 수 있다. (「自由文學者協會 十二日 創立總會」, 《동아일보》, 1955.6.11. 참조.) 다만 이후 발표된 회원 명단에서 빠진 이유는 알 수가 없다.

1958년 제3회 한국아동문학회 합동출판기념회 사진. 앞줄 왼쪽부터 이규엽, 손복원, 어효선, 박홍근, 박화목, 이원수, 박흥민, 임인수, 장수철, 김요섭, 이석현, 뒷줄 왼쪽부터 이종기, 김원룡, 이준구, 박경종, 마해송, 이영희, 김영일, 목해균. 두 사람 건너 이주훈.

하고 있다. 한편 문협 쪽에 있던 윤석중과 강소천은 이 단체에서 적극적으로 관여한 정황이 뚜렷하지 않다. 그나마 강소천은 위원 명단에 이름이 올라 있으나 초대 회장으로 논란이 있던 윤석중은 어디에서도 흔적이 발견되지 않는다. 한국아동문학회가 자유문협분과위원회와는 별개로 운영되었지만, 문총 산하조직에 있으면서 자연스럽게 자유문협 계열이 그 중심 역할을 담당했던 것이다.

특히 김영일은 이 단체가 설립될 당시 주도적인 역할을 담당했다. 당시 창립동인이거나 회원이었던 이들의 증언도 이를 뒷받침해 준다. 홍은순은 "입회 권유는 물론 창립총회 당일에도 (김영일 선생이) 전화를 걸어와 꼭 참석하도록 독려했는데, 방송국 일로 늦게 참석해 기념사진은 함께 찍지 못했던 것으로 기억한다"고 회고하였고, 박화목 역시 "본회가 창립되기까지 김영일 선생이 가장 적극적으로 앞장섰던 사실상의 창립 주체이자 주동적 역할을 했던 선봉장이었다"고 당시 상황을 술회하고 있다.[125] 물론 여기에는 김영일이 한국아동문학회(1971)를 재창립한 것에 대한 명분을 제공하고자 한 측면이 농후하지만, 전체적인 임원 계보를 보더라도 김영일의 영향력은 어느 정도 확인이 된 셈이다.[126]

이후 김영일은 1961년 한국문인협회 초대 아동문학분과위원장에 오르고, 1971년 한국아동문학회를 재창립하면서 아동문학의 주류로 부상하게 된다. 1954년 한국아동문학회는 이러한 배경을 설명해 줄 수 있는 중요한 단서 중 하나라 할 수 있다.

2) 1960년대 한국문인협회 아동문학분과위원장의 계보와 장(場)의 분화

(1) 한국문인협회의 권력 구도와 아동문학

1960년 4·19혁명은 정치권뿐만 아니라 기존 문단 세력에게도 커다란 위기의식을 불러온다. 두 단체의 핵심 인사였던 박종화, 조연현, 김동리, 김광섭 등은 비록 그 정도의 차이는 있겠지만 이승만 정권으로부터 자유롭지 못한 것은 매한가지였다. 당시 젊은 문인들 사이에는 이러한 문단정치에 대한 성토가 이어졌다. 그러다 이듬해 일어 난 5·16쿠데타는 기존 문단정치 세력들이 다시 활개를 펼 수 있는 기회로 다가온다. 5·16쿠데타를 마치 구국 혁명처럼 칭송하는 조연현의 발언 속에는 이러한 심정이 고스란히 드러나 있다.

---

125 이상현, 앞의 글 참조.

126 『문단유사』에서 송명호는 김영일이 "한국 아동 문학회를 창립하였다"고 기술하면서 1972년 한국아동문학회의 승계가 당연하다는 입장인 반면, 이영호는 그 단체가 문단사에 남긴 족적이 없음에도 불구하고 1972년 아동문학회의 기원을 1954년으로 소급하는 것은 우스운 일이라고 비판하였다. 송명호, 「아동문학단체 세미나에서 일어난 일들」, 『문단유사』, 99쪽.; 이영호, 「갈등 끝에 탄생한 한국아동문학인협회」, 같은 책, 222쪽.

5월 16일 새벽, 박정희 장군의 지휘로 한강을 넘어온 일군의 군대는 무능과 혼란 속에서 어디로 가고 있는지도 알 수 없는 위험한 우리의 조국과 현실 앞에 하나의 질서와 방향을 던져주는 신호가 되었다. 혁명의 성공으로 조국의 새로운 건설을 촉진하게 되었고, 혼란은 질서를, 분열은 통일을 가져왔다. … 그 새로운 질서란 문화계의 모든 파벌과 영웅주의를 해소시키는 각 분야별 단일 단체의 구성이었다.[127]

1961년 6월 17일 이른바 혁명정부는 포고령 제6호를 공포하면서 모든 정치, 경제, 사회, 문화, 예술 단체를 해산시키고는 각 단체의 단일화를 강력하게 촉구한다. 문총 파동 이후 오랫동안 접촉이 없었던 문협 측과 자유문협 측의 몇몇 간부들도 다시금 새로운 교류를 갖기 시작하였고, 두 단체의 핵심 임원들을 중심으로 결성된 준비위원회를 거쳐, 1961년 12월 30일 한국문인협회가 탄생하기에 이른다. 당시 결성대회 공고문에는 한국문인협회의 취지를 다음과 같이 기술하고 있다.

민족의 꿈과 역사의 기록을 빛내어 어떠한 시련과 고통 속에서도 문학이 명하는 바 창조에 헌신하는 우리 문학인들은 이제 현실이 요구하는 역사적 사명을 인식하고 문학의 자유 및 문학인의 권익을 옹호하기 위하여 병폐를 일소하고 자율적인 필요성에 따라 통합문학단체의 결성을 이에 공고…[128]

위의 취지문에는 '문학의 자율성'이나 '자율적 필요성'에 의한 문학단체 결성을 강조하고 있지만 통합의 원동력이 군사정부의 종용에 의한 타율성에 있다는 점에서 한국문인협회는 처음부터 이율배반적인 괴리를 안고 시작될 수밖에 없었다. 문단의 병폐를 일소하겠다는 선언이 공

127 정규웅, 앞의 책, 93쪽 재인용.
128 이종기, 「한국문인협회」, 『해방문학 20년』, 163쪽.

허할 수밖에 없던 것도, 이후에는 일종의 관변 단체로 전락할 수밖에 없던 것도 이러한 한계와 모순에 노정한 결과라 할 수 있다. 초대 임원을 보더라도 한국문학가협회와 한국자유문학자협회 주요 인사들을 기계적으로 섞어 놓은 인상이 역력할 뿐, 4·19정신이라 할 수 있는 문단정치의 쇄신은 그 어디에도 찾아볼 수가 없다.

〈한국문인협회 초대 임원〉[129]

(이사장)전영택 (부이사장)김광섭 이희승 김동리 (상임이사)이종환

(시분과회장)서정주 (소설분과회장)황순원 (희곡분과 회장)이광래

(평론분과회장)이철범 (아동분과회장)김영일 (수필분과회장)조경희

(번역분과회장)이하윤 (감사)김송 방기환

초대 이사장은 이미 문단을 떠나 문단 파벌과 무관한 68세 고령의 목사였던 전영택이었고, 부이사장은 자유문협 회장이던 김광섭과 문협 대표위원인 김동리, 그리고 학자로서 정치적으로는 중립적 성향이 강했던 이희승이 맡았다. 당시 협회가 공보부로 발송한 사회 단체 등록 신청서 첫 장에 "대표자: 전영택(68세, 소설가), 대표자 대리: 김동리(49세, 소설가)"[130]로 명시된 것으로 보아 부이사장 셋 중에서도 김동리가 가장 앞서 있음을 짐작할 수 있다. 한편 자유당 정권에서 국가보안법 개정과 이기붕 지지 발언으로 4·19혁명 직후 혹독한 비판에 직면했던 조연현은 초대 임원에는 아직까지 이름을 올리지 못하고 있는 상황이었다.

양대 문단이 골고루 균점했던 이러한 구도는 1964년 박종화가 이사장으로 선출된 제3대를 기점으로 그 주도권이 문협 쪽으로 급격하게 기울기 시작한다. 1964년 3대부터 1969년 8대까지 이사장 박종화, 부이사장

129 이종기, 앞의 글, 174쪽.
130 위의 글, 173쪽.

김동리·모윤숙·서정주 체제를 유지함으로써 모윤숙을 제외하면 문협 출신이 한국문인협회 전면으로 나서게 된 것이다. 이는 다시 말해 이사장을 둘러싼 차기 권력 구도가 문협파 내부의 경쟁으로 치닫고 있음을 의미한다. 문단의 최고 원로였던 박종화가 퇴진하고 나면 김동리·서정주·조연현 가운데 한 사람이 그 바통을 이어받을 것이라는 데 이의를 제기할 사람은 없었다. 이들은 청년문학가협회와 한국문학가협회를 잇는 남한 보수문단의 대표로서 이미 공인된 자리에 있었기 때문이다.

당시 중앙일보 기자였던 정규웅에 따르면, 1960년대 중반 이후부터 앞으로 다가올 문단 지도체제 개편에 대비한 각 계열의 정리 작업이 이루어지기 시작하였는데, 그 과정에서 이들 세 당사자가 전면에 나서기보다는 주로 30~40대 중견문인들이 앞장서서 세력 확장에 열을 올리는 모양새를 취하고 있었다.[131] 그러한 정중동의 움직임이 가시적인 힘겨룸으로 폭발된 시점이 1968년 1월 27일 열린 한국문인협회 제7차 정기총회였다. 잘 알려진 바와 같이 김동리·서정주 계열이 밀착하면서 조연현 계열이 주류세력권에서 밀려나기 시작하였고, 급기야는 문협을 탈퇴하여 '비평문학연구회'를 발족시키기에 이르게 된 것이다. 한마디로 7차 정기총회는 김동리와 조연현의 공식적인 대결을 선포하는 것이나 다름이 없었다.

문단의 단일화와 차기 권력의 승계를 놓고 벌어지는 일련의 갈등 양상은 1960년대 아동문학 내부에도 적지 않은 영향을 끼친다. 특히 김동리와 그의 핵심 측근이었던 조지훈, 박목월은 아동문학 이론지 『아동문학』(1962, 배영사)의 편집위원으로 참여하면서 아동문학 담론 형성에 깊숙이 참여하는 계기를 마련한다. 해방 이후부터 순문예지는 문단 권력을 유지하는 핵심 역할을 수행해 왔는데, 1960년대 초만 하더라도 조연현

131 정규웅, 앞의 책, 257쪽.

의 『현대문학』 외에는 이렇다 할 순문예지가 없었던 상황이었음을 고려한다면, 『아동문학』의 발간 동기는 단지 아동문학 내부에 머무는 차원이 아니었다. 물론 비평 중심의 이론지로서 아동문학 담론의 장을 열었다는 측면에서는 긍정적인 성과도 적지 않지만, 그 깊숙한 내면에는 순수주의 문학을 정립·재생산하고 동시에 자신의 문단 권력을 확장하기 위한 문협파 편집주체들의 욕망이 자리하고 있었던 것이다.

그럼에도 남한 문단을 대표하는 거장 김동리가 굳이 아동문학에까지 영역을 확장할 필요가 있었는지에 대한 의문은 여전히 남는다. 이를 해명하기 위해서는 당시 한국문인협회의 임원 선출 방식에 주목할 필요가 있다. 한국문인협회의 임원은 크게 이사장과 부이사장, 분과위원장으로 구분되는데, 이사장과 부이사장은 한국문인협회 소속 회원들 전부가 투표권을 가지고 있었으며, 분과위원장은 해당 분과 회원들이 투표권을 행사하였다. 그런데 전술한 바와 같이 1960년대는 문단의 원로였던 전영택과 박종화가 이사장을 유지하면서 경쟁의 양상은 차기 권력 승계에서 유리한 자리를 선점하기 위한 부이사장에 집중되던 시기였다. 김동리와 조연현이 중견 문인들을 앞세워 계보 확장에 열을 올릴 수밖에 없던 이유도 투표권을 가지고 있는 회원들을 한 명이라도 더 확보해야 하는 상황과 결코 무관하지 않았던 것이다.

1950년대까지 학생 글짓기대회 심사위원 정도만 관여하던 김동리가 1960년대 들어 『아동문학』 편집위원을 맡고, 『아동문학독본』이나 각종 전집에 참여하면서 아동문학계에 영향력을 확장해 나간 이유도 이러한 맥락에서 이해할 수 있다. 이것은 다시 한국문인협회 이사장 선거가 본격화된 1970년대에 이르러 김동리의 선거 캠프에 김영일이 핵심 참모로 활동하는 장면을 통해 뚜렷하게 현시된다.

(2) 한국문인협회 아동문학분과 위원장의 계보와 김동리

성인문단의 통합은 그 산하단체로 존속했던 아동문학단체에도 불가피한 변화를 가져온다. 우선 한국문인협회는 창립총회에 앞서 총 46명으로 구성된 준비위원을 선출했는데, 이들은 "각 단체의 대표자들이 수차 회합해서 선정한 것이었으며, 회원으로 초청된 사람은 공인된 전문단인"[132]이었다. 준비위원 명단 중에서 아동문학가로는 강소천·윤석중·김영일·이원수·마해송이 포함되어 있는데,[133] 이들은 모두가 1950년대 아동문학단체나 분과에서 대표를 역임한 경력을 가지고 있다. 한국문인협회 차기 분과위원장도 이들 중에서 선출되리라는 것은 어느 정도 예견된 일이었다.

그러나 아직까지 1960년대 한국문인협회의 아동문학분과위원장이 누구였는지는 확실하게 정리된 바가 없다. 이상현은 한국아동문학회 50주년을 기념하는 글에서 "정확한 대수는 알 수 없으나 시기별로 정리하면, 김영일, 강소천, 박홍근, 이원수, 장수철, 윤석중, 정상묵, 김요섭 순"[134]이었다고 언급한 바 있고, 이보다 훨씬 이전에 쓴 『아동문학강의』(1981)에서는 '1962년 김영·1964년 박홍근·1969년 김요섭' 정도만 기록되어 있을 뿐이다. 여기에 한국문인협회에서 편찬한 『문단유사』와 정규웅의 『글 동네에서 생긴 일』, 홍기돈의 「김동리와 문학권력」을 참고한다면, 1967년 정상묵, 1968년 장수철까지는 대략적인 확인이 가능하다.

이러한 문헌을 토대로 보자면, 1960년대 아동문학분과위원장은 '62년 김영일·64년 박홍근·67년 정상묵·68년 장수철'이라는 잠정적인 결론을 도출할 수 있다. 그러나 이상현이 "정확한 대수를 알 수 없다고" 밝힌

---

132 조연현, 『남기고 싶은 이야기들』, 165쪽.
133 위의 책, 164쪽.
134 이상현, 앞의 글 참조.

바와 같이 정확성 여부를 확인할 수 있는 검증이 필요하다. 현재 한국문인협회에서조차 자료가 남아 있지 않은 상황에서 유일하게 기댈 수 있는 근거 자료는 신문 기사를 참조하는 것뿐이다. 이와 관련한 기사 내용을 발췌하면 다음과 같다.

① **「강습 강좌」**, 《**경향신문**》, 1962.9.13.

「한국소년운동자 연맹」은 오는 21일부터 3일간 서울 「중앙 공보관」에서 「소년문제강좌」를 연다. 강사는 다음과 같다. … 아동문학=김영일(한국문인협회아동문학분과위원장) ….

② **「합동출판기념회 문협예동문화분위」**, 《**동아일보**》, 1964.1.29.

한국문인협회 아동문학분과위원회에서는(위원장=이원수)의 합동출판기념회에서는 지난 63년도에 낸 아동문학 저서에 대한 합동출판기념회를 오는….

③ **「박종화 유임 문인협회 개선」**, 《**동아일보**》, 1964.11. 3.

한국문인협회는 지난달 31일 하오3시 교수회관에서 정기총회를 열고 임원개선을 하였는데 이사장에는 박종화씨가 유임되었다. 이날 선출된 임원은 다음과 같다. 이사장=박종화, 부이사장=김동리, 김광섭, 모윤숙 … 아동위=이원수….

④ **「문인협회임원개선」**, 《**경향신문**》, 1965.11.10.

한국문인협회는 6일 하오 5차정기총회를 열고 다음과 같이 임원을 개선하였다. 이사장 박종화, 부이사장 김동리 서정주 모윤숙 … 아동문학 윤석중….

⑤ **「문화단신」**, 《**경향신문**》, 1967.2.1.

한국문인협회 임원 개선=이사장 박종화 부이사장 김동리 서정주 모윤숙을 유임시키고 다음과 같이 각 분과위원을 뽑았다. … 아동문학 정상묵….

⑥「박종화 씨 회장 재선 문인협정기 총회」,《동아일보》, 1969.1.28.

문인협회는 이십육일 정기총회에서 작년보다 약 세배가 늘어난 육구년도 예산을 통과시키고 문예예감 발행, 문예작품공모, 지방 문예강연, 창작 강좌 및 월간문학의 계속 발행 등의 사업 계획을 결의했다. 또한 이날 총회는 박종화 씨를 회장으로 부회장으로 김동리 서정주 모윤숙 씨를 재선하고 … 아동문학=김요섭

필자가 확인한 바로는 1961년 12월 31일자《동아일보》에「한국문인협회 발족」 기사가 실린 이후에 아동문학분과위원장이 언급된 언론 지면은 1962년 9월 13일자《경향신문》이다. 이 기사에는「한국소년운동자연맹」이 주최한 강사를 소개하면서 김영일을 아동문학분과위원장으로 명시하고 있다. 또한 이원수는 1964년 1월에 분과위원장으로서 합동출판기념회를 열었다는 기사에 이어, 11월 3일에 재선 기사가 실린 것으

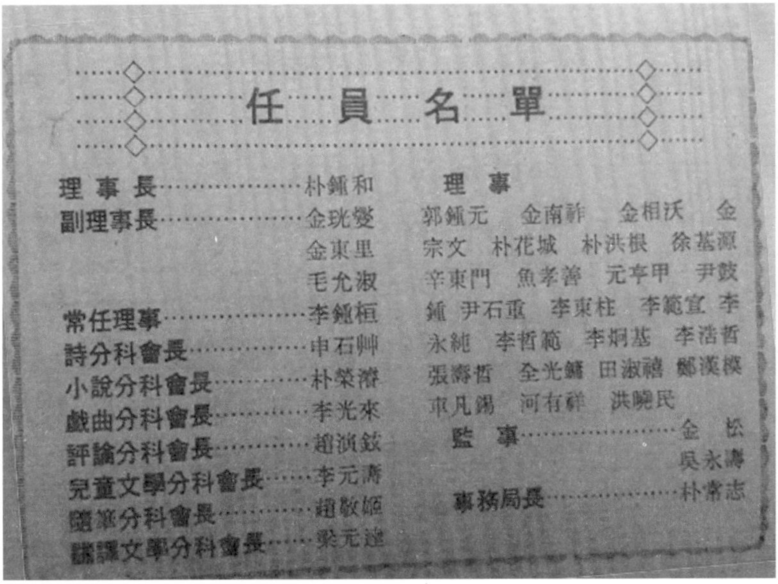
任員名單

理事長……朴鍾和
副理事長……金珖燮
金東里
毛允淑
常任理事……李鍾桓
詩分科會長……申石艸
小說分科會長……朴榮濬
戱曲分科會長……李光來
評論分科會長……趙演鉉
兒童文學分科會長……李元壽
隨筆分科會長……趙敬姬
飜譯文學分科會長……梁元達

理事
郭鍾元 金南祚 金相沃 金宗文 朴花城 朴洪根 徐基源 辛東門 魚孝善 元亨甲 尹鼓鍾 尹石重 李東柱 李範宣 李永純 李哲範 李炯基 李浩哲 張壽哲 全光鏞 田淑禧 鄭漢模 車凡錫 河有祥 洪曉民
監事……金松
吳永壽
事務局長……朴常志

1965년 11월 6일자《문협회보》임원명단을 통해서도 당시 아동문학분과위원장이 이원수였음을 확인할 수 있다.

로 보아 1965년까지 연임했음을 알 수 있다. 윤석중은 1965년 11월 5차 정기총회에서 선출되었기에 실제로 활동한 시기는 1966년이었고, 1967년과 1969년은 각각 정상묵과 김요섭이었음을 확인할 수 있다.

신문 기사를 토대로 1960년대 한국문인협회 아동문학분과위원장의 계보를 다시 나열한다면 1962년 김영일 · 1964년~65년 이원수 · 1966년 윤석중 · 1967년 정상묵 · 1969년 김요섭 순으로 정리할 수 있다. 앞서 문헌 기록과 비교해 보면, 이상현이 제시했던 1964년 분과위원장은 박홍근이 아닌 이원수로 바로 잡을 필요가 있겠다. 이는 아마도 한국문인협회 아동문학분과위원회에서 발간했던 1964년 연간집 『푸른동산』 머리말을 박홍근이 썼기 때문에 생긴 오류일 가능성이 높다. 아동문학분과위원회에서는 회원이 아닌 작품까지 포괄하여 연간집을 발간하는 사업을 벌여왔는데, 이 중 세 권을 확인한 결과 머리말은 주로 이전 분과위원장이 쓰는 것이 관례였던 것으로 보인다. 한 해 동안 나온 작품들을 선별하여 이듬해에 발간하는 상황에서 자연스럽게 발간 연도와 당시 분과위원장이 불일치하게 된 것이다. 1964년에 발간된 『푸른동산』 머리말을 1963년 분과위원장인 박홍근이 쓴 것도 이러한 까닭이다. 또한 박홍근 이름 앞에 '전 한국 문인 협회 아동문학 분과 위원장'[135]이 명시되어 있는바, 1962년 초대분과위원장 김영일에 이어 1963년은 박홍근이 맡은 것을 알 수 있다. 또한 1965년 연간집인 『꿈꾸는 나무』와 1969년 『5월에 뜬 태양』의 머리말을 각각 이원수와 장수철이 쓴 것으로 보았을 때, 1964년과 1968년의 분과위원장도 확실하게 검증이 된 셈이다.

문헌과 신문기사, 한국문인협회분과위원회에서 발간한 연간집을 종합적으로 검토한 결과, 1960년대 한국문인협회 아동문학분과위원장은 다음과 같이 정리할 수 있다.[136]

135 한국문인협회 아동문학분과위원회 엮음, 『푸른동산』, 1964.1.

〈1960년대 한국문인협회 아동문학분과위원장〉

- 1962년 김영일 ●1963년 박홍근 ●1964~1965년 이원수
- 1966년 윤석중 ●1967년 정상묵 ●1968년 장수철
- 1969년~1971 김요섭

이러한 일련의 계보는 1960년대뿐만 아니라 이후 아동문학장이 분화하는 과정을 살펴볼 수 있다는 점에서 중요한 의미를 갖는다. 이들 중에서 김영일, 이원수, 윤석중은 이미 아동문학계를 대표하는 작가들이었고, 정상묵을 제외한 박홍근, 장수철, 김요섭은 해방 이후부터 본격적으로 글을 쓰기 시작한 중진급 작가에 속했다.[137] 1960대 중반 이후부터 중진 작가들이 전면에 포진한 것은 아동문학장이 서서히 새로운 국면으로 진입하고 있음을 암시한다.

그럼 먼저, 당시 한국문인협회 분과위원장의 자리가 당시 아동문학을 대표하는 작가들에게는 각각 어떤 의미로 작용했는지부터 살펴보자. 이들 모두는 1950년대 아동문학단체장을 역임했다는 공통점이 있지만 윤석중은 줄곧 주류에 속해 있던 반면, 이원수와 김영일은 상대적으로 주변부에 머물러 있었다는 점에서 이 자리가 함의하는 바 역시도 사뭇 다를 수밖에 없다. 오히려 윤석중은 1960년대 들어 3·1문화상 예술부문 문학 본상(1961), 문화훈장 국민장(1966) 등을 수상하며 이전보다도 한층

---

136 이상현이 역대 분과위원장으로 제시했던 '김영일, 강소천, 박홍근, 이원수, 장수철, 윤석중, 정상묵, 김요섭'과 비교하면 비록 순서의 차이는 있더라도 임원 명단은 거의 일치하는 것을 알 수 있다. 다만 그가 제시한 역대 분과위원장 명단 중에서 1963년 세상을 뜬 강소천은 분과위원장을 맡은 바가 없고 단지 1962년 아동문학분과 이사 명단에 이원수와 함께 이름을 올라 있는 정도였다.

137 박홍근 1946년 동시 「고무총」을 《새길신문》에 발표하고 1950년대부터 본격적으로 동시, 동화를 쓰기 시작했고, 정상묵은 배영사 전무로 있다가 1962년 《한국일보》 신춘문예에 동시 「산골 아기」가 가작으로 입선하였으며, 장수철은 월남 후 『소년세계』에 동요, 동시를 발표하기 시작했다. 김요섭은 14살의 나이로 1942년 《매일신보》에 동화 「고개 넘어 선생」이 입선되었지만, 본격적으로 발표하기 시작한 것은 1948년 이후부터이다.

격상된 위치에 있었기에 분과위원장의 의미는 더욱 축소될 수밖에 없다. 반면 김영일과 이원수는 주류 문단에서 소외된 위치에 있다가 문인단체 통합을 통해 새로운 전환점을 맞게 된다. 김영일은 한국아동문학회를 기반으로 초대 분과위원장에 오르면서 아동문학뿐 아니라 성인문단에도 영향력을 확장해 나간다. 마찬가지로 자유문협 분과위원장이었던 이원수는 1960년대 한국문인협회 분과위원장 중에서 유일하게 두 해를 연임함으로써 1950년대에 비해 보다 안정적인 기반을 마련한다. 1964년 분과위원 소속 회원들로 구성된 '아동문학 합평회'는 그러한 산실이라 할 수 있다. 다만 김영일이 1970년대부터 한국문인협회 상임이사를 역임하고 이사장 선거 캠프에 깊숙하게 관여하는 등 한국문인협회와 유착관계를 이어갔던 것과는 달리 이원수는 한국문인협회와의 연결고리가 점점 희미해지면서 독자적인 노선을 지향해 나간다는 점에서 뚜렷한 차이를 보여준다.

1960년대 분과위원장의 계보에서 이들보다 더욱 주목해야 할 것은 중진급 작가들의 비약적인 성장이다. 박홍근, 정상묵, 장수철, 김요섭은 1960년대 아동문학분과위원장을 계기로 1970년대 핵심 문인으로 우뚝 서게 된다. 자유문협 회원이면서 동시에 1961년에 한국아동문학회 전무를 맡고 있던 박홍근은 김영일과 이원수 사이에서 분과위원장에 오른다. 이념적 동질성과는 무관하게 '김영일–박홍근–이원수'로 이어지는 흐름에 자유문협 계보가 역연한 게 사실이다.[138] 이러한 경향은 1966년 윤석중을 기점으로 일변하여 이후부터는 '정상묵-장수철-김요섭'으로 이어지면서 본격적으로 중진 작가들이 전면에 나서게 된다.

---

138 계보의 흐름상 박홍근이 중간에 자리를 하고는 있지만 작가적 성향이나 개인적 친분에서는 이원수와 훨씬 가까웠다. 1970년대 줄곧 이원수와 한국아동문학가협회를 이끌었을 뿐 아니라 문헌 곳곳에서도 두 사람의 친분을 확인할 수 있다. 『소년소녀 한국의 문학』1집(신구문화사, 1972)에는 두 사람이 함께 찍은 사진 옆에 "오랫동안 같이 아동문학 작품을 발표해 오는 동안 친형제처럼 되어버린" 관계라고 소개돼 있다.

여기에서 정상묵, 장수철, 김요섭은 1960년대 아동문학 장의 주체와 성인문학과의 관련성을 예증한다는 점에서 각별한 주목을 요한다. 먼저 장수철은 당시 아동문학 주류를 형성하고 있던 세 가지 변인, '반공주의·월남작가·기독교'를 통해 설명이 가능하다. 이는 강소천과 월남 아동문학 작가들이 1950년대 아동문학의 주류로 부상하게 된 맥락과도 정확히 일치한다. 특히 장수철은 1950년대부터 가장 일관되게 반공주의 작품을 쓴 아동문학가로서 반공과 승공을 내세운 주류 문인들과 결합할 수 있는 요건이 충분했던 것이다.[139]

한편 김요섭은 반공주의나 기독교를 기반으로 삼았던 다른 월남문인과는 사뭇 다른 경로를 보인 경우라 하겠다. 앞에서 언급했던 바와 같이 1960년대 초중반까지만 보면, 강소천과 김요섭은 대립적 측면이 강했다. 김요섭은 강소천의 아동소설에 대해 '상업주의적 통속독물', '교훈주의', '현실도피의 꿈'이라며 비판적인 견해를 내세웠다. 강소천을 비롯한 『아동문학』 편집위원들도 김요섭 작품에 대해 그리 우호적이지 않았던 것은 마찬가지였다. 강소천, 박목월, 최태호는 김요섭의 작품 「앵무새」를 두고, "저속하고 안이하다", "(작품에) 어린이가 없다"며 작품은 물론 김요섭의 아동문학관 자체를 꼬집기도 하였다.[140] 그랬던 김요섭이 강소천 추도 2주기를 기념하여 제정된 제1회 '소천문학상'(1965)을 수상한 것은 매우 아이러니한 장면이 아닐 수 없다. 소천문학상은 아동문학 최초의 문학상이라는 명분과는 다르게 실제 운영위원이나 심사위원은 대부분 성인문학가, 그 중에서도 김동리 체제와 밀접한 인사들로 구성돼 있었다.[141] 전술한 바와 같이 김요섭이 김영일, 장수철, 박화목 등과 함께

139 선안나에 따르면 장수철은 물리적 시간과 관계없이 일관되게 강한 반공주의를 표명해 온 작가이다. 1950년대에도 가장 많은 편 수의 반공주의 작품을 썼고, 1971년에는 정성환과 함께 무려 11권에 이르는 체계적인 반공전집을 펴내기도 하였다. 선안나, 앞의 책, 97쪽.

140 김요섭은 당시 거론된 작품 중에서 가장 비판적인 평가를 받았고, 심지어 추천작으로 올라온 신인급 작가보다도 못한 것이었다. 자세한 내용은 『아동문학』 6집(1963)을 참조하기 바람.

김동리 체제와 결합해 가는 이후의 정황을 고려한다면, 소천문학상이 중요한 계기가 되었을 가능성은 배제하기 어렵다.

『아동문학』이 아동문학 중심부 도약의 매개체가 된 것은 정상묵도 마찬가지이다. 등단한 지 채 5년도 안 된 신인이 어떻게 아동문학분과위원장까지 오를 수 있었는지, 여기에 대한 해명은 아동문학 내적 상황만으로는 도무지 불가능하다.[142] 또한 필자 선정이 매우 엄격했던 『아동문학』 평론 부문에 두 번이나 필자로 나설 수 있었던 배경도 의아하기는 마찬가지이다. 정상묵을 둘러싼 이러한 의문들은 그가 1960년부터 배영사의 전무로 근무한 이력을 통해 단서의 실마리를 찾을 수 있다. 배영사는 『아동문학』을 발행한 출판사로서, 발행인이자 사주인 조석기는 편집위원들과는 혈연, 지연, 학연으로 긴밀하게 연결되어 매우 숙친한 관계에 있었다. 조석기와 『아동문학』 편집위원이 맺고 있는 이 특별한 관계는 정상묵의 돌발적인 등장과 결코 무관치 않아 보인다.

김동리라는 상징권력과 아동문학의 상호관계는 아동문학단체가 분화되기 시작한 1970년대에 들어 비로소 구체적으로 현시된다. 잘 알려진 바와 같이 1971년 3월, 이원수를 회장으로 한 〈한국아동문학가협회〉가 창립하고, 두 달 후인 5월에 김영일을 회장으로 한 〈한국아동문학회〉가 재창립을 선언한다. 역대 분과위원장을 중심으로 보자면 이원수, 박홍근이 한국아동문학가협회를, 김영일, 김요섭, 장수철, 정상묵이 한국아동문학회의 주축을 담당하게 된 것이다.

---

141 〈소천아동문학상 운영위원〉 조석기, 최수정, 김동리, 조지훈, 박목월, 최태호, 박종화(『아동문학』 11집 참조). 〈제1회 소천아동문학상 심사위원〉 김동리, 조지훈, 박목월, 최태호, 곽종원, 윤석중(『아동문학』 13집 참조).

142 당시 『아동문학』의 편집체계는 동시나 동화가 주로 신인들에게 많은 지면을 할애한 반면, 평론은 편집위원이나 문인협회 성인평론가 혹은 아동문학에서도 중진급 이상만을 대상으로 필자를 선정했다. 따라서 정상묵이 평론을 두 차례나 쓴 것은 매우 이례적인 경우에 해당한다. 참고로 정상묵 외에 두 편의 평론을 발표했던 사람으로는 '최현배 · 조풍연 · 백철 · 이희복 · 이준구 · 김요섭 · 임인수 · 이주훈' 정도였다.

한국아동문학가협회의 출범은 1970년대 아동문학단체의 독립과 분화의 신호탄이 된다. 오른쪽 앞쪽부터 시계방향으로 이원수, 박홍근, 이오덕 순.

여기에서 한국아동문학회(1971)의 주요 임원 구성을 보면, 한국문인협회나 『아동문학』 주요 필자들과 긴밀하게 연동되어 있음을 알 수 있다. 한국아동문학회 이사였던 김요섭은 1969년부터 1971년까지 가장 오랜 기간 동안 분과위원장에 있으면서,[143] 한국문인협회 부이사장까지 오르는 등 아동문학 사상 가장 성공한 한국문인협회 인사로 발돋움한다.[144] 또한 한국아동문학회 부회장 장수철과 이사 정상묵, 그리고 1972년 분과위원장을 맡고 있던 박화목[145] 또한 1970년대 문인협회 이사로 지속적인 활동을 이어 나간다.[146] 전현직 아동문학분과위원장, 그 중에서도 중

143 《매일경제》(1970.1.27); 《동아일보》(1971.1.19) 참조.

144 김요섭은 1973~78년까지(11대~13대) 아동문학가로서는 최초로 한국문인협회 부이사장에 올랐으며, 장수철은 문인협회로 이사로 있다가 1991년에 한국문인협회 과천지부장을 역임하였다.

145 김영일 작고 이후 회장을 이어받은 박화목은 〈청년 문학가 협회〉 결성할 때부터 알고 지냈고, 그 인연으로 『한국아동문학독본, 박화목 편』(을유문화사, 1962) 해설을 김동리가 맡게 된 것으로 보인다.

146 1971년 초대 임원은 다음과 같다. (회장) 김영일 (부회장) 박화목, 장수철 (사무국장) 박화목

1977년 12월에 열린 한국아동문학회 출판기념회에 참석한 김요섭과 김영일. 각각 왼쪽으로부터 두 번째와 세 번째.

진급 문인들이 한국문인협회 임원에 대거 포진된 것을 알 수 있다. 여기에 1960년대『아동문학』을 통해 등단하거나 주요 필자로 활동했던 석용원(부회장), 이준구(부회장), 어효선(이사), 김영자(이사), 엄기원(이사), 최태호(고문) 등도 한국아동문학회로 결집하는 양상을 보인다.[147]

물론 한국아동문학가협회라고 해서 한국문인협회와의 길항관계로부터 자유로웠던 것은 아니다. 한국아동문학가협회와 한국아동문학회가 양립하게 된 계기가 김요섭·박경용 측간의 분과위원장 선출을 둘러싼 갈등에서 촉발된 것처럼, 1978년 한국아동문학가협회에서 이재철·김성

(사무처장) 유성윤 (이사) 권용철, 박송, 석용원, 엄기원, 오영민, 유성윤, 이관, 이상현, 이영희, 이준구, 정상묵, 정주상, 조성원, 최요안, 홍은순 (감사) 김상덕, 송명호. 이상현, 앞의 글 참조.

147 이들은『아동문학』에서 가장 중점을 두었던 평론 분야의 필자로 참여했거나 창작의 경우에는 최소 2회 이상 글을 발표한 작가들이다. 또한 김영자는 이 잡지가 배출한 유일한 동화작가로 추측된다.

도 주도로 한국현대아동문학가협회가 분리되는 과정도 똑같은 문제가 시발점이 되었기 때문이다. 이러한 측면에서 보면, 한국아동문학가협회와 한국아동문학회, 다시 한국현대아동문학가협회가 분파되는 일련의 과정에는 한국문인협회 아동문학분과위원장을 둘러싼 이권 다툼이 주요한 변인으로 작용했던 셈이다.

다만, 한국아동문학회의 경우는 한국문인협회, 그 중에서도 김동리 체제와 긴밀한 연관성을 맺고 있다는 점에서 분명한 차이를 드러낸다. 김동리와 김영일의 유착관계는 한국아동문학회가 주최한 세미나 행사와 한국문인협회 이사장 선거를 통해 뚜렷한 증거를 남긴다. 한국문인협회 내에서 가파르게 성장한 김요섭도 비슷한 맥락 위에 놓인다. 이것은 문협의 강소천을 시작으로 한국문인협회의 김영일과 김요섭에 이르는 남한 아동문학의 굵직한 계보 형성과정에서 김동리의 영향력을 결코 간과할 수 없는 이유인 것이다.

제3장_아동문학전집의 발간과 정전의 기획

1. 1950년대 문단의 재편과 작가 선별 기준의 변화
2. 1960년대 전집 출현의 배경과 현황
3. 출판 권력의 대립과 정전의 기획

/ 제3장 /

아동문학전집의 발간과 정전의 기획

정전 연구에서 전집이 주목받는 이유는 대개 전집의 서사 구성이 정전의 목록과 밀접한 연관성을 맺기 때문이다. 전집의 서사를 구축한다는 일은 단순히 작품 목록을 선별한다는 의미를 넘어 '위대한 작품'에 대한 심미적 기준을 마련함으로써 대중에게 반드시 읽어야 할 목록을 제시한다는 의미까지 포괄한다. 그러나 작품을 평가하는 데 흔히 적용하는 심미적 기준은 매우 다양한 변인의 복합체로서 이 모든 것은 궁극적으로 당대의 지배적 가치와 관계된 것일 수밖에 없다.[1]

앞에서 살펴본 바와 같이 1950~60년대 한국 문단은 좌파 문학을 소거하고 순수문학의 정통성을 확립하는 과정 위에 있었고, 이러한 문학적 테제가 전집의 서사 구성과 긴밀한 연관성을 맺게 되는 것이다. 특히 전집의 시대를 열었던 1960년대는 국가 주도로 전개된 '독서교양운동'과 맞물려 커다란 파급력을 몰게 오게 된다.

---

1 심미적 기능에는 설득과 감각을 통한 인식, 이데올로기 인식, 사회 통합, 욕망의 충족, 미래에 대한 전망 제시의 기능 등 실로 다양한 요소들이 작용하고 있는데, 이들은 결국 지배이데올로기와 무관할 수 없는 것들이다. 강진호, 「한국 문학전집의 흐름과 특성」, 『돈암어문학』 16호, 돈암어문학회, 2003, 357쪽.

이 장에서는 먼저 단독정부 수립 이후 처음으로 발간된 『현대한국아동문학선집』을 『조선아동문학집』과 비교해 봄으로써 변화된 작품의 선별 기준을 살펴보고자 한다. 다음으로는 1960년대 출판 배경과 현황을 통해 을유문화사에서 나온 『한국아동문학독본』과 민중서관에서 나온 『한국아동문학전집』이 한국 아동문학전집사에서 차지하는 의미를 규명하는 데 주력할 것이다. 1960년대를 대표하는 두 전집은 출판 시장의 경쟁뿐 아니라 당시 문단의 대립과 정체성이 반영돼 있다는 점에서 각별한 주목을 요한다.

1. 1950년대 문단의 재편과 작가 선별 기준의 변화

1938년 조선일보사에서 나온 『조선아동문학집』이 일제침략기 우리 아동문학을 대표하는 전(선)집이라면,[2] 1955년 한국아동문학회에서 편찬한 『현대한국아동문학선집』은 대한민국 정부 수립 이후 문인단체에서 발간된 첫 결과물이다.[3] 단행본 선집 수준에 머물러 있지만 해방 이전과 이후 작가 작품의 선별 기준이 어떻게 변모했는지를 살펴볼 수 있다는 점에서 두 전집의 아동문학사적 가치는 적지 않다. 각각의 서문만 보더라도 변화의 징후는 어렵지 않게 포착할 수 있다.

제2세대 국민에게 정보교양 또는 문학적 교양이 너무도 망각되어, 이와같은

2 조선일보사에서는 1집 『조선문학독본』과 2집 『신인단편집』으로 상업적으로 큰 성공을 거두면서 3집 『조선아동문학집』을 기획하였다. 이때 기획을 주도한 이가 당시 조선일보사 『소년』 주간이었던 윤석중이었다. 「내가 겪은 20세기 석동 윤석중 씨」, 《경향신문》, 1973.5.5. 인터뷰 기사.

3 분단국가 성립 이후 선집이 전혀 없었던 것은 아니지만 대부분 동요선집들이었다. 『어디만큼왔~냐』(동지사 아동원, 1948), 『현대동요선』(한길사, 1949), 『현대명작동요선』(산아방, 1950). (해방기부터 1955년까지 전(선)집 목록은 조은숙, 「해방-1950년대 중반까지 한국아동문학전(선)집 편찬과 정전화」, 267쪽에서 참조하기 바람.)

결함의 만분지일이라도 보존시키고, 따라서 조선 문운에 다소라도 공헌하는 바가 될가 하는 까닭이다. (…) ①현대 조선 아동문학의 대표작이라 할 만한 구십여 편을 수집한 것이요, 문의 종류는 ②동요 동화 동극 소년소설등이 전부 망라되었다. 실로 ③ 아동문학의 집대성이요 ?총이다. (숫자 매김-인용자)

—『조선아동문학집』 서문의 일부[4]

우리에게 적이 위안을 주는 것은 4272년에 한국일보사 출판부에서 발간한 ④「조선 아동문학 선집」에 일제하에 활약한 작가들의 대표작이 수록되어 있다는 것이다. (…) 한국의 모든 아동문학 작가가 모인 「한국 아동문학회」가 첫 사업으로 손을 댄 것이 ⑤한국의 아동문학 작가를 총망라한 「현대 아동문학 선집」의 발간이었던 것이다. (…)

무릇 과거의 업적을 정리함은 미래의 약진을 위한 거울이 되게 함에 있는 것이다. 우리가 오늘날 내 놓은 작품에 미흡한 점이 있어도 좋다. 그것은 그대로 오늘날의 우리를 평가하는 것은 될지언정 미래의 우리를 예측하는 것은 되지 아니하기 때문이다. 우리는 ⑥이 작품집을 내놓으므로서 우리들 스스로 거울에 비추어보는 동시에 우리에게 주어지는 편달(鞭撻)을 더욱 간절히 바랄 뿐이다. (숫자 매김-인용자)

—『현대한국아동문학선집』 서문의 일부[5]

『현대한국아동문학선집』 서문 ④에서 『조선아동문학집』의 가치를 언급하고 있는데, 이는 다른 아동문학전집에서는 쉽게 찾아볼 수 없는 매우 이례적인 장면이다. 선집의 전체적인 체계나 구성 면에서만 보면, 이 둘은 매우 흡사한 형태를 띠고 있다. 당대를 대표하는 작가를 선정해서 그 중 몇 작품씩을 한 권에 묶어내는 단행본 선집의 형태는 물론이고,

---

4 『조선아동문학집』, 조선일보사출판부, 1938, 1~2쪽.
5 『현대한국아동문학선집』(한국아동문학회 편), 동국문화사, 404~405쪽.

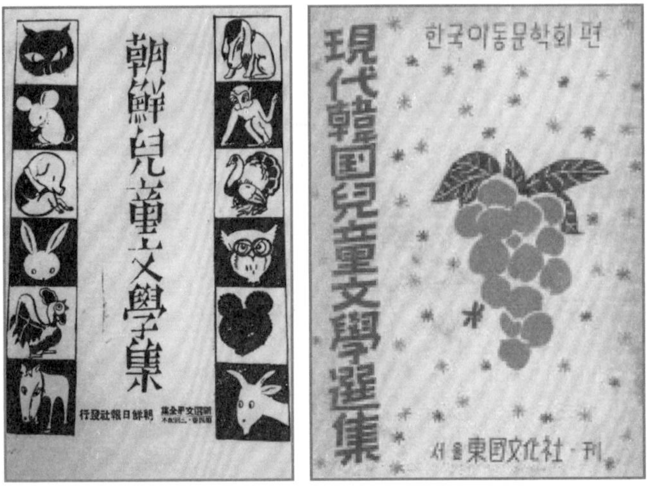

『조선아동문학집』(조선일보사, 1938년)과 『현대한국아동문학선집』(한국아동문학회 편, 동국문화사, 1955년 초판)

주요 작가의 작품 편수를 2~3 작품 많게 싣고 나머지는 한 편만 싣는 편집 전략도 그러하다.[6] 여기에 '동요, 동화, 동극, 소년소설'[7]로 장르 명칭과 배열도 거의 동일할 뿐 아니라, 각 장르별 작품 편수와 전체 페이지 양[8]에서도 큰 차이가 없을 만큼 언뜻 보면 『현대한국아동문학선집』이 『조선아동문학집』을 계승하고 있는 듯한 인상마저 풍긴다.

그러나 이러한 동질성은 단지 외형적 부분에 국한될 뿐이다. 선집을 구성하고 있는 작가들의 면모를 살펴보면, 인적 구성의 단절성은 극명하게 드러난다. 우선 위에서 제시한 바와 같이 한쪽이 ①"현대 조선 아동문학의 대표작"을 대상으로 삼고 있는 반면, 다른 한쪽은 ⑤"한국의

6 실제로 전집 서문에서도 "우리에게 적이 위안을 주는 것은 4272년에 조선일보사 출판부에서 발간한 「조선 아동문학 전집」에 일제하에 활약한 작가들의 대표작이 수록되어 있다는 것이다"라면서 『조선아동문학집』의 가치를 높이 평가하고 있다.

7 『현대한국아동문학선집』은 장르 순번이 동요, 동화, 소설, 동극 순이라는 것과 '소년소설'이라는 장르 명칭에서 '소설'로 바뀐 것이 다를 뿐이다. 또한 아직까지 동요와 동시라는 명칭이 분화되지 않고 사용되고 있는 것도 눈에 띈다.

8 『조선아동문학집』은 341쪽, 『현대한국아동문학선집』은 333쪽이다.

아동문학 작가를 총망라"했음을 밝히고 있다. 해방 공간에서는 전집 제목에 '조선'과 '현대'가 혼용되는 형국이었다가,[9] 단독정부 수립 이후에는 '한국'을 중심으로 '현대'가 덧붙여지는 형태로 자리를 잡는다. '현대한국아동문학선집'이라는 제목에는 이러한 시대적 변화가 반영돼 있다. 이는 단순한 기호의 전환을 넘어 작품의 선별 기준이 달라졌음을 의미한다. 작품의 미학적 가치는 영원불변한 것이 아닌 지배이데올로기의 상관관계를 통해 재구성되는 산물이기 때문이다.

그렇다면 자유민주주의 시대를 맞아 아동전(선)집의 선별 기준은 어떻게 달라졌고, 또 그것이 의미하는 바는 무엇일까? 먼저, 두 전(선)집에 실려 있는 작가를 정리해 보면 다음과 같다.

〔표 1〕『조선아동문학집』과 『현대한국아동문학선집』의 작가 목록[10]

	조선아동문학집 (조선일보사)	한국현대아동문학선집 (동국문화사)
동요	주요한(2), 박팔양(2), 류지영(1), 윤석중(3), 정인섭(2), 이헌구(3), 김소월(1), 정지용(2), 정열모(2), 방정환(2), 윤극영(2), 황세관(1), 한창동(3), 최순애(2), 이정구(2), 천정철(2), 신고송(2), 윤복진(3), 서덕출(3), 이원수(2), 김태오(1), 최영애(1), 박영종(3), 최옥란(1), 강소천(2), 목일신(1), 임춘길(2), 허삼봉(1), 강승한(1), 염근수(1), 정노엽(1)	한정동(2), 윤석중(3), 이원수(3), 이응창(1), 목일신(3), 김영일(3), 강소천(3), 박목월(3), 임인수(2), 박은종(2), 이태선(2), 장수철(2), 홍은순(2), 박경종(2), 한인현(1), 서정봉(1), 김원룡(1), 어효선(2), 이종기(2) 여운교(2), 최계락(2), 이종택(1), 박홍근(1)
동화	이태준(엄마마중 외 1편), 피천득(자전거), 현덕(물딱총 외 2편), 이영철(쌍둥밤 외 2편), 박태원(소꿉질 외 2편), 김동길(고무공하나로), 임원호(몽당연필), 정우해(추위), 송창일(거짓말), 홍구(샤로크와 업순이), 김복진(땅벙어리), 이원수(다람쥐), 주요섭(진달래와옥순이), 김영수(가	이영철(고양이), 정홍교(쥐와 개미), 윤래영(달아난 병아리), 모기윤(이죽이 삐죽이), 이원수(뻐꾸기 소년), 강소천(바둑이와 편지), 박홍민(내가 그리 미운가), 임인수(비둘기와 몸), 함처식(나팔꽃과 잠꾸러기), 박화목(부엉이와 할아버지), 김요섭(은하수), 방기훈(암소와 아기), 홍은순

9 『현대조선문학전집』(3권, 1946), 『조선대표작가전집』(27권, 1946), 『조선문학전집』(10권, 1948), 『현대조선문학전집』(3권, 1947)이 대표적이다.

10 괄호 안의 숫자는 동요는 편 수, 그 외는 실린 작품명을 표기한 것임.

	지마라엄마야), 마해송(어머님의 선물), 이정호(이상한 연적), 전영택(쥐와고양이), 진장섭(생명수), 고한승(백일강이야기), 방정환(난파선)	(욕심장이 수동이), 이주훈(옥이와 노랑새), 최태호(강아지와 고양이), 마해송(바위나리와 아기별)
소년소설	강훈(까까머리생도), 백신애(멀리간동무), 이동규(팔뚝시계), 최승화(경희의 빈 벤또), 송영(새로들어온 야학생), 현덕(고구마)	이주홍(비 오는 들창), 김영일(서낭당), 이규엽(별과 함께), 장수철(할머니와 다람쥐), 방기환(꽃길로 가는 학교), 이종환(윤기와 삽사리), 손동인(바둑이와 고무장화)
동극	마해송(장님과 코끼리), 신고송(요술모자), 정인섭(맹꽁이)	김진수(종달새), 김상덕(시계 싸움), 최태호(걸레)

두 선집의 발간 시기가 약 17년 정도의 간극이 있다 보니 작품의 선정에서 차이가 나는 것은 어느 정도 자연스러운 결과다. 그러나 이러한 차이는 단순한 물리적 시간이 아닌 남북분단과 문단재편이라는 정치적 맥락 위에서 발생한 것이고, 이는 월북했거나 북한에서 활동하고 있는 일군의 작가들을 철저하게 배제하는 결과로 이어졌다.[11] 월북작가인 박팔양·정지용·정열모·신고송·윤복진·염근수·이태준·현덕·이동규·박태원·송창일·임원호·송영·현덕과 빨치산에서 사망한 것으로 추정되는 이동규, 북한 아동문학가 이정구·강훈 그리고 대표적인 프로문학가였던 염근수 등이 배제의 대상에 해당한다. 특히 이 중에서 현덕·정지용·윤복진·박태원은 『조선아동문학집』에서도 3편 이상의 작품이 실렸던 작가들로 근대 아동문학을 대표하는 작가들을 배제한 것은 우리 아동문학사의 큰 손실이 아닐 수 없다.

이데올로기적 관점에서 배제는 곧 금기를 의미한다. 그것은 경계를 뚜렷하게 설정함으로써 안과 밖을 이원적 대립 구도로 만드는 것인데, 여기서 경계 밖이란 열등한 것을 의미하기보다는 등급이나 서열을 매길

11 문교부에서 월북작가에 대한 출판 판매 금지 처분을 공식화한 시기가 1957년이고, 이 선집이 발간된 시기가 1955년임을 감안하다면 좌익 문학을 금기시하는 풍토는 6·25전쟁 이후 이미 확고하게 자리를 잡은 것으로 보인다.

수 없는 미지의 것, 혹은 부재의 대상이라는 뜻이 한층 강하다.[12] 최소한 이 선집이 발간된 1955년부터 해금 조치가 있던 1988년까지 약 30년이 넘는 세월 동안 이들 작가는 금기이자 부재의 대상이었던 셈이다.

한편 새로운 규범과 가치가 확립된 시점에서 다시 한번 승인의 절차를 거친 작가와 작품은 그 영향력이 배가되는 게 당연했다. 한정동·윤석중·이원수·마해송·강소천·박목월·목일신·이영철 이상 8명은 『조선아동문학집』에 이어 『현대한국아동문학선집』에도 포함된 유일한 작가들이다. 이는 다시 말해, 남한 문학에서 정통성을 승인받은 작가들이었던 셈이다. 이 중에서도 특히 윤석중·이원수·마해송·강소천·박목월은 전집 출판의 편집위원으로 참여하면서 남한 아동문학 장을 이끌어 가는 핵심 주체로 우뚝 서게 된다.

이 선집의 선택적 규범에서 주목해야 할 또 한 가지는 '당대 활동 중' 이면서 '전문 아동문학가'에 속하는 작가들을 대상으로 삼고 있다는 점이다. 이러한 선정 기준은 『현대한국아동문학선집』의 발간주체인 〈한국아동문학회〉(1954)의 출범 목적이 애초부터 아동문학가들의 대통합에 있었다는 점에서 의당 당연한 결과라 하겠다. 실제로 여기에 실린 작가들은 자유민주주의라는 정치적 심급 외에도 현재 활동 중인 전문 아동문학가라는, 두 가지 요소를 모두 충족하고 있다. 작고한 아동문학가 방정환·서덕출·고한승이나 성인문학가인 주요한·이헌구·전영택·피천득 등이 배제된 것도 이 때문이다.

또한 작품 순서는 '작가로서 등장한 연대' 순으로 배열하였는데, 이는 문단 내부의 위계질서를 확실하게 정리하려는 의도로 해석할 수 있다. 이를테면 동시는 '한정동 – 윤석중 – 이원수 – 이응창 – 목일신 – 김영일 – 강소천 – 박영종'의 순서로, 동화는 '이영철 – 정홍교 – 윤태영 – 모기

12 최지현, 「문학교육에서 정전과 학습자의 정서체험이 갖는 위계적 구조에 관한 연구」, 『문학교육학』, 한국문학교육학회, 2000, 59쪽.

윤－이원수－강소천' 순이었다.[13] 이러한 배열은 〈한국아동문학회〉 내부의 결속 강화는 물론, 위계를 확립하고자 한 의지가 적극적으로 반영된 결과인 것이다.

그러나 『현대한국아동문학선집』은 정전 연구의 대상으로는 무게감이 현격히 떨어지는 게 사실이다. 특정 전(선)집을 정전의 반열 위에 올려놓기 위해서는 작품의 질적인 부분뿐 아니라 편집 주체의 욕망, 선집이 문학사에 끼친 영향력 등을 종합적으로 고려해야 한다. 대개 편집주체들이 정전에 대한 욕망을 가시적으로 드러내는 장이 전집의 서문인데, 앞서 드러난 바와 같이 『현대한국아동문학선집』은 이러한 측면이 매우 희미한 편에 속한다. 오히려 정전에 대한 의식은 '조선의 대표작', '집대성'이라는 용어를 사용하면서 대표성과 완전성을 부각시키고 있는 『조선아동문학집』 쪽이 훨씬 강하게 드러나 있다. 『현대한국아동문학선집』은 자기 스스로 불완전성을 시인하고 있는, 우리나라 전집사에서도 유례를 찾아볼 수 없는 선집에 해당한다. '미흡한 점이 있더라도 미래를 위한 편달(鞭撻)을 부탁한다'는 식의 발언은 전·선집 간행사에서 흔히 등장하는 '주옥명편' 혹은 '문학의 금자탑' 등의 일반적인 레퍼토리와는 한참 동떨어져 있다. 추측컨대 이러한 불완전성의 자각은 조선을 소거한 채 반쪽 문학사만을 정리할 수밖에 없는 한계를 그들 스스로도 어느 정도는 인정하고 있었던 게 아닌가 생각된다. 또한 이제 막 출범한 〈한국아동문학회〉의 입장은 상업적 이윤이나 정전의 욕망을 실현시키는 목적보다는 당대 활동하는 아동문학가들의 작품을 한데 모아 내부 세력의 결속을 다지는 일이 더욱 절박한 과업이었을 것이다.

---

13 동화작가 순서에서 가장 앞자리에 와야 할 마해송은 원고 도착이 늦어져 「바위나리와 아기별」이 가장 마지막 자리에 놓이게 된다. 그러나 우리나라 최초 동화라는 정통성의 경쟁에서 우위를 보이며 「바위나리와 아기별」의 최초 동화설은 점점 더 강화되어 갔다. 조은숙, 앞의 논문, 281쪽.

2. 1960년대 전집 출현의 배경과 현황

6·25전쟁 이후 바닥까지 내려갔던 소비 구조는 1960년대 들어 도시 근로자들을 중심으로 점차 회복되기 시작한다. 전집 출간의 붐은 구매력을 지닌 소비 대중의 등장과 밀접한 연관성을 갖는다. 실제로 당시 물가등귀율과 근로자소득추세를 비교한 그래프를 보면 1967년에 이르러 도시근로자의 가계가 흑자로 전환되고 있음을 확인할 수 있다.[14] 이러한 도시근로자야말로 전집을 구매할 수 있는 실제적인 소비 계층이었던 것이다. 이들의 소비 욕구는 자신의 교양 함양을 위한 측면도 있었겠지만 그보다는 교육열에 기인한 바가 한층 강했다.

구매력을 지닌 소비자의 등장은 국가적 차원의 '자유교양운동'과 맞물려 강력한 시너지 효과를 양산하였다.[15] 고전은 교양의 환유어로 자리를 잡았는데, 고전 목록의 상당수는 전집류가 차지했다. 특히 우량도서 선정위원회의 활성화와 전집이 연동되는 장면은 당시의 시대 상황을 가장 명징하게 보여주는 사례라 할 수 있다.

1) 우량(優良)도서의 선정과 전집

1960년대 신문기사를 보면, '惡書'에 대한 문제가 지속적으로 제기되는 것을 발견할 수 있는데, 대부분 만화에 빠진 아동들의 독서실태를 꼬

14 이종호 전집의 출현 배경을 소비 구조와의 관계를 통해 구체적으로 분석한 바가 있다. 그가 제시한 '물가등귀율과 근로자소득추세'를 보면 1967에 이르러 도시근로자의 가계가 흑자로 전환되고 있음을 알 수 있다. 이종호, 「1960년대 한국문학전집의 발간과 문학 정전의 실험 혹은 출판이라는 투기」, 『상허학보』, 상허학회, 2011, 120~121쪽.

15 권보드래는 교양의 핵심을 고전 독서로 설정하는 교양주의는 한국에서는 1950년대 이후에 본격화되었고, 이것이 1960년대 교양운동과 맞물려 고착화된 것으로 보았다. 교양운동은 당시 박정희 정권의 '개발주의'와 맥을 함께하는 것이기도 했다. 권보드래·천정환, 앞의 책, 432~437쪽.

집는 내용이 주를 이루고 있다. 1950년대에도 강소천, 이원수 등 아동문학가와 교육학자들에 의해 이러한 문제가 지적돼 왔지만, 문학인, 학부모, 여성단체 등이 두루 문제의식을 공유하기 시작한 시점은 1960년대부터였던 것이다.

이러한 분위기를 대변하듯 국가 제도적 차원에서 전집 붐을 추동하는 개혁안들이 줄줄이 이어졌다. 1961년에 발족한 우량아동도서 선정위원회, 학급도서 설치 운동, 1963에 제정 공포된 학교 도서관 증대법이 전집의 붐을 주도하였다. 출판사 쪽에도 호재가 이어졌는데, 1967년부터 출판영업세 전면 면제가 시행되면서 공격적인 마케팅이 가능해졌다.[16]

이 중에서 양서의 기준을 제시하고 도서 목록을 구축하는 역할을 담당했던 '우량도서선정위원회'를 주목할 필요가 있다. '독서 국민 만들기 운동'에서 실현하고자 했던 교양 함양과 우량도서선정위원회가 담당한 교양 도서 목록은 매우 밀접한 연관성이 있기 때문이다. 양서로 인증된 목록은 고스란히 학급도서와 도서관으로 유통됐을 뿐 아니라 학부모에게는 안심하고 읽힐 수 있는 교육용 도서라는 인식을 심어 줄 수 있기에 상업적으로도 매우 민감할 수밖에 없었다. 1960년 11월, 문교부에서 인정교과서를 전면 폐지시키고, 그 대신 우량도서를 도서실이나 교사용 교재로 배포하겠다고 선언하는 장면은 우량도서의 목록이 얼마나 막강한 영향력을 행사하게 됐는지를 극명하게 보여준다.[17] 또한 모든 학교마다 도서관을 의무화한다는 내용의 학교도서관법이 통과된 1964년부터 그 수요는 더욱 확대되기에 이른다. '정서 순화'와 '건전한 교양 함양'이라는 기조를 내세운 우량도서선정위원회의 세부적 심사기준은 다음과

16 대한출판문화협회 편, 『대한출판문화협회의 50년 발자취』, 대한출판문화협회, 1998, 126~132쪽.

17 1960년 11월 5일 신문 기사에는 인정교과서 폐지와 관련하여, "문교부가 인정교과서를 없애는 대신에 우량도서를 선정하여 초등학교 도서실 또는 교사용 교재로 학교에 비치하도록 할 것이라 하며 이것을 교과서 외의 교재로 삼게할 것이라고 한다."고 보도하고 있다. 「초등학교 인정교과서 전폐」, 《경향신문》, 1960.11.5.

같다.

① 민주주의 이념에 어긋나지 않고 아동 생활에 도움을 주어야 한다.
② 표기 방법이나 외래어표기, 학술용어는 교과서에 준한다.
③ 내용이나 형식이 아동들 심신 발달에 알맞아야 한다.
④ 창작한 것은 원저자를 밝히고 번역한 것은 원전과 번역한 사람을 밝혀야 한다.[18]

형식적 기준에 해당하는 ②와 ④를 제외하고 내용적 기준인 ①과 ③을 살펴보면 크게 '민주시민 양성'과 '아동 심신발달'로 요약된다. 1959년 우량도서 준비위원회가 공표한 기준과 비교해 봐도 형식적인 기준—표기법, 저작권—이 추가로 강화됐을 뿐 내용적 기준에서 보면 이 두 가지 키워드는 변함이 없는 것을 확인할 수 있다.[19] 이것은 아동에게 읽혀야 할 도서를 선정하는 기준이 '독서 국민'이데올로기의 자장 속에서 성립되고 있음을 보여주는 예라 할 수 있다.

1960년대 우량아동도서선정위원회가 제시한 목록 중 상당수가 전집으로 빼곡히 채워진다. 1962년 발표한 우량도서 목록 34종 가운데 27종(약 80%)이 전집류에 해당할 정도였다.[20] 당시 신문 기사에는 좋은 책 선정에 어려움을 겪는 학부모들에게 "최근 2~3년 사이에 좋은 계획의 전집물이 많이 나왔다."[21]며 문교부의 우량아동도서선정위원회에서 선정했으니 믿어도 좋다는 식의 내용이 자주 등장한다. 문교부가 주도한 우량도서 선정과 전집 발간이 서로 공조 체제를 형성한 셈인데, 이는 양자간의 이해관계가 절묘하게 맞아들은 결과였다. 국가의 입장에서는 교양

18 「우량아동도서 선정에 권위 가져야」, 《동아일보》, 1962.9.15.
19 「아동도서선정제실시 전문가들로 위원회를 구성」, 《동아일보》, 1959.12.24. 참조.
20 「우량 아동도서 34종 선정 발표」, 《경향신문》, 1962.11.23.
21 「황폐한 독서환경」, 《경향신문》, 1965.1.18.

국민을 만들기 위한 효과적인 시스템을 확보할 수 있었고, 출판사의 입장에서는 도서관과 학급문고라는 안정된 활로를 통해 투자의 위험 부담을 최소화할 수 있을 뿐 아니라 국가에서 공인한 명작이라는 광고 효과까지 얻을 수 있던 것이다.

이렇듯 국가차원에서 전개된 1960년대 독서운동은 전집의 상업적 붐은 물론 전집이 명작의 전유어로 자리하는 데 결정적인 영향을 미친다. 게다가 6·25전쟁 이후 교육만한 자산이 없다는 생각이 대중 의식 속에 팽배해 있는 데다가,[22] 정작 교과서에서도 문학 작품을 쉽게 접할 수 없다 보니, 전집에 대한 소비 욕구는 더욱 강해질 수밖에 없었던 셈이다.[23] 1960년대 전집 연구가 자연스럽게 정전 연구와 밀접한 상관관계를 맺는 이유도 이러한 외부적 환경 위에 놓여 있는 것이다.

2) 1960년대 아동문학전집의 출판 현황

『조선아동문학집』과 『현대한국아동문학선집』이 단행본 형식의 선집 수준이었다면, 본격적인 기획 전집은 1960년대에 들어서부터 등장하기 시작한다. 해방 이후 교과서 사업을 통해 자본력을 갖춘 출판사들을 중심으로,[24] 사전 편찬과 전집 기획이 하나의 붐을 형성하게 된 시기가 1960년대였던 것이다. 그러나 실제로 문학전집 붐을 주도한 것은 세계

---

22 '전집을 읽히기' 운동은 신문도 적극적으로 동참하는 경향을 보인다. 방학을 맞은 아이들에게 가정에서 읽혀야 할 도서 목록은 대부분 전집류가 차지하고 있음을 확인할 수 있다. 「여름방학 어린이 가정지도」, 《중앙일보》, 1968.7.25.

23 교과서는 아동문학 정전을 논의하는 데 있어 가장 핵심이 되는 대상이다. 그런데 초등학교 교과서의 경우 정작 문학 작품이 본격적으로 실리기 시작한 것은 문학영역이 별도로 설정된 1981년 4차교육과정부터였고, 1차부터 3차까지는 전기문이 서사문학을 대신하는 경향이 지배적이었다. 이에 대한 자세한 논의는 권혁준, 「정전의 관점에서 본 문학작품 선정의 문제점과 과제」, 『아동청소년문학연구』 11호, 2012를 참고하기 바람.

24 이종국, 『한국 교과서 출판 변천 연구』, 일진사, 2002, 218~219쪽.; 이근우, 「출판이십년사: 교과서편—정비반복으로 일관한 이십년」, 『출판문화』 1966년 7·8월호, 6쪽)

문학전집이었고, 한국아동문학전집을 출간한 출판사는 십여 개 정도에 불과했다. 그나마 5권 전후의 소전집이 대부분이었는데, 1962년 50권의 『세계 소년소녀 문학전집』을 완성하며 상업적으로 큰 성공을 거둔 계몽사의 경우에도 국내 창작물은 1966년 『한국그림동요집 5권』을 출간한 게 전부일 정도였다. 이러한 불균형은 막대한 자본이 투입되는 전집의 특성상 위험부담이 큰 국내 창작물보다는 독자층이 안정적인 데다 원작료를 지불하지 않아도 되는 세계아동문학이 선호될 수밖에 없던 것이다.[25] 당시 메이저출판사였던 신태양사, 문선각, 삼화출판, 상지사, 삼성출판, 학원사만 하더라도 1960년대 한국아동문학은 외면한 채, 세계아동문학전집에 몰두했던 것도 이러한 맥락과 통해 있다.[26] 메이저 출판사들이 국내 창작물에 관심을 갖기 시작한 것은 1970년대 들어서부터인데, 이는 『한국아동문학독본』과 『한국아동문학전집』의 상업적인 성공이 영향을 미쳤다고 볼 수 있다. 1960년대 출간된 한국 아동문학전집의 전체 목록은 다음과 같다.

〔표 2〕 1960년대 한국 아동문학 전집 목록[27]

	저서명	편집위원	권수	출판사	연도
1	한국아동문학독본	윤석중, 이희승, 피천득, 손동인, 안수길, 박목월, 홍웅선, 김동리, 우승규, 박두진	10	을유문화사	1961 ~2
2	한국아동문학전집	이주홍, 이원수, 강소천, 마해송	12	민중서관	1962 ~5

25 이러한 책들은 거의 일본어판 세계명작 문학전집을 이중번역했기 때문에 제작비가 적게 들었다. 부길만, 『한국출판역사』, 커뮤니케이션북스, 2013 참조.

26 정복화, 「해방 이후 한국 아동전집 출판에 관한 역사적 고찰」, 동국대 석사학위논문, 2001, 부록 참조.

27 이 목록은 『한국출판연감』, 「해방 이후 한국 아동전집 출판에 관한 역사적 고찰」(정복화), 「한국아동전집출판의 통시적 연구」(오경호), 『한국출판연구』(1992)를 참고하여 재구성한 결과이다.

3	한국소년소녀전집	없음 (출판사)	20	정음사	1963
4	한국현대명작동화선집	없음 (출판사)	8	계진문화사	1963
5	한국아동문학선집	이원수, 어효선	3	교학사	1964
6	한국소년소설선집	이원수, 장수철	2	교학사	1964
7	강소천아동문학전집	김동리, 박목월, 조지훈, 최태호	6	배영사	1965
8	소파아동문학전집	확인 불가	5	삼도사	1965
9	소년소녀한국고대문학전집	없음 (출판사)	10	상구문화사	1965
10	소파아동문학전집	확인 불가	5	동양출판사	1966
11	한국그림동요집	윤석중, 박목월	5	계몽사	1967

전집 종류 중에 개인전집은 방정환과 강소천이 유일하다. 삼도사 『소파아동문학전집』(편집위원 마해송 · 이원수 · 이주홍)은 1940년 박문서관에서 출간된 『소파전집』을 기초로 작성됐고,[28] 배영사에서 나온 『강소천아동문학전집』은 생전에 강소천 자신이 직접 작품을 선별해 둔 작품을 『아동문학』(배영사, 1962) 편집위원이었던 김동리 · 박목월 · 조지훈 · 최태호가 정리해서 출간한 것이다. 이때 발간된 방정환과 강소천 전집은 1984년 이원수 전집과 1988년 윤석중 전집이 나오기 전까지 우리 아동문학에서 유일한 개인전집의 명맥을 이어간다. 1970대에도 개인전집은 『소파방정환전집』(문천사), 『소년소녀강소천문학전집』(문천사)가 유일했을 정도로, 방정환과 강소천은 정전 작가로서의 위상이 확실했던 것이다.[29]

전집의 규모 면에서는 1967년 완결된 정음사의 『한국소년소녀전집』(20권)이 가장 주목을 끈다. 이 전집은 1962년 최초 기획 단계에서는 총 50권을 목표로 했으나 1964년 20권으로 축소 완결한 것인데, 실제 수록 내용을 들여다보면 순수 창작물과는 거리가 멀었음을 알 수 있다. 1962

28 어효선, 「거의가 문예물의 집대성—아동도서 출판 20년사」, 『출판문화』, 1966, 18쪽.
29 1980년대 이후에도 강소천은 문음사(1981)와 교학사(2006)에서 개인 전집이 출간되었다.

년에 나온 6권만 보더라도 제1권 『성서 이야기』(전영택), 제2권 『중국동화집』(김광수), 제3집 『재미있는 수학』(정의택), 제4집 『희랍신화』(신지식), 제5집 『한국명장전』(박용구), 제6집 『동물의 생활』(조복성)으로 일정한 체계나 기준 없이 대중의 흥미를 끌기 위한 종합선물세트 같은 인상이 농후하다.[30] 또한 총 10권으로 비교적 규모가 큰 편에 속했던 『소년소녀 한국고대문학전집』은 고전문학을 집대성했다는 점에서는 의미가 있지만 마찬가지로 순수 창작물과는 거리가 있었다.

개인전집과 지식 도서, 그리고 고전문학을 제외하고 국내창작물에 해당하는 전집을 추려내면 6종에 불과하다. 이 중에서 계진문화사에서 펴낸 『한국현대명작동화선집』은 전 12권으로 처음에는 큰 규모로 기획됐지만, 여러 문헌을 확인해 보면 8권까지만 나온 것으로 보인다.[31] 1권 김영일 『푸른 동산의 아이들』, 2권 박경종 『송이골 다람쥐』, 3권 이원수 『초록언덕을 가는 전차』, 4권 장수철 『흰구름 따라서』, 5권 박화목 『꽃팔의 소녀의 그림』, 6권 이주훈 『풍금속의 나라』, 7권 방기환 『나비의 집』, 8권 최요한 '제목 미정'으로 남아 있다.[32] 김영일을 시작으로 박경종, 이원수, 장수철, 박화목, 이주훈, 방기환, 최요한으로 이어지는 배열 기준도 명확하지 않거니와 특히 1권에 김영일을 두고 성인문학가였던 방기환까지 포함했음에도 불구하고 강소천, 이주홍, 마해송 등 주요 작가들이 빠져 있는 것은 분명 의아한 대목이다.

그런데 이와 유사한 편집 구성을 『한국소년소설선집』(교학사)[33]에서도

30 최애순, 앞의 논문, 55쪽 참조.

31 부길만, 앞의 책.; 정복화, 앞의 논문 참조.

32 계진문화사 학급문고 광고를 참고한다면 9권은 임인수 10권은 김요섭 11권은 박홍민 12권은 이영희가 작가로 선정됐지만 제목은 미정인 상태로 남아 있다.

33 상: 김영일, 김요섭, 목해균, 박경종, 박홍근, 박화목, 박홍민, 방기환(2), 서석규, 손동인, 신지식, 오영민, 이관, 이석현, 이영희, 이원수, 이종환, 이주훈, 임인수, 장수철, 주미, 최요안, 최인학, 최효섭, 한정동, 한영애. / 하: 김요섭, 목해균, 박경종, 박홍근, 박화목, 박홍민, 방기환(2), 손동인, 신지식(2), 윤사섭, 이영희(2), 이원수, 이종학, 이종환(2), 이주홍, 이주훈, 임인수(2), 장수철, 정욱순, 정상묵, 최인학, 함처식, 홍은순, 황영애.

찾아볼 수 있다. 상, 하 두 권으로 나온 이 전집은 32명의 작가와 55편의 작품이 실린 전형적인 선집형 전집이다. 작가 이름을 가, 나, 다 순으로 정렬했는데 그 처음은 강소천이 아닌 김영일이 자리하고 있으며, 가장 많은 편수에 해당하는 3편이 실린 작가들은 방기환, 신지식, 이영희, 이종환, 임인수이다. 가, 나, 다 순서를 기준으로 했을 때 강소천을 배제하는 경우는 매우 이례적일 뿐 아니라 방기환, 신지식, 이영희, 이종환의 작품 비중이 가장 높다는 점도 특이하다. 추측컨대 비슷한 시기 배영사에서 강소천 전집이 나온 것을 염두하고 마케팅적인 차원에서 강소천을 제외했을 가능성이 농후해 보인다. 또한 방기환, 신지식, 이종환 등은 아동소설 창작 활동을 해왔을 뿐 아니라 대중적으로도 어느 정도 알려진 작가라는 점도 고려의 대상이 됐을 것이다. 이러한 전집 발간의 양상으로 보건대 각각의 전집은 독립적으로 존재하기보다는 다른 전집과의 차별화된 기획과 상호작용을 통해 나온 결과물이라는 사실을 확인시켜 준다.

하지만 1960년대 한국아동문학전집의 가치가 응축된 결과물은 『한국아동문학독본』(을유문화사)과 『한국아동문학전집』(민중서관)이었다. 두 전집은 출간 시기와 규모 면에서는 물론이고, 편집위원 구성과 작품 목록 등에서도 우리나라 전집사에서 가장 주목해야 할 연구 대상이다. 여기에 대한 자세한 논의는 다음 장을 통해 이어가도록 하겠다.

3. 출판 권력의 대립과 정전의 기획

세계문학전집이 주도하는 흐름에서 『한국아동문학독본』과 『한국아동문학전집』이야말로 한국아동문학 창작물을 집대성한 본격 한국아동문학전집이라 할 수 있다. 을유문화사는 1959년 8월부터 『세계문학전집』 100권의 대형 프로젝트를 시작했지만, 아동문학에서만큼은 세계문학이 아닌 한국아동문학을 먼저 출간했다. 한편 민중서관은 한국문학전집을 가장 먼저 출간했던 출판사로서 아동문학에서도 을유문화사와 거의 비슷한 시기에 전집을 발간하였다.

그런데 여기에서 주목을 요하는 부분은 두 출판사가 단지 상업적인 경쟁 관계뿐 아니라 편집위원 구성에서도 긴장 관계에 있었다는 점이다. 따라서 이들의 경쟁 구도는 1950년대 둘로 나뉜 문단의 상황과 연결돼 있으며, 전집의 정체성 또한 이와 무관치 않다는 점을 견지해 둘 필요가 있겠다.

1) 을유문화사와 민중서관의 설립 배경

많은 자본을 필요로 하는 문학전집은 출판 자본과 광범위한 문인 네트워크와의 긴밀한 결합이 요구된다. 권력전집 연구에서 출판사의 설립 배경과 편집위원의 면모를 동시에 살펴보는 일이 중요시되는 이유도 이 때문이다. 작가나 작품 목록, 편집 구성 면에서 큰 차이가 없던 세계문학전집과는 달리 한국문학전집은 출판사 간에 지속적인 타자화가 이루어져왔다. 다시 말하자면 한국문학전집은 발간주체에 따라 독자적인 특징을 띠고 있었다는 것이다. 그렇다면 을유문화사와 민중서관의 창립 주체와 그 설립 배경에 각각 어떤 차이가 있던 것일까?

먼저 을유문화사는 1945년 12월 1일, 정진숙, 민병도, 조풍연, 윤석중이 주축이 되어 창립하였는데, 이 중에서도 『문장』지 편집을 맡았던 조풍연이 가장 적극적이었던 것으로 보인다.[34] 조풍연은 "우리 네 사람처럼 뜻이 맞고 부지런히 일한 기업체도 드물 것"[35]이라며 끈끈한 관계를

34 해방기 을유문화사가 문장지 추천위원이었던 정지용의 시선집을 처음 발행하게 된 것도 조풍연의 기획이라고 할 수 있다. 「문단 이면사로 엮어본 문인들의 작품과 세계, 청록파 시인들」, 《경향신문》, 1983.6.25.

35 윤석중, 「어린이와 한평생」, 앞의 책 참조.

자랑하기도 했는데, 사실 이들은 을유문화사 창립 이전부터 이미 두터운 친분을 맺어왔다. 윤석중은 민병도, 조풍연의 교동보통학교 선배였고, 정진숙은 그의 장모님이 윤석중 어머니와 자별한 사이였다.[36] 또한 정진숙과 민병도는 해방 이전에 동일은행에서 함께 근무하던 직장 동료이기도 했다.[37] 그러다 6·25전쟁으로 출판사가 존망의 위기에 처하고 모두 뿔뿔이 흩어졌을 때 정진숙은 을유문화사에 남아 회사를 다시 일으켜 세우는 데 주도적인 역할을 한다. 이때부터 을유문화사는 정진숙 단독 체제로 운영되는데, 사업적 수완이 뛰어났던 그는 민복기, 백두진, 최규남 등을 설득해 은행 융자를 받아 교과서 사업에 착수하여 큰 성공을 거둔다. 또한 1961년에는 국정교과서(주) 초대사장에, 1964년에는 사단법인 대한출판문화협회 회장에 취임하면서 정진숙은 명실상부 대한민국 출판계를 대표하는 인사로 자리 잡게 된다.[38]

한편 민중서관은 국어학자 방종현이 운영하던 서점을 1945년 11월 11일, 이병준이 인수하면서 탄생했다. 고향 친구이자 사돈인 박윤철이 동업자로서 자금을 투자했고, 대대적인 교과서 편찬사업에 이 자금을 투입하면서 상업적인 성공을 거두게 된다.[39] 검인정교과서에 들어온 수입은 다시 사전 편찬을 위한 투자로 이어져, 훗날 국문학사에 한 획을 그었다고 평가받는 이희승의 『국어대사전』(1961)을 탄생시키는 위업을 달성한다. 이병준은 이러한 공로를 인정받아 1962년 '서울시문화상'을

36 윤석중은 을유문화사 창립동인 사이에서도 구심점 역할을 한 것으로 보인다. 조풍연, 민병도의 학교 선배였는데, 민병도를 직접 알게 된 것은 도쿄에서 마해송의 소개를 받게 되면서 부터였고, 조풍연은 연희전문 졸업반을 시작으로 조선일보사 발행으로 편집하던 『소년』지의 단골 필자가 되면서 허물없이 지내 온 사이였다. 또한 정진숙의 장모는 윤석중의 돌아가신 어머니와 자별하게 지냈다는 사실을 나중 고모를 통해 듣게 된다. 윤석중, 「그날이 어제만 같은데」, 『을유문화사 오십년사』 참조.

37 고정일, 「한국의 출판인 을유문화사 정진숙」, 『한국출판 100년을 찾아서』, 동서문화사, 2013, 599~600쪽.

38 1964년 12월 사단법인 대한출판문화협회 제16대 회장에 취임한 이후 1979년까지 11차례를 연임할 만큼 한국 출판계를 대표하는 거목으로 자리를 잡는다.

39 고정일, 「사전출판의 개혁 민중서관 이병준」, 앞의 책 참조.

수상하고, 1964년 11월 제18대 대한출판문화협회 회장에 선임되면서 1960년대 출판계에서 주목받는 인물로 부상한다.

이처럼 두 출판사는 교과서, 교재 사업을 바탕으로 메이저출판사로 거듭난 대표적인 출판사였다. 하지만 엄밀하게 말해서 출판사의 이름값(name value)에서는 을유문화사가 한층 우월한 위치에 있던 게 사실이다. 당시 민중서관은 주로 사전과 교재 출판사의 이미지가 강했던 반면, 을유문화사는 문학출판, 장학사업, 음악회 등 두루 폭넓은 문화자본력을 획득하고 있었기 때문이다. 이뿐만 아니라 출판 규모에서도 을유문화사는 당시 600여 출판사(1962년 기준) 가운데에서도 압도적인 위치에 있을 만큼 자본력이 건실했다.[40]

을유문화사는 상징권력을 지닌 문인들과의 네트워크에서도 비교우위에 있었다. 해방 이후 교재 사업에만 몰두하던 민중서관과는 달리, 을유문화사는 1946년 6월 한 달 동안에만 『지용시선』, 『청록집』, 『석초시집』 세 권의 시집을 편찬하였고, 6·25전쟁 전까지 김동리의 『무녀도』 외에 수십 권의 단행본을 발행하면서 문학장에서 강력한 영향력을 행사해 왔기 때문이다. 특히 조풍연과 윤석중은 일제식민지 문장파 문인들을 시작으로 단독 정부 수립 이후에는 문협정통파인 김동리, 박목월, 조지훈과 긴밀하게 연동된 인물들이다. 문단의 주류 세력과 을유문화사 창립 주체와의 연대는 금융인과 사업자로만 구성된 민중서관에 비해 문학도서 출판에서 한층 유리할 수밖에 없었던 것이다.

하지만 한국문학을 집대성하며 먼저 전집 사업에 뛰어 든 쪽은 민중서관이었다. 을유문화사가 100권 분량의 방대한 『세계문학전집』을 기획하고 있는 동안 민중서관에서는 한발 앞서 1958년에 『한국문학전집』

40 "1962년의 경우, 전국 600여 출판사가 한해 동안에 펴낸 책은 초·중판을 합쳐 2,966종이었는데, 을유는 그중 3.9%인 115종을 펴내었다." 을유문화사 편, 『을유문화사 오십년사』, 1997, 205쪽.

(1958, 35권)을 발간한 것이다. 이종호는 "이 전집에 속한 작가, 작품의 명단, 목록, 구성 방식은 거의 1980년대 중반까지 크게 변형되지 않은 한국문학전집의 원형이자 전형"[41]으로 보았고, 천정환은 "대표적인 문학전집의 첫 번째"[42]로 평가하였다. 이러한 평가에는 해방 이후 발간된 최초의 한국문학전집이라는 상징성과 신문학 탄생 50주년을 기념하는 프로젝트 결과물이라는 문학사적 의미도 반영되었을 것으로 보인다.

그렇다면 문인과의 네트워크가 상대적으로 취약했던 민중서관이 한국문학전집을 먼저 발간할 수 있던 원동력은 무엇이었을까. 우선 마케팅 전략 차원에서 세계문학전집에 몰두하는 거대 자본과의 경쟁을 피하고 상대적으로 관심이 적었던 한국문학 쪽을 선점했을 가능성을 배제할 수 없다. 다만 해방 이후 처음으로 한국문학을 집대성한다는 기획도 위험성이 크기는 마찬가지였기에 이 과정에서 권위 있는 문인들과 네트워크를 형성하는 일은 필수적 조건이었을 것이다.

민중서관의 세력 기반은 『한국문학전집』에 참여한 편집위원 명단을 통해 그 실마리를 찾을 수 있다. 해방 이후 가장 방대한 한국문학전집을 기획하면서 민중서관은 박종화, 김광섭, 백철, 유치진, 정비석을 편집위원으로 초빙하였다. 그런데 이들 모두는 문협정통파와 대척점에 있던 자유문협의 주축 세력이자 이른바 마이너에 속한 작가라는 공통점이 있다. 이종호는 이러한 특징에 대해 다음과 같은 해석을 내 놓은 바 있다.

> 민중서관판 『한국문학전집』은 범박하게 표현하자면, 남한 문단 내부에서 〈한국문학가협회〉의 대척점에 놓여 있었던 〈한국자유문학자협회〉에 의해 주도적

41 이종호, 「1950년대 남한 문학전집의 출현과 문학정전화의 욕망」, 『한국어문학연구』 55집, 한국어문학연구학회, 2010 참조.
42 천정환, 「한국문학전집과 정전화: 한국문학전집사(초)」, 『현대소설연구』 37, 한국현대소설연구회, 93쪽.

으로 진행되었던, 이른바 남한 문단 내에서 〈한국자유문학자협회〉의 자기 정체성 확립과 관련된 일련의 기획과 맥이 닿아 있었음을 알 수 있다. (…) 전체적인 전집의 구성 체계를 분석해보면 〈한국자유문학자협회〉 소속 작가들이 그 중심 서사를 대신하고 있으며, 나아가 〈한국문학가협회〉 소속 작가들이 그 중심 서사를 보조하는 양상을 띠고 있을 발견하게 된다.[43]

이종호 주장의 핵심은 『한국문학전집』은 자유문협계 편집위원들이 참여함으로써 남한 문단 내부의 지도그리기(mapping)라는 해석적 개입을 시도하고 있다는 것이다. 그렇다면 『한국아동문학전집』의 경우에는 어떠할까? 두 전집은 다수의 작가와 작품을 내세운 편집체계는 물론 특히 작가 선정 면에서 상당한 공통분모가 있다. 『한국문학전집』과 『한국아동문학전집』에서 공통적으로 등장하는 작가로는 이광수 · 채만식 · 이무영 · 계용묵 · 주요섭 등 무려 23명에 이른다.[44] 특히 이 중에서도 이주홍과 나란히 3집을 구성하고 있는 주요섭과 이무영을 주목할 필요가 있다. 주요섭과 이무영은 아동문학보다는 성인문학 소설가로서 명망을 쌓은 작가라는 점을 고려한다면 마해송 순번 다음에 이들을 배치한 것은 여러모로 납득하기 어려운 장면이 아닐 수 없다. 물론 주요섭은 『소년』과 『아이생활』에 「웅철이의 모험」과 「?」를 발표하며, 판타지 영역에서 나름의 위치를 확보하고 있었지만, 그 외에 발표한 동화는 대부분 우화적 수준에 머물러 있었고, 이무영은 「목마 타던 시절」 외에는 아동문학에서 이렇다 할 활동이 없었던 만큼, 이들의 선정 배경을 둘러싼 의구심이 드는 것은 당연하다.

주요섭과 이무영의 돌출을 이해함에 있어 『한국문학전집』(민중서관)의

43 이종호, 앞의 논문, 363~364쪽.

44 이광수 · 채만식 · 이무영 · 계용묵 · 주요섭 · 최정희 · 김동리 · 정비석 · 안수길 · 김광주 · 이봉구 · 최인욱 · 최태응 · 전영택 · 백신애 · 이주홍 · 김이석 · 임옥인 · 오영수 · 이선구 · 박영준 · 최정희 · 이종환. 이상 23명.

편집주체들이 자유문협 회원들이라는 이종호의 주장은 중요한 단서를 제공한다. 주요섭과 이무영은 1955년 자유문협발기인이자 이 단체의 주축을 담당했던 인물들이었다. 또한 자유문협과의 연관성은 다른 성인문학가의 선정 배경을 이해하는 데에도 도움을 준다. 김광주, 김송, 모기윤, 박영준, 안수길, 정비석, 유치진, 이봉구, 임옥인, 최인욱, 최태응, 홍효민 등은 모두 자유문협발기인이자 회원으로 활동하던 작가들이며, 이 중에서 유치진과 정비석은 『한국문학전집』의 편집위원이기도 하다.

아동문학가 선정 배경에서도 자유문협과의 친연성이 두드러진다. 마해송 · 정홍교 · 이원수 · 한정동 · 김영일 · 홍은순 · 목해균 · 박홍근 · 이영철이 자유문협 소속 회원이었으며, 이 중에서 마해송, 정홍교, 이원수는 자유문협분과위원장을 역임했고, 김영일은 간사를 맡은 바가 있다. 특히 1956년과 1961년 분과위원장을 맡았던 정홍교와 자유문협의 기관지인 『자유문학』에서도 주요 필자로 활동하던 이원수와 김영일은 자유문협을 대표하는 아동문학가들이다.

이처럼 『한국아동문학전집』과 『한국아동문학독본』의 정체성을 규명하는 데 있어 1950년대 성인문단의 분파 양상은 긴밀한 상관관계를 갖는다. 범박하게 말해서 두 전집의 발간주체는 자유문협과 문협이라는 서로 대립적인 문인단체에 뿌리가 닿아 있었고, 이러한 배경은 서로가 차별화된 전략으로 맞설 수밖에 없는 중요한 이유로 작용했던 것이다.

2) 아동문학전집과 문범(文範)의 형성

(1) 정전화의 기획과 『한국아동문학독본』

『한국아동문학전집』과 『한국아동문학독본』은 비슷한 시기에 기획되었고, 첫 배본도 거의 같은 시기에 나왔다.[45] 1961년 11월 15일 을유문화사가 한발 앞서 전 10권 중 5권 『이원수아동문학독본』을 냈고, 두 달 뒤인 이듬해 1월 15일 민중서관에서도 1권~6권을 발행하였다. 다만 차이가 있다면, 을유문화사는 1권을 시작으로 10권을 완성하기까지 9개월 정도밖에 걸리지 않은 반면, 민중서관은 1962년 1월 15일 6권을 내놓은 이후 나머지를 완간하는 데 3년 9개월이 걸렸다는 점이다. 이러한 차이는 민중서관이 선정 작가와 작품 수가 월등하게 많았던 것과도 연관이 있을 것이다. 두 전집의 수록 작가와 해설자, 초판 발행일을 정리하면 다음과 같다.

〔표 3〕 『한국아동문학독본』과 『한국아동문학전집』의 구성 목록

한국아동문학독본 (을유문화사)				한국아동문학전집 (민중서관)			
순번	수록 작가	해설·엮음	초판발행일	순번	수록 작가	해설·엮음	초판발행일
1	방정환	윤석중	1962.8.25	1	방정환 외 17인	없음	1962.1.15
2	마해송	이희승	1962.3.10	2	마해송	마해송	1962.1.15
3	윤석중	피천득	1962.7.15	3	주요섭 이무영 이주홍	이주홍	1962.1.15
4	이주홍	손동인	1962.1.15	4	윤석중	윤석중[46]	1962.1.15
5	이원수	안수길	1961.11.15	5	이원수	이원수	1962.1.15
6	강소천	박목월	1962.8.25	6	강소천	최태호	1962.1.15
7	임인수	홍웅선	1962.4.10	7	김영일 임인수	임인수	1965.9.15
8	박화목	김동리	1962.2.15	8	김성도 외 11인	없음	1963.5.25

45 신문 기사에도 두 전집 출간 소식을 함께 전하고 있다. 「한국아동문학전집」, 〈을유〉, 〈민중〉서 출간」, 《경향신문》, 1961.9.3.

46 '내 노래를 엮으며'를 통해 윤석중 본인이 간단한 머리말을 쓴 것과는 별도로 '윤석중 동요를 말함'이라는 별도의 코너를 둔 것이 독특하다. 여기에는 이광수, 박종화, 박화성, 박목월이 참여하였다.

9	한국전래 동화독본	우승규 (이상노 엮)	1962.5.10	9	박화목 방기환 최요안	없음	1965.9.15
10	한국전래 동요독본	박두진	1962.8.20	10	계용묵 외 22인	없음	1965.9.15
				11	박목월 외 41인 동요·동시집	없음	1965.10.25
				12	정인섭 외 10인 동극집	없음	1965.10.25

두 전집의 편집 체계에서 드러나는 가장 큰 차이점은 선정된 작가와 작품 수에서 드러난다. 『한국아동문학독본』이 8명의 작가를 선정하여 그들의 작품을 집중 조명하고 있는 것에 반해, 『한국아동문학전집』은 무려 118명의 작가를 대상으로 삼고 있다. 이러한 차이는 독본과 전집이라는 각기 다른 특수성과도 무관치 않다. 대개 독본 자체가 교과서나 기초 입문서로서의 성격[47]이 두드러지는데, 여기에 문학독본은 '뛰어난 작품을 모아 엮은 책', '모범으로 삼을 만한 책'이라는 의미가 덧붙여지기 때문이다. 독본이 많은 작가를 내세우기보다는 소수의 작가를 엄선하는 데 주력하는 이유도 전범(典範)의 성격, 즉 정전의 이미지를 강하게 드러내기 위한 전략이라고 할 수 있다.

실제로 을유문화사의 『한국아동문학독본』은 아동문학의 정통성을 승계한 작가들을 중심으로 서사를 구축하고 있다. 특히 전집에서 작가의 순번 배치는 암묵적으로 계열화된 문학사의 일부로 받아들여져 왔다는 점에 주목할 필요가 있겠다. 표면적으로 전집의 배열 순서는 작가의 생

47 독본(讀本)은 산문성을 중심으로 한 읽기 자료의 총칭으로 일본 에도 시대 후기에 유행한 소설의 일종이었다. 그러나 근대 초기에는 교과서를 지칭하는 용어로 주로 사용되었다. 김혜정, 「국어교재의 문종 및 지은이 변천에 대한 통사적 검토—현대 교육 과정기 전후 변화를 중심으로」, 『국어교육』, 2005, 43쪽.

멸 연대와 긴한 연관성을 맺는 것이지만, 다른 한편으로는 문학을 '역사화'하는 시선과 밀접해 있다.[48] 문학의 역사화는 문학적 정통성과 주류 계보를 확립하는 것을 의미하는 것이다. 전집 1권의 작가가 누구이며, 그 다음 순서는 어떻게 진행되고 있는지가 중요한 이유도 이 때문이다.

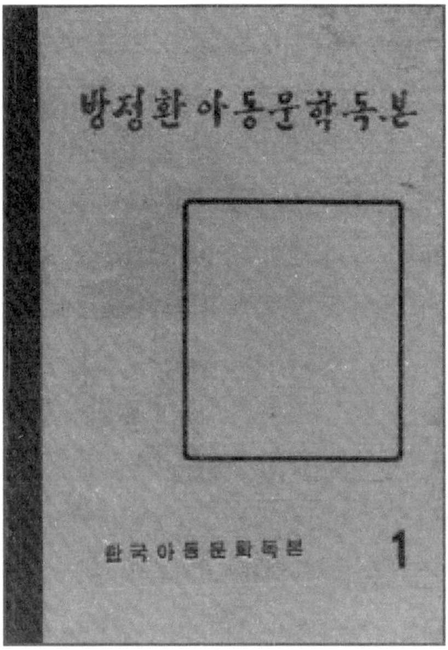

『방정환아동문학독본』 을유문화사, 1962.

『한국아동문학독본』은 1권에 방정환을 내세움으로써 한국 아동문학 계보의 시작점을 분명히 하고 있다. 지금도 아동문학의 선구자로 방정환을 꼽는 데 큰 이견이 없을 만큼 확고한 정통성을 구축한 부분이기도 하다.[49] 그러나 해방 정국까지 방정환은 줄곧 좌파 아동문학가들로부터 '동심천사주의', '감상주의'의 원형으로 비판을 받아 왔다는 점을 상기할 필요가 있다. 당시 방정환은 좌·우익 논쟁에서 서로의 이념을 관철시키기 위해 한쪽에서는 공격, 다른 한쪽에서는 방어해야 할 상징적 인물이었던 것이다. 1946년 송완순이 동심천사주의가 방정환을 시작으로 윤석중으로 이어져 내려오고 있다며 맹렬히 비판했을 때, 조선아동문학가협회(이하 아협)에서는 『소파동화독본』 편찬으로 응수했던 것도 이러한 맥락과 통해 있다.[50] 특히 윤석중이 창립한 아협은 을

48 천정환, 앞의 책, 94쪽.
49 원종찬은 북한에서도 유일사상이 확고하게 자리 잡은 이후에는 방정환에 대한 평가가 긍정적으로 변화됐음을 밝힌 바가 있다. 원종찬, 『북한의 아동문학』 참조.

유문화사에 소속된 협회였기에 『한국아동문학독본』 1권에 방정환을 내세운 것은 여러모로 자연스러운 결과였던 것이다.

한편 방정환의 다음 계보는 마해송－윤석중－이주홍－이원수－강소천으로 이어진다. 이 순번의 기준은 일반적으로 통용되는 등단 순서나 작가의 나이, 작가 이름의 초성 순 중에서 어느 한쪽에 정확하게 부합하지는 않는다. 나이를 기준으로 한다면 마해송, 이주홍, 윤석중, 이원수, 강소천 순이 맞겠지만 문단에 나온 순서로 한다면 이주홍, 윤석중, 이원수가 모두 1925년 같은 해이기 때문에 선택이 모호해진다. 다만 나이와 이름 순서가 배열 기준에서 확실히 벗어나 있다는 점에서는 등단 순서일 가능성이 가장 유력하다. 그런데 공교롭게도 이주홍, 윤석중, 이원수이 등단 시기가 거의 같았기 때문에 이들에 관한 한, 또 다른 적용 기준이 필요했을 터이다. 결과적으로 윤석중을 가장 앞머리에 내세우게 되는데, 이는 을유문화사 공동 창립자라는 영향력도 무시할 수 없거니와 창작동화의 선구자였던 마해송과 동요·동시를 대표하는 윤석중을 나란히 배치하려는 의도로도 읽을 수 있다. 한편 이주홍과 이원수는 두 사람의 나이 차이를 고려해서 이원수보다 다섯 살이나 많은 이주홍을 먼저 배치한 것으로 보인다. 강소천은 등단이나 나이 등 모든 면에서 이들 다음 순서가 적합한 자리였다.

방정환을 시작으로 강소천에 이르는 일련의 배열 순서는 한국 아동문학의 정통성을 논하는 데 있어 지금까지도 어느 정도 승인된 계보라고 할 수 있다. 오히려 주된 관심은 강소천 이후 계보를 누가 이어받고 있는지에 쏠리게 되는데, 이런 의미에서 임인수와 박화목을 한국아동문학의 차기 주자로 호출한 것은 을유문화사의 성향을 뚜렷하게 보여주는 대목이다. 임인수와 박화목은 작품경향, 종교, 등단지 등 여러 가지 면에

50 아협의 『소파동화독본』은 1940년 박문출판사에서 나온 『소파전집』과는 달리 '독본'을 표제로 내세워 차별화를 꾀함과 동시에 정전으로서의 이미지를 부각시켰다.

서 공통분모가 두드러진다. 두 사람 모두 『아희생활』로 작품 활동을 시작했고, 1940년대 동인 회람지 『童園』을 펴내면서 청년 시기를 함께했던 문우(文友)였을 뿐 아니라, 작품 성향도 기독교적 성향이 강하고 현실 문제보다는 동심이나 이상성을 추구한다는 공통점을 갖고 있다.

이들의 작품 경향은 독본의 해설에서도 고스란히 드러난다.[51] 임인수의 해설을 맡은 홍웅선은 그의 동화와 시를 일컬어 "한결같이 깨끗하고 맑은 이야기의 샘물 줄기"로 비유하면서, 한 가지 아쉬운 점으로 동화의 주제의식이 너무 확고하다 보니 "자칫하면 비현실적인 생각의 꼭두각시"가 된 것이 아닌가 하는 우려를 표하기도 했다. 한편 박화목의 해설은 청년문학가협회 결성 시절부터 인연이 있던 김동리가 맡았다. 김동리는 박화목의 동화를 '기독교적 이상주의', '관념 동화'로 규정하면서 동화가 현실을 대하는 적극적인 활력이 엷고, 허무감이 짙은 이유는 그의 동화가 시에 가깝기 때문이라고 평가했다. 독본 해설임을 감안한다면 홍웅선과 김동리 두 사람의 진술은 다소 비판적인 어조로 느껴질 수 있다.

그러나 해설의 전문을 살펴보면 홍웅선과 김동리의 논조가 비판보다는 옹호 내지 합리화에 가깝다는 사실을 알 수 있다. 홍웅선은 임인수 동화가 '(작가의) 비현실적인 생각의 꼭두각시'가 될 수 있다며 우려를 나타내면서도 '깨끗하고 맑은 세계'를 임인수 동화의 최대 장점으로 부각시키고 있다. 또한 김동리가 박화목 동화를 언급한 부분에서는 논리적 비약이 눈에 띈다. '현실의 활력이 떨어지고 허무감이 짙다'와 '시에 가깝다'라는 두 진술은 서로 호응되지 않는 실상 비문(非文)에 가깝기 때문이다. 전자의 진술은 그 자체로는 비판적 의미를 내포하고 있는 문장

51 『한국아동문학독본』의 특색은 지은이의 자선작이 아니라 별도로 구성된 편집위원들이 작품을 엄선했다는 점이다. 예컨대 윤석중의 경우, 방정환의 작품을 선별하는 편집위원이면서도 정작 자신의 작품선정은 영문학자이자 수필가인 피천득이 맡았다. 이처럼 엄격한 편집원칙을 세운 것은 아동문학의 결정판을 만들자는 의도에서 비롯되었다. 을유문화사 편, 앞의 책, 203쪽.

인데, 이러한 경향을 '시적 성향'으로 결부 지음으로써 그 의미를 애매모호하게 가져가고 있는 것이다.

깨끗한 세계를 아동문학의 이상성으로 삼고 현실성의 빈곤을 시적 성향으로 비약하는 이러한 논조는 윤석중과 강소천의 해설에서도 반복된다. 윤석중의 해설을 맡은 피천득은 그의 동요에 등장하는 아이들을 일컬어, "잠 잘 자고, 밥 잘 먹고 뛰고, 웃고, 무럭무럭 자라나는 아주 정상적인 아이들"이라며 그래서 윤석중의 동요는 "청승맞을 때는 한 번도 없고, 그 아이들 같이 늘 건강하다"고 긍정적인 평가를 내놓는다. 강소천의 해설을 맡은 박목월은 이러한 관점이 한층 뚜렷하다.

> 소천 선생이 능히 소설가로서 일가(一家)를 이룰 충분한 문학적 역량을 가졌음에도 굳이 아동 문학을 고집하는 까닭도, 첫째는 그가 근본에서 시인이라는 사실—즉 지상적(地上的), 현실적 세계보다, 천상적(天上的), 시적(詩的) 세계에, 정신적 배경의 중점이 쏠린다는 점과……. (…)
>
> 우리가 소설의 효용성(效用性)을, 넓게 인생을 그것으로 백일하(白日下)에 폭로하고, 구원의 광명을 베푸는 일이라면, 적어도 아동들에게는 되도록, 그들의 비판 의식이 감당할 수 없는 추악하고 처참한 일면을 가려 주는 것이, 어린 것에 대한 인간의 본능적 애정이며, 또한 그들이 용납할 수 있고, 능히 그들이 소화할 수 있는 약간의 상식이기보다 오히려 양식과 약간의 교훈적인 면을 띠게 됨도 불가피한 일면을 지니는 것이 아닐까. 그러므로, 소천 선생의 문학 세계가 약간의 교사적(敎師的)인 일면을 가지게 되며, 그것을 그가 '교육적'인 것이라고 명명(命名)한다기로니, 그것이 흠이 될 수 없다. 우리는 비정상적, 병적, 기형적 세계보다는 정상적인, 더욱 안심할 수 있는 세계를 그들에게 보여 주는 것이 당연한 일이 아닐까![52]

52 박목월, 「해설」, 『강소천아동문학독본』, 을유문화사, 1961, 4쪽.

박목월이 강소천의 작품 세계를 '시적 환상'과 '교육적 주제의식'으로 평가한 것은 적확한 평가이지만 그 의미를 해석하는 방식에는 동의하기 어렵다. 박목월이 언급한 '지상 – 현실 세계'와 '천상 – 시적(詩的) 세계'라는 이분법은 마치 시인을 현실 세계와 동떨어진 주체로 설정해 놓은 느낌이 다분하기 때문이다. 천상과 시적 세계가 함의하는 바가 무엇인지는 강소천의 교훈주의를 옹호하는 대목에서 뚜렷해진다. 추악하고 처참한 일면을 가려 주는 것이 아동문학이 구현해야 할 세계이며, 이를 실현하는 과정에서 강소천의 교훈적 면모가 자연스럽게 드러났을 뿐이라는 것이다. 물론 어린이를 1차 독자로 한 문학에서 의당 참혹한 현실은 그 정도와 표현 방식을 놓고 고민을 거듭해야 하는 영역이다. 그러나 이 문제가 교훈주의를 합리화하는 수단이 될 수는 없다. 특히 교훈주의의 반대편에 비정상적, 병적, 기형적 세계를 놓은 것은 논리적 비약을 넘어 자기모순에 빠진 결과라 하겠다.

심지어 아동문학의 교육성과 명랑성을 결합시키는 이러한 논조는 마해송의 해설에서도 찾아볼 수 있다. 마해송 독본의 해설을 맡은 이희승은 교과서 외에 아이들에게 읽힐 만한 책이 턱없이 부족한 실정을 지적하면서 어린이를 위해서는 희망과 호기심, 흥미와 탐구욕을 돋구어줄 만한 교육적인 책의 필요성을 주문하고 있다. 그리고 "(아이들의) 마음속에 기쁨과 활기와 명랑성을 불어 넣어 주어야 할 것이다. 이러한 점이 성인을 위한 문학작품과는 다소 색채를 달리 하여야 할 것"이라며 아동문학의 특수성을 명랑성에서 찾고 있다. 순수주의 경향에서 벗어나 있는 경우는 이원수 독본의 해설을 맡은 안수길 정도가 유일하다. 그는 이원수의 해방 이전 동시에 대해서는 "남의 밑바닥에 깔려서 신음하는 민족의 아들딸들의 울분, 설움, 거기서 용솟음치는 용기"를 노래해 왔다며, 그래서 그의 동요·동시는 "명랑한 노래이기보다는 슬픈 노래가 많았고 격한 노래가 많았다."고 평가했다. 해방 후에 쓴 작품에 대해서도 "훈화를 전달하는 도구로서의 아동문학"을 거부해 왔다는 점을 분명히 하였다. 기쁨보다는 슬픔의 정서에 주목하고 교훈주의를 배격하는 태도는 앞서 언급했던 아동문학의 관점과는 상당한 거리가 있는 셈이다.

이렇듯 을유문화사의 해설에는 순수주의 아동문학관이 주된 흐름을 구성하고 있다. 민중서관본이 자신의 배본에 직접 해설자로 나선 것과는 달리 해설가를 엄선해서 그의 작품세계를 다룸으로써 소략한 작가론의 성격, 더 나아가 훌륭한 작품이란 무엇인지를 피력할 수 있는 담론의 장으로 활용한 셈이다. 1970년대 전집에서 해설이 전문화되는 양상도 을유문화사를 통해 시작점을 밝힐 수 있을 듯하다. 반대로 민중서관본은 일부 배본에만 해설이 있고, 그나마도 본인 배본에 자신이 직접 해설자로 나서는 등 전반적으로 전집 해설에 대한 관심이 취약했다고 볼 수 있다.

(2) 을유문화사와의 대립적 산물, 『한국아동문학전집』

『한국아동문학전집』은 을유문화사본과 비교하면 작가 선정이나 편집 체계 등에서 밀도가 떨어지는 게 사실이다. 많은 작가와 작품들을 싣기도 했지만 배열 기준이 모호하다 보니 전체적으로 난삽하다는 인상이 강하다. 또한 성인문학가의 비중이 지나치게 높은 것도 아동문학전집으로서 전문성을 떨어뜨리는 요인으로 작용한다. 민중서관 측은 "40년 동안의 우리나라 아동문학을 집대성"[53]했다고 홍보하고 있지만 정작 목록 구성을 보면, 동화·소설에 실린 작가 66명 중에서 성인문학가가 차지하는 비중이 절반을 훌쩍 넘는 것을 알 수 있다. 물론 전체적인 지면 분량에서는 전문 아동문학가의 비중이 앞서 있지만, 을유문화사본에 비해 아동문학 전집으로서의 전문성이 떨어진다는 지적에서는 자유롭기 어

53 「아동문학전집」, 《경향신문》, 1961.8.30.

렵다. 다음은 동요와 동극을 제외한 동화·아동소설 분야의 작가를 정리한 결과이다.

〔표 4〕『한국아동문학전집』(민중서관) 작가 목록

순번	작가 명단
1집	고장환 고한승 김동인 노양근 방정환 백신애 연성흠 윤극영 이광수 이구조 이정호 전영택 정홍교 진장섭 채만식 최병화 한정동 홍효민
2집	마해송
3집	주요섭 이무영 이주홍
4집	윤석중
5집	이원수
6집	강소천
7집	김영일 임인수
8집	김성도 장수철 이주훈 홍은순 박경종 목해균 손동인 최태호 이영희 신지식 윤사섭 박홍근
9집	박화목 방기환 최요안
10집	계용묵 김광주 김동리 김송 김이석 모기윤 박영준 박홍민 안수길 오영수 유호 윤영춘 이봉구 이선구 이영철 이종환 임옥인 정비석 조흔파 최인욱 최정희 최태응 함처식

일반적으로 전집에서 가장 상징적인 위치에 있는 1권만 하더라도 '방정환 외 17인'으로 여러 작가의 작품을 한데 엮어내는 방식을 취하고 있는데, 이는 방정환을 한국아동문학의 확실한 출발점으로 삼았던 을유문화사본과는 뚜렷한 차이를 보여주는 대목이다. '방정환'이라는 기호를 놓쳤는지 혹은 의도적으로 축소했는지는 예단하기 어렵지만, 문학의

『한국아동문학전집』 1집, 방정환 외 17인 작품집.

『한국아동문학전집』 10권, 계용묵 외 21인 동화 소설집.

역사화라는 측면에서 보자면 결국은 출발점이 불분명한 역사를 제시한 꼴이 되고 말았다.

한편 마해송(2집) – 이주홍(3집) – 윤석중(4집) – 이원수(5집) – 강소천(6집)으로 이어지는 일련의 흐름은 을유문화사본과 거의 동일하게 유지된다. 이들이야말로 한국 아동문학에서 정전 영역에 가장 근접한 작가라는 사실을 다시 한번 확인시켜 주는 장면이다. 다만 을유문화사본이 '마해송 – 윤석중 – 이주홍 – 이원수' 순서였던 데 반해, 민중서관본은 '마해송 – 이주홍 – 윤석중 – 이원수'로 이주홍의 위치가 다르다는 차이가 있다. 등단 시기가 같았던 윤석중, 이주홍, 이원수를 두고 을유문화사가 출판사 창립동인이자 동요·동시의 선구자였던 윤석중을 먼저 선택한 반면, 민중서관은 나이를 우선으로 고려한 듯하다. 그렇다고 민중서관에서 이주홍을 특별히 우대했다고 보기는 어렵다. 이주홍은 임인수, 박화목과 함께 2~3명의 작가로 구성된 합본 형태를 취함으로써 을유문화사본과 비교하면 비중이 다소 줄어들었기 때문이다.[54]

다수의 아동문학가의 작품을 실은 8집은 당대 주류 아동문학가의 범주를 어느 선까지 포함시키고 있는지를 대략적으로 가늠케 해준다. 한편 1집, 3집, 10집은 성인문학가들이 대거 포함돼 있는 배본들이다. 앞서 출판 배경에서 언급했던 3집 외에 1집의 경우 주로 해방 이전에 활동한 성인문학가를 대상으로 했다면 10집은 1950년대 아동문학에서 왕성한 활동을 보인 작가들만을 선별했다. 특히 10집은 '성인문학가가 쓴 동화(아동소설)'라는 부제가 붙어야 할 만큼 온전히 성인문학가만으로 목록을 구성하고 있다.

이렇듯 『한국아동문학전집』의 전체적인 작가 구성은 주요 아동문학가들이 서사의 중심 축을 이루되, 방정환이 차지하는 상징성이 축소돼 있고 성인문학가를 포함하여 매우 많은 숫자의 작가들을 싣는 게 특징이다. 마해송, 윤석중, 이원수, 이주홍, 강소천은 민중서관에서도 비중 있게 다루고 있는데 다만 작품 목록이 을유문화사본과 중복되지는 않는다. 주요 작가에 대한 중복은 피할 수 없기에 작품 목록을 배분하는 방식을 취한 것으로 보인다. 한편 많은 작가를 대상으로 삼은 전략은 대중적이고 상업적인 성향이 강했던 민중서관 본연의 특징이기도 하다. 그런데 이러한 편집 방침은 당시 민중서관본 편집위원이 이주홍·이원수·강소천·마해송이었다는 사실을 떠올린다면 다소 의아한 결과가 아닐 수 없다. 오히려 편집위원 구성으로만 보면 교육학자 성인문학가 아동문학가가 뒤섞여 있는 을유문화사 쪽 편집 방침에 가까운 게 사실이다. 그렇다면 민중서관본의 이러한 편집 방침을 어떻게 해석해야 할까?

각 배본의 편집위원을 유심히 살펴보면, 성인문학가들이 포함된 배본

54 이주홍이 주요섭, 이무영과 나란히 실린 이유 중에는 아동문학가뿐 아니라 소설가로서의 이미지도 상당한 영향을 미쳤을 것으로 보인다.

인 1집, 8집, 9집, 10집에는 별도의 해설자가 따로 없다는 점에 주목할 필요가 있다. 거꾸로 편집위원과 아동문학가가 해설을 쓴 배본은 3집(주요섭 · 이무영 · 이주홍)을 제외하고는 모두가 아동문학가로 구성돼 있다. 추측컨대 이주홍 · 이원수 · 강소천 · 마해송이 『한국아동문학전집』의 모든 배본의 기획이나 작품 선정에 관여하지 않고 성인문학가 중심의 일부 배본은 출판사 측에서 맡았을 가능성이 높다. 혹여 출판사에서 주도하지는 않았더라도 출판사의 성향이 강하게 반영된 것은 분명해 보인다.

이러한 정황은 자유문협 계열의 소설가들을 통해 증거된다. 성인문학가 구성만 두고 보면 『한국아동문학전집』과 『한국문학전집』의 목록은 상당히 유사하다. 김동인 · 이무영 · 주요섭 · 채만식 · 최정희 · 김동리 · 정비석 · 안수길 · 김광주 · 김송 · 이봉구 · 임옥인 · 최인욱 · 최태응은 두 전집 모두에 이름이 올라 있다. 그리고 이 중 상당수는 자유문협 계열이면서 동시에 을유문화사 측으로부터 통속소설 작품이라는 비판을 받았던 작가들이기도 하다.[55] 신문에 대중소설을 연재하면서 큰 인기를 끌었던 정비석과 최정희, 최인욱 등이 대표적인데, 당시 을유문화사 주간을 역임했던 안춘근은 "한국문학전집 중에는 저속한 내용의 작품이 적지 않게 삽입되고 있다"[56]며 작품과 작가의 선별 기준에 대해 강한 의문을 제기하기도 하였다. 이는 민중서관의 작품 목록이 을유문화사에서 주창하고 있는 '민족적인 문학'이자 '순문학'에 대한 환상적 기획의 타당성과 정면으로 충돌했던 상황이 아동문학전집에서 다시금 재현된 것이기도 하다.

해방 정국부터 순수문학론자들은 좌파 측에서 내세운 대중문학에 대해 일방적인 매도나 무관심으로 일관해 왔다.[57] 물론 을유문화사와 민중

---

55 이종호, 앞의 논문, 369쪽.

56 안춘근, 「현대한국출판문화사략」(5), 『도서』 을유문화사, 1966, 73쪽.

57 해방직후 좌우파의 문학론을 볼 때 좌파의 특징 중 하나는 대중문학에 대한 강조이고 우파쪽은 대중문학의 일방적 매도로 일관하였다. 류덕제, 「해방직후 조연현 비평 연구 서설」, 『국어교육연구』 25권, 국어교육학회, 1993, 21~22쪽.

서관을 좌우익의 대립적 구도로 치환할 수는 없겠지만 단독정부 수립 이후 문단 내부의 분열과 타자화로 이해할 여지는 충분하다. 따라서 동시대 전집을 대표하는 을유문화사와 민중서관의 경쟁은 문학장 내부에서 전개되는 헤게모니 투쟁과도 긴밀하게 연결돼 있음을 인식할 필요가 있는 것이다. 즉, 『한국아동문학전집』을 평가하는 데 있어 본격·순수문학에 대한 대립과 경쟁적 산물이라는 시각도 견지할 필요가 있다는 의미이다.

순수문학 세력은 반공이데올로기를 기반으로 북한이나 사회주의와는 확실한 대립각을 세웠고, 이 과정에서 일제침략기 문학사는 대폭 축소되었다. 문학사나 정전 연구에서 흔히 등장하는 '반쪽의 유산', '증류수 문학'이라는 수사는 당시의 상황을 함축적으로 보여주는 표현들이다. 계급주의나 북한 작가에 대한 배제가 전집의 선별 기준에서 그대로 통용된 사례는 앞서 제시한 『현대한국아동문학선집』(동국문화사)을 통해서도 증거된 바 있다.

이러한 맥락에서 『한국아동문학전집』은 동국문화사본이나 을유문화사본에서 적용된 선택과 배제의 논리가 고스란히 재현되지 않았다는 점에서 일면 문제적으로 다루어질 필요가 있다. 1집에 실린 노양근과 최병화는 그 단적인 예다.[58] 1930년대 일제시대 아동문학을 관통하고 있는 노양근은 계급주의 아동문학의 한복판에 있었을 뿐 아니라 해방 후에는 북한에 잔류한 작가이기도 하다.[59] 『별나라』 편집동인 최병화와 이정호도 마찬가지이다. 특히 일제침략기 천도교소년회 및 동화구연가 계몽운동가로서 활동했던 이정호에 비하면 최병화는 좌편향적 성향이 한층 강했던 작가였다. 그는 일제침략기는 물론 해방 후에도 조선문학가동맹에

58 물론 이원수와 이주홍도 한때 좌파 혹은 중도좌파로 분류됐지만 보도연맹과 6·25전쟁 이후 남한 사회에서 안정적으로 정착함으로써 사상적 검증을 통과한 경우라면 이들은 당시 여전히 금기의 대상이었다.

59 원종찬, 「동화작가 노양근의 삶과 문학」, 『아동문학과 비평정신』, 340~344쪽 참조.

가담했고, 중도좌파 그룹에서 발행한 『새동무』, 『아동문화』, 『어린이나라』, 『진달래』 등의 잡지에서 꾸준하게 활약하다가 6·25전쟁 때 폭격에 의해 사망한 것으로 알려져 있다.[60] 이렇듯 노양근과 최병화는 단지 한 때 좌파 작가로 분류됐을 뿐만 아니라 북한에 잔류했거나 남한에 있었지만 사상적 검증을 거치지 못한 상황에 놓여 있던 것이다.

또한 일제침략기, 우리 창작 동화의 근대화를 일구었던 작가들임에도 불구하고 지금은 그 이름조차 낯선 작가들도 민중서관본에서 그 흔적을 발견할 수 있다. 이 시기 전집 기획에서 일제침략기는 최대한 축소한 채 반쪽의 유산만을 담아낼 수밖에 없는 상황이었고, 이 과정에서 우리 문학사에서 일가(一家)를 이뤘던 작가들이라 하더라도, 언제든 배제될 수밖에 없었다. 원종찬에 따르면 일제시대 창작동화집을 펴낸 작가는 마해송(『해송동화집』), 이구조(『까치집』), 송창일(『참새학교』), 노양근(『날아다니는 사람』『열세 동무』『어깨동무』)으로 다섯 손가락을 넘지 않는다. 여기에 이주홍·최병화·이영철·정순철·임원호·정명남까지 포함시켜 일제시대 가장 왕성하게 동화를 창작한 '전문'작가들로 꼽았는데, 이들 중에 이구조·노양근·최병화·이영철의 작품을 『한국아동문학전집』에서 확인할 수 있다. 특히 일제침략기 가장 많은 단행본을 펴낸 노양근과 1920년대 『어린이』를 시작으로 1958년 동화집 『쌍둥밤』(글벗집)까지 왕성한 활동을 이어 온 이영철은 1970년대 이후 점차 전집 목록에서 그 자취가 사라지고 있다는 점을 감안한다면, 아동문학사에서 민중서관본이 지니는 가치는 충분한 셈이다.

아동문학 태동기에서 결코 빼놓을 수 없는 소년문화운동가를 호명한 것도 평가받아야 하는 부분이다. 고장환, 고한승, 진장섭, 연성흠은 일제침략기를 대표하는 소년운동가이자 아동문학 작가로서도 왕성하게 활

60 이원수와 최병화는 1·4후퇴에 맞춰 다른 일행과 함께 서울로 향했는데 이원수가 먼저 서울로 들어오고 최병화는 대기하던 마을이 폭격을 받아 즉사한 것으로 알려져 있다. 위의 책, 354쪽.

동했던 이들이다. 고장환은 1923년 정홍교 등과 〈반도소년회〉를 조직하여 지도위원으로 활동하였고 고한승과 진장섭은 같은 해 방정환과 더불어 〈색동회〉를 조직해서 소년운동에 앞장섰으며, 연성흠은 최병화 이정호 등과 함께 〈별탑회〉를 조직했던 것으로 알려져 있다. 이들이야말로 방정환과 더불어 근대 소년문화운동의 선구자들이었고, 우리 아동문학사에서 빼놓을 수 없는 인물들인 셈이다.

물론 이러한 선별 기준이 민중서관의 정치적 성향을 좌편향적으로 규정할 수 있는 근거가 되지는 않는다. 전집에 실려 있는 120명에 달하는 작가 중에서 이들이 차지하는 비중이 매우 작았을 뿐 아니라, 작가의 선택과 작품의 경향성은 별개의 문제로 봐야 하기 때문이다. 이를테면 노양근과 최병화를 선택했지만, 그 작품의 경향성은 계급주의와는 철저하게 분리된 양상을 보여준다. 을유문화사는 물론 민중서관 역시도 이주홍을 선택하는 과정에서 계급문학이나 리얼리즘의 성향이 강한 작품은 배제한 채, 향토성과 민족성이라는 두 가지 맥락에서 서사의 중심을 구축하기는 마찬가지이다. 강성 좌파로 분류됐던 송창일, 임원호 등이 철저히 배제된 점도 당시 정부의 공식적 시책을 따를 수밖에 없는 당시 출판계의 상황과 별반 다르지 않다.

정리하자면 1950년대 문단 권력의 분파 양상이 1960년대 전집 시장에 영향을 미쳤고, 민중서관과 을유문화사가 그 중심에 있었다. 민중서관본은 핵심 아동문학가를 중심으로 서사를 구성하되, 비주류 아동문학가와 대중에게 알려진 성인문학가를 두루 포괄하는 전략을 구사하였으며, 이 과정에서 당시의 선별 기준과는 다른 면모를 발견할 수 있었다. 즉, 을유문화사본이 순수문학 중심으로 서사를 구축한 반면 민중서관본은 순수와 대중성을 혼합하는 방식을 사용한 것이다.

그러나 두 전집이 실제적으로 아동문학 정전 형성에 얼마나 영향력을 행사했는지, 아동문학전집의 원형을 무엇으로 삼아야 할지에 대해서는 추가적인 연구가 필요하다. 독본이라는 형태, 여기에 출판사의 영향력을 고려한다면 을유문화사본의 상징성이 우세한 게 분명하지만 전집이 오로지 편집위원의 욕망으로 환원되지 않는다는 사실 또한 염두하지 않을 수 없다. 문학전집이란 문단 내부의 권력 투쟁과 출판 주체들의 이윤 추구의 욕망이 복합적으로 어우러진 산물이기 때문이다. 특히 민중서관본의 경우에는 대중성과 상업주의 중 어느 쪽에 방점을 두고 바라보느냐에 따라 그 평가가 엇갈릴 수밖에 없다. 대중성은 독자들의 읽기 욕망 또는 순수주의와의 거리두기로 해석될 수 있지만 상업주의는 그야말로 출판사의 이익만을 의미하기 때문이다. 이를 해명하기 위해서는 민중서관본에서 통속주의 작가로 분류된 작가들의 작품은 물론, 을유문화사본에서 비중을 두지 않았던 아동문학가들의 작품들 역시 분석해 나갈 필요가 있다. 또한 아동문학 정통성을 승계하며 양쪽 모두에 이름이 올라 있는 주요 작가들의 작품들을 서로 비교해 보는 것도 유의미한 작업이 될 것이다.

제4장_순수주의 아동문학 담론의 형성과 전유

1. 지배 담론의 형성과 담론의 분화: 『아동문학』
2. 아동문학의 이론화와 순수문학론의 전유: 『아동문학개론』

/ 제4장 /

순수주의 아동문학 담론의 형성과 전유

1. 지배 담론의 형성과 담론의 분화: 『아동문학』

배영사(培英社)의 『아동문학』은 1962년 1월 10일 창간호를 시작으로 1969년 5월 1일 19집까지 발행된 아동문학 이론과 비평 중심의 문예지이다. 해방 이후부터 1960년대를 통틀어 보더라도 아동문학 잡지는 문예물과 교양, 오락물을 다 함께 편성하는 종합 문화매체로서의 성격이 지배적이었다. 6·25전쟁 이후 열악한 재정 속에서 상업성을 담보하기 어려운 순문예지보다는 학부모와 아이들 모두의 관심을 끌 수 있는 교육과 오락을 편집 노선으로 삼게 된 것은 일면 당연한 현상이었다.

이러한 상업주의 매체전략 속에서 특정한 어른 수요층만을 대상으로 한 아동문학 문예지가 나왔다는 것은 그 자체만으로 존재적 가치를 지닌다. 1962년 1월, 『아동문학』이 창간될 당시에는 성인문학에서조차 재정적 어려움으로 대부분의 문예지가 폐간되었고, 『현대문학』 정도가 겨우 그 명맥을 유지했던 것을 고려한다면,[1] 이 잡지의 출현은 그만큼 각

1 『자유문학』은 1955년 6월 12일에 창립되어 '한국자유문학자협회'의 기관지로 출발했으나, 1963년 4월 30일 통권 71호를 끝으로 폐간되었으며, 1953년 장준하에 의해 창간된 『사상계』는 1960

『아동문학』(배영사, 1962) 1집과 2집 표지.

별할 수밖에 없는 것이다. 이원수가 해방문학 20년을 정리하는 자리에서 "60년대 들어 평론이 대두되기 시작했으며, 『아동문학』誌는 적으나마 아동문학이론지로서 귀한 존재가 되었다"[2]고 평가한 것도 이러한 시대성을 반영한 결과라 할 수 있다. 또한 남한 정부 수립 이후 아동문학 담론을 이끌어가는 최초의 장(場)이었다는 점과 잡지의 지령(誌齡)이 1960년대 전반을 관통하고 있다는 점에서도 의의를 지닌다.

그러나 『아동문학』은 순수문학 구축과 정전의 측면에서 보자면, 보다 비판적이고 반성적인 접근이 요구된다. 장영미의 박사논문 「1960년대 아동문학 위상과 분화」(성신여대, 2011)와 장성유의 소논문 「培英社 아동문학誌 小考」(『아동문학평론』, 여름호, 2006)는 『아동문학』을 본격적으로 주목

년대를 이끈 잡지였지만, 종합 교양지로서의 성격이 강했다. 그 외 『산문시대』(1962), 『현대시』(1962) 등이 있었지만 동인지의 성격이 강했으며 1966년 『창작과비평』이 나오기 전까지 순문예지로서의 영향력은 『현대문학』이 절대적이었다고 할 수 있다. 최강민, 「문학제도와 정전의 계보학적 지형도」, 『한국 문학권력의 계보』, 문학과비평연구회, 2004 참조.

2 이원수, 「아동문학」, 『해방문학 20년』, 1966 참조.

박홍근의 스크랩 자료에는 『아동문학』 18집에 실린 이주홍의 글이 남겨져 있다. 현재 14집까지만 확인되는 상황에서 이 자료는 『아동문학』이 문헌에 기록된 바와 같이 19집까지 발간되었을 가능성에 무게를 실어 준다.

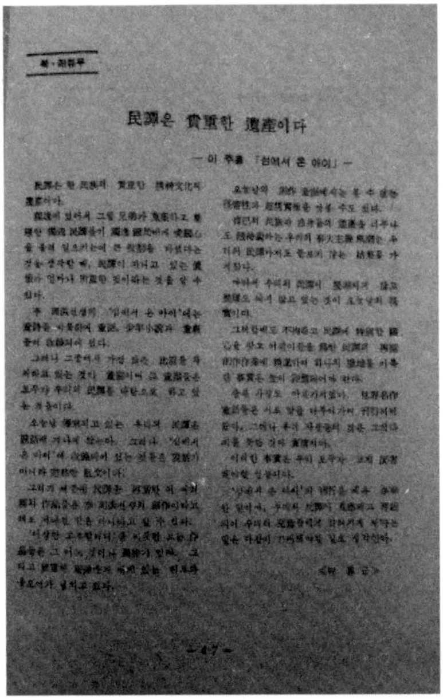
民謠은 貴重한 遺産이다

— 이 주홍 「섬에서 온 아이」 —

한 연구라는 점에서 소중한 성과이지만, '최초의 이론지'나 '순문예지'라는 명성을 재확인함으로써 기존의 평가를 크게 벗어나지는 못한 한계를 노정하였다.

잡지의 편향을 가장 뚜렷하게 보여주는 편집위원 구성에서 보더라도 이 잡지는 문협정통파(文協正統派)로 대변되는 순수문학의 기획성이 선명한 잡지이다. 또한 아동문학 작가층이 두텁지 못했던 당시의 현실을 감안하더라도 성인문학가 중심의 편집위원 구성은 해방 이후 아동문학 최초의 순문예지라는 자부심과는 어울리지 않는 것이었다. 물론 이러한 편집 주체의 구성과 이념성이 이 잡지를 통해 얼마나 실현되었는지는 여기에서 따져봐야 할 일이다.

따라서 이 장에서는 문협파가 전면화된 배경과 이들이 아동문학 담론[3] 형성에 미친 영향을 중심으로 『아동문학』의 실체를 규명하고자 한다. 그러기 위해서는 한국문인협회를 둘러싼 문단의 정황과 편집위원이 쓴 주요 평론은 물론, 필자의 구성, 목차의 구성, 장르별 게재 비율 등 객관적 통계 자료를 다층적으로 검토해야 할 필요가 있다. 다만 『아동문학』은

3 여기에서 '담론'의 의미는 사라 밀즈의 정의를 따른다. 그는 '담론'을 "사회적 맥락 안에서 활성화되고 결정되며 또 그 사회적 맥락이 계속 유지될 수 있도록 기여하는 발화·문장·언술의 집합체"로 정의한다. 사라 밀즈, 김부용 역, 『담론』, 인간사랑, 2001, 25쪽.

1962년 1월 10일 창간호를 시작으로 1969년 5월 1일 19집까지 발행된 것으로 알려져 있으나 15집에서 19집은 확인할 바가 없었다. 따라서 본고는 창간호부터 14집(1962.1.10.~1967.4.25.)까지를 분석 대상으로 하였음을 미리 밝혀두는 바이다.

1)『아동문학』 발간 배경과 편집위원 구성의 의미

(1) 발행인 조석기의 문화자본 형성 배경

해방 이후 출판사의 최대 시장은 교육 관련 사업이었고, 앞서 논의한 전집 출판사들 대부분도 교육 사업을 토대로 성장한 기업들이다. 반면에 적자를 감수할 수밖에 없는 순문예지의 발행은 확실한 후원자를 필요로 했다. 1960년 당시, 성인문학의 유일한 순문예지였던 『현대문학』(1955)의 탄생도 ㈜대한교과서 사장이었던 김기오의 재정적 뒷받침이 없었다면 불가능한 일이었다.[4] 성인문학도 순문예지 발행이 녹록지 않았던 상황에서 하물며 독자층이 훨씬 더 제한적이었던 아동문학의 경우에는 더욱 엄두 내기 어려웠을 게 자명했다. 『아동문학』의 발행인과 그 탄생 배경이 궁금해질 수밖에 없는 까닭도 이 때문이다.

지금까지 『아동문학』의 발행인 조석기(趙碩基, 1899~1976, 호는 白派)[5]의 생애는 물론이고, 편집위원들과의 관계성에 대해서는 크게 알려진 바가 없다. 전문적으로 글을 쓴 문인이 아닌 탓도 있지만, 그동안 『아동문학』이 본격적으로 연구되지 못한 실정에 기인한 바가 더욱 크다. 조석기는 세간에 출판 사업가로 알려져 있지만, 그 이전에는 교육자로서 득의의

4 홍기돈, 「김동리와 문학권력」, 『한국 문학권력의 계보』, 137~141쪽 참조.
5 1899년 12월 9일 경상북도 영양군 일원면 주곡동에서 한양 조(趙)씨의 4남 3녀 중 장남으로 태어났다.

영역을 이룬 인물이다. 그리고 그 성공 배경에는 한양 조씨 집성촌인 '주실마을'이 자리하고 있다. 주실마을은 『아동문학』의 편집위원인 조지훈과의 관계를 설명해 주는 공간이기도 하다. 먼저 조석기의 생애를 간단히 살펴보면 다음과 같다.

조석기의 부친인 조승용과 조헌영[6]의 부친 조인석은 1904년부터 국민교육회와 대한자강회에서 활동한 개화 운동 1세대로 알려져 있다.[7] 이들은 2세의 신교육에 지대한 관심을 기울였고, 그 결과 많은 2세들이 경성과 일본 등에서 신교육의 수혜를 받을 수 있었다. 해방 이후 교육계 인사 중에는 신교육을 받은 주실마을 출신들이 상당수를 차지했는데, 조석기도 그들 중 한 명이었다. 조석기는 제일고등보통학교 사범학교를 졸업한 직후, 고향에서 조지훈의 부친 조헌영과 함께 청년계몽과 노동야학단체였던 영양청년회를 이끌었고, 1920년대 중반에는 배영학당을 세우고 청년·노동운동을 이어간 것으로 알려져 있다.[8] 그러니까 조석기의 20~30대는 계몽운동가였던 부모님의 영향으로 지역의 농민과 청년들을 가르치는 일에 헌신했던 시기라 할 수 있다.

그런데 조석기와 조헌영의 행보는 해방을 기점으로 극명하게 엇갈린다. 조헌영은 1945년 광복이 되자 8월 18일 원세훈(元世勳) 등과 조선민족당을 결성하였고, 조선민족당이 그해 9월 4일 한국민주당 결성에 참여한 뒤 지방부장에 이어 조직부장으로 역임하였는데, 6·25전쟁이 일어나자 피난하지 않고 있다가 납북된 것으로 알려져 있다. 북으로 향한 것이 조헌영의 자발적 선택이었는지는 명확하지 않다. 다만 분명한 것은 조헌영의 이러한 행보가 다른 주실마을 출신들과는 정반대의 지점에

---

6 조헌영(1899~1988)의 맏아들이 요절한 동시인 조동진이고 그 아래가 조지훈이다. 그는 신간회 동경 지회장을 지냈으며, 귀국해서는 신간회 총무간사를 지냈다. 우리나라 한의학을 학문적으로 정립하였고, 한국전쟁 때 납북된 후에도 계속해서 한의학 연구서를 발표하면서 활발하게 활동하다가 1988년 5월 노환으로 작고한 것으로 알려졌다.

7 안동대학교 안동문화연구소 편, 『영양주실마을』, 예문서원, 2001, 259쪽.

8 위의 책, 153쪽.

조석기와 조지훈은 한양 조씨 친인척 지간으로 많은 유명인사를 배출한 경북 영양 주실마을 출신이기도 하다(왼쪽 조지훈, 오른쪽 조석기).

놓여 있다는 점이다. 해방 직후 일찍이 신교육의 수혜를 받았던 문중(門中) 출신들이 교육계 고위 관료로 대거 진출하기 시작했는데, 조근영(문교부 문화국장), 조진기(문교부 성인교육과장), 조석운(국립도서관 고전과장), 조성길(문화공보부 문화국장) 등이 대표적이다. 조석기가 교육계에서 본격적으로 두각을 나타낸 시기 역시 해방 직후부터였다. 추측컨대 주실마을 출신의 교육 관료들이 조석기가 교육계에서 위상을 쌓는 데 적지 않은 영향을 주고받았을 것으로 보인다.

조석기는 해방 직후, 미군정의 조선교육심의회의 회원을 시작으로 대한교육연합회 부회장, 경기도교육회의 회장 등을 역임하면서, 교육계의 핵심 인사로 발돋움하게 된다. 1953년에는 조윤재, 최현배, 양수동 등 당대 최고의 국어학자들로 구성된 〈한글맞춤법 분과위원회〉에서 활동하는가 하면, 1954년 이스탄불에서 열린 제3회 세계 교육자 대회(WCOTP)에 한국 대표 중 한 명으로 참여하기도 한다. 일각에서는 유력한 교과부 장관 후보로 거명될 만큼,[9] 1950년대 조석기의 위세는 단위학교 교장의 수준을 훌쩍 넘어, 교육계 거장의 반열에 올랐다 해도 과언이 아

니었다.[10]

교육자로서 조석기의 생애를 간단히 정리하자면, 해방 이전 지역 계몽운동가로 활동하던 시기와 해방 이후 공교육계의 거장으로 우뚝 서게 된 시기로 나눌 수 있을 것이다. 이러한 과정에서 조석기와 문협정통파의 핵심 인사였던 조지훈과의 관계, 교육자이자 강소천의 절친한 친구로 알려진 최태호와의 인연이 『아동문학』 탄생 배경에 중요한 이유로 작용하게 된다.

인천 창영초등학교에서 함께 근무했던 조석기와 최태호 (왼쪽 최태호, 오른쪽 조석기).

먼저 조석기와 조지훈은 한양 조씨 집성촌에서 함께 지낸 친인척지간이었다. 정확한 촌수는 알 수 없지만, 조석기가 조지훈의 부친과 비슷한 연배였으니, 삼촌-조카뻘 정도로 추측된다. 게다가 조석기의 부친 조승용과 조헌영의 부친 조인석이 민족 계몽 1세대로 함께 활동했던 이력까지 고려한다면 이들의 관계는 여간한 친인척지간보다는 훨씬 가까웠을 것으로 보인다. 이렇듯 조석기와 조지훈의 관계는 김동리와 박목월로 이어지는 문협파와의 관계를 해명해 주는 연결고리라 할 수 있다.

---

9 안동문화연구소에 의하면 이 당시 조석기는 "초등학교 교장으로서는 전무후무하게 교육부장관 물망에도 올랐었다."고 설명하고 있다. 앞의 책, 267쪽.

10 1959년 회갑 기념으로 발간한 문집 『노변야화』는 당시 조석기의 위상과 더불어 『아동문학』 편집위원과의 관련성을 말해 준다. 머리말 최현배, 헌시 「松鶴」 박목월, 「내가 본 인간 조석기 선생」은 최태호가 썼다.

한편 조석기와 최태호는 해방 직후 창영국민학교에서 교장과 교감의 관계로 처음 만나게 된다. 경인일보 취재팀에 의하면, "미군정청은 당시 일제시대의 잔재와 사회 혼란을 슬기롭게 수습할 수 있는 해방 이후 첫 창영초교 교장으로 白派를 택했다."[11]고 설명하고 있다. 혼란의 실체가 무엇인지는 당시 교감으로 함께 발령을 받았던 최태호의 진술을 통해 확인할 수 있다.[12] 다음은 최태호가 조석기의 회갑기념문집에서 기술한 내용의 일부이다.

> 지금도 기억에 새로운 단기 4279년 2월 초순 - 해방이 되었네, 자유를 찾았네, 민주주의네, 민주주의 보다는 진보적 민주주의가 더 민주주의네, 하고 그저 아무나 붙잡고 떠들어대던 그 소용도리 속에서, 혼란한 학원 인천 창영 국민 학교에 가서, 그 혼란을 막는 일을 조력하라는 P학무과장의 격려 말씀을 듣고 용약 사령장을 받들고 부임하던 날.
>
> 고집장이, 시나징(중국사람), 완고파, 한민당
>
> 정녕 존경하는 교장 선생님으로서는 경풍을 할 애칭(?) 이것이 그분의 부하되시는 직원씨에게서 들은 정보였던 것이다. 얼마나 고집장이이길래? 얼마나 무뚝뚝하기에? 얼마나 비정치적이기에?
>
> 어떨떨 했던 당시를 생각하면 나는 지금도 미소를 금치 못한다. 그러고 이런 학교엘 내 왜 왔나 싶어 원망스럽던 생각을 하면 지금도 역시 나 자신에게 실소를 느낀다. 어시호(於是乎) 나는, "경상도 하고도 고잡장이 아니면 이상하다지?", "모자를 비뚜름 쓴 시나징의 멋을 자네 아는가?", '진보적이라는 말을 아니 쓰면 한민당이라면서?"

---

11 경인일보특별취재팀, 「해방이후 근대교육 길을 트다」, 『인천인물 100人』, 도서출판 다인아트, 2009, 329쪽.

12 조석기가 발령을 받은 직후, 최태호도 이 학교 교감으로 부임하게 되면서 교과서 편수관으로 들어가기 전까지 2년 9개월을 함께 근무하였다.

> 나에게 고맙지 않은 선입관을 준 직원씨에게 반문을 할 수 있는 여유를 가질 수 있었던 것이다. 진보적이란 관사(冠詞)만 붙어도 그야말로 진보적이라고 맹신(盲信)하는 몇몇 직원씨들이 (특히 새로 채용된) **특히 좌익 계열에게 선동되어 학원 장악의 테스트 케이쓰로 바로 노린 것이 창영이었고, 또 불행하게도 아니 다행하게도 그 화살이 직면한 것이 조 교장이라는 것을 나는 곧 알 수 있었다.** 직원회를 하기 전에 미리 직원회 연극을 꾸미고 그 배우들에게 순진한 연기를 조종하는 '진보적' 근원이 교육에서 먼 친구들이라는 걸 바로 눈 앞에 보았기 때문이었다. (강조-인용자)[13]

여기에는 해방 이후 좌우익 대립 속에 어수선하고 혼란스러웠던 상황과 함께 당시 조석기와 최태호의 정치적 성향이 어떠했는지가 고스란히 담겨 있다. 좌익 세력이 득세했던 당시 창영국민학교의 정치적 상황을 수습하고자 상부 기관에서 특별히 임명한 관리자가 조석기였던 것이다. 미군정청 체제에서 선발된 교장, 거기에 '한민당'이라는 별칭, 진보세력을 바라보는 최태호의 인식 등을 종합해 보건대, 조석기와 최태호의 정치적 성향은 확실하게 보수 우익을 대변하고 있음을 알 수 있다.

이후 그는 1945년 부임 이후 5·16쿠데타가 일어난 1961년까지 15년간 이 학교 교장으로 근무한다. 이 기간에 박목월과 강소천이 이 학교 작문 교육을 담당했던 정황까지 종합해 본다면, 『아동문학』의 발행인과 편집위원과의 관계는 상당히 오래전부터 인연을 맺어왔음을 알 수 있다. 그는 퇴임 이후 강력한 교육자본을 기반으로 출판 사업을 시작했는데, 당시 교육 시책과 맞물려 상업적으로도 성공을 거두게 된다. 『아동문학』의 편집장이었던 차보현의 증언에 따르면, 당시 배영사는 교과 표준화 검사지를 전담하면서 각 시도에 지사를 두고 운영할 만큼 사업을

13 백파 조선생 회갑기념문집간행회 편, 「내가 본 인간 조석기 선생」, 앞의 책, 237쪽.

크게 확장해 나갔다.[14]

이러한 교육 사업의 성공이 『아동문학』을 발행할 수 있는 재정적 토대를 마련해 주었으나, 적자 운영만큼은 불가피했던 것으로 보인다.[15] 배영사가 아무리 중견 사업장으로 성장했다 하더라도 정기구독자가 한정된 문예지의 발행은 상당한 경제적 손실을 안겨 주었을 것이다. 그러함에도 『아동문학』이 1961년부터 1969년까지 총 19집을 펴냈다는 것은 그 자체로 상당한 평가를 받을 만한 일이다. 다만 문예지의 원동력을 조석기의 뜨거운 사명감에서만 찾기에는 무리가 있다. 위에서 살펴본 바와 같이 조지훈, 최태호 등과의 각별한 친분과 그들의 열망이 문예지 발행에 상당한 영향력을 행사했다고 봐야 할 것이다. 물론 출판사업가 조석기의 입장에서도 문협파라는 상징권력과의 연대는 당장의 손해를 감수할 만큼의 매력적인 카드임에는 분명했을 것이다.

(2) 편집위원 구성과 김동리 등장의 의미

순문예지는 그 자체로 문학장을 의미한다. 문학에 대한 가치나 이념, 권력 지향의 욕구들이 문예지를 통해 발현되기 때문이다. 편집위원은 그 장을 이끌어가는 주체로서, 문단의 권력 구조를 해명하는 데 주요한 단초가 된다. 따라서 이들의 등장 배경을 살피는 일은 이 잡지가 문학사에서 놓여 있는 위치를 가늠해 보는 과정과 다르지 않다.

『아동문학』은 강소천, 김동리, 박목월, 조지훈, 최태호로 구성된 편집위원의 면모에서 드러나 듯, 문협정통파(文協正統派)로 대변되는 순수문학 진영의 기획성이 선명한 잡지이다. 당시 문교부 장학관이었던 최태호를 제외하면 김동리, 박목월, 조지훈은 1950년대를 주도했던 이른바 문협

14 차보현, 앞의 책, 15쪽.
15 위의 글, 같은 쪽.

파의 핵심 인사들이며, 1955년부터 1961년까지 문협 산하 아동문학 분과위원장을 역임한 강소천까지 포함한다면, 『아동문학』은 문협정통파가 주도한 잡지라 해도 과언이 아니다. 아동문학 전문 이론지를 표방했음에도 불구하고 편집위원 구성에서 아동문학가의 수가 부족했던 것도 이와 무관하지 않다. 전문 아동문학가로서의 역량을 갖추고 있는 인물은 강소천이 유일하며, 그나마 강소천이 잡지에 관여한 기간은 약 일 년 정도에 불과하다. 게다가 1962년 후반부터 강소천의 건강이 눈에 띄게 쇠약해지고 있던 터인지라 본인의 의도와는 상관없이 앞에서 이끌어가기에는 여러모로 한계가 있었을 것이다.

강소천이 주도할 수 없는 상황에서 그 관심은 자연스럽게 문협파의 수장 김동리에 쏠리게 된다. 1950년대까지만 해도 학생들의 작품을 심사하며 아동문학 주변에만 관여해 오던 그가[16] 돌연 아동문학 문예지의 편집위원을 맡게 된 이유는 무엇일까. 그 어느 지면에서도 이와 관련된 언급이 전무한 상황에서 실증적인 증거를 제시하기란 불가능한 일이다. 다만 김동리의 주변 상황을 통해 그 이유를 가늠해 볼 수는 있을 것 같다. 먼저 김동리의 타고난 매체 장악력과 순문예지에 대한 열망[17]을 짚고 넘어가지 않을 수 없다. 이미 주지하듯 김동리는 해방 직후부터 『新天地』, 『서울신문』, 『주간신문』, 『문예』, 『현대문학』 등 굵직한 매체를 손에 넣음으로써, 정권과의 순항관계를 유지함과 동시에 자신의 입장을 천명할 수 있는 장을 확보할 수 있었다. 김동리의 매체 장악은 문단 내에 자기만의 섹트를 구성한다는 의미이며, 그 결과물이 문협파임은 자

16 이 당시에 성인 문인들의 글짓기 심사는 매우 흔한 풍경이였는데, '아협'에서 주최한 어린이 백일장에는 박종화, 박목월, 모윤숙, 최정희 등이 단골 심사자로 참여하였다. 중고등학생을 대상으로 『학원』지에서 시행했던 〈학원문학상〉은 김동리, 최인욱, 조지훈, 최정희, 서정주 등이 심사를 보았고, 경쟁지였던 『학생계』(박두진 주간)의 〈學生文壇〉 역시 조지훈, 박목월, 김동리, 최정희가 심사를 맡았다.

17 『문예』의 창간 후기에서 김동리는 이러한 열망을 강하게 표출하고 있다. "解放以後 四年間 내가 하루같이 되풀이 하여 온 口號는 권위있는 純文藝誌를 발행해야 한다는 것이었다." 김한식, 앞의 논문, 261쪽.

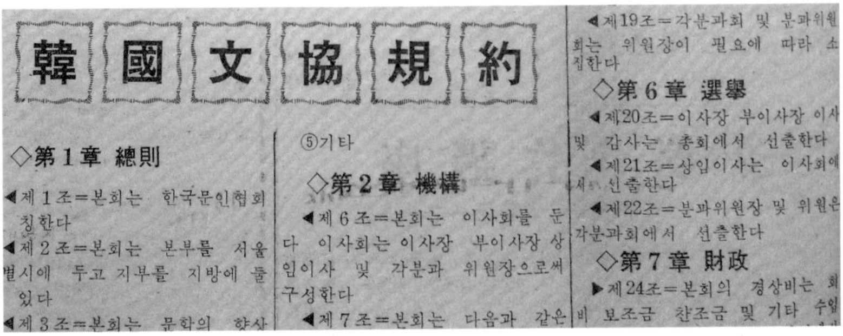
韓國文協規約

◇第1章 總則

◀제1조=본회는 한국문인협회
칭한다

◀제2조=본회는 본부를 서울
별시에 두고 지부를 지방에 둘
있다

◀제3조=본회는 문학의 향상

⑤기타

◇第2章 機構

◀제6조=본회는 이사회를 둔
다 이사회는 이사장 부이사장 상
임이사 및 각분과 위원장으로써
구성한다

◀제7조=본회는 다음과 같은

◀제19조=각분과회 및 분과위원
회는 위원장이 필요에 따라 소
집한다

◇第6章 選擧

◀제20조=이사장 부이사장 이사
및 감사는 총회에서 선출한다

◀제21조=상임이사는 이사회에
서 선출한다

◀제22조=분과위원장 및 위원은
각분과회에서 선출한다

◇第7章 財政

▶제24조=본회의 경상비는 회
비 보조금 찬조금 및 기타 수입

《문협회보》에 실린 한국문인협회 선거 규약(1965년 11월 6일자).

명한 사실이다.[18]

이와 같은 맥락에서 김동리가 아동문학 전면에 나서게 된 이유도 새로운 영역 확장을 통해 문단권력을 공고히 하려는 의도가 다분했을 것으로 보인다. 조연현이 주간으로 있던 『현대문학』이 유일한 순문예지로 남게 된 상황에서, 성인문학과는 비록 거리가 있을지라도 자신의 생각을 피력할 수 있는 장을 확보하는 일은 김동리에게 요긴했을 것이기 때문이다. 대외적으로는 박목월, 조지훈, 강소천으로 이어지는 문협 계보를 통해 김동리 사단이 이끄는 잡지라는 성격을 부각시키면서, 안으로는 자기 사람들과 연대감을 확고하게 다질 수 있었기에 명분과 실리 면에서도 부족함이 없어 보인다. 또한 교육계에서 득의의 영역을 확보하고 있던 조석기와 전도유망한 교육계 인사였던 최태호와의 연대는 그의 권력 기반을 확장해 가는 데 손해 볼 게 없는 인적 구성이었다.

아동문학 쪽의 세력 기반 확대는 앞으로 진행될 한국문인협회의 차기 권력을 염두한 포석이기도 했다. 1960년대는 문인협회의 차기 권력의 주도권을 누가 선취할 것인가를 두고 경쟁 구도가 서서히 가열되기 시작한 때였다.[19] 초대 한국문인협회 이사장 전영택과 1964년부터 바통을

18 홍기돈, 앞의 책, 135~137쪽.
19 정규웅, 앞의 책, 256~269쪽.

이어받은 박종화는 문단 원로로서 상징적인 의미가 강했기에 차기 권력 승계를 두고 세력 다툼이 불가피한 상황이었던 것이다.[20] 이러한 맥락에서 아동문학 구성원과의 연대는 한국문인협회 이사장이나 부이사장을 선출할 수 있는 유권자를 자기 세력 안으로 규합시키기 위한 포석임을 배제하기 어렵다. 문인협회의 아동문학분과위원으로 소속된 모든 회원은 이사장이나 부이사장을 선출할 수 있는 투표권을 동등하게 갖고 있었기 때문이다.

그렇다면 『아동문학』 내부에서 김동리가 차지하는 비중은 어느 정도였을까. 이 잡지가 성인문학 문예지도 아닌 데다 편집위원 이름 순서에서 강소천 이름이 앞머리에 있는 점으로 보자면, 김동리는 그저 상징적인 위치에 머물렀을 것이라는 예측도 가능하다. 그러나 잡지 초기에는 김동리가 차지하는 비중이 강소천을 압도하는 양상을 보인다. 창간호 특집은 그 단적인 예라 할 수 있다. 특집은 〈아동문학이란 무엇인가〉라는 주제로 기조 발제를 하는 제안자가 있었고, 그것을 바탕으로 다른 편집위원들이 각자의 의견을 피력하는 방식으로 구성되었다.[21] 특집 주제나 구성 방식을 고려한다면 의당 아동문학가인 강소천이 기조 발제를 맡고, 거기에 다른 편집위원들이 생각을 덧붙이는 방식이 타당해 보이지만 그 자리를 김동리가 대신한 장면은 이 잡지에서 그가 차지하는 비중을 짐작케 하는 부분이다. 실제로 김동리는 창간호부터 7집까지 한 번도 빠짐없이 특집 필자로 참여하는 열의를 보였다.

이러한 이면에는 김동리가 문단에서 차지하는 위상뿐만 아니라 강소천 개인에게 끼친 영향력도 적지 않게 작용했을 것으로 보인다. 앞에서

20 실제로 1968년부터 김동리와 조연현 사단은 부이사장 선출을 두고 충돌하기 시작하여 70년부터는 이사장직을 두고는 과열 양상으로 치닫는다. 위의 책(「한국문인협회의 주두권 다툼」) 참조.

21 특집에 제안자를 둔 것은 5집까지이다. 1집 김동리, 2집 강소천, 3집 박목월, 4집 최태호이고, 5집만 외부 필자인 백철이 제안자로 등장한다.

살펴본 바와 같이 김동리는 단신으로 월남한 강소천이 문협의 아동문학 분과위원장 자리를 연임할 수 있던 원동력으로 작용했기 때문이다. 박창해, 최태호, 전택부가 강소천이 남한에서 새로운 기반을 잡는 데 큰 도움을 준 지인들이라면, 그가 문협을 통해 중앙 문단으로 진출할 수 있던 계기는 손소희와의 각별한 인연을 통해 김동리와 연결됨으로써 가능했다는 것을 상기할 필요가 있는 것이다.

아우르자면, 『아동문학』에서 김동리의 존재는 단순히 잡지의 권위를 높여주는 수동적 입장에 머문 것이 아니라 김동리의 자발적인 선택이었으며, 그 영향력에 있어서도 편집위원 중 한 명을 넘어, 중핵적인 위치에 있던 것으로 보아야 할 것이다. 다만 김동리가 『아동문학』에 쏟은 열정이나 김동리의 영향력이 중반 이후부터 많이 약화되고, 이 잡지의 담론 양상도 점차 새로운 국면으로 접어들게 되는데, 이에 대한 자세한 논의는 마지막 절에서 이어가기로 하겠다.

2) 『아동문학』의 편집 체계와 이념적 지향

(1) 편집 체계의 기본 구성

『아동문학』은 그 제자(題字)에서부터 풍겨나는 아우라가 대단하다. '아동문학' 제자(題字)는 한글 궁체에서 독보적인 서체를 가지고 있는 김기승(金基昇)의 호를 붙인 '원곡체'(原谷體)로 쓰여졌다.[22] 7집부터 등장한 표지화는 당대 대표적인 삽화가이자 현재는 한국화의 대가로 알려진 송영

22 이것은 한자를 제자로 사용한 해방기 좌파 문예지문맹의 기관지로였던 『兒童文學』과 차별화를 꾀하려는 의도가 반영된 것으로 짐작된다. 『兒童文學』은 송완순, 박세영, 이동규, 이주홍, 김동석, 박아지, 신고송, 임원호 등 계급문학가들이 대거 참여한 잡지로, 이재철은 1948년 3집까지 발간한 것으로 명시(이재철, 『한국현대아동문학사』, 335~336쪽)하였으나, 실제로 3집은 1947년 3월에 발행한 것으로 확인된다.

방(宋榮邦)이 그렸다.[23] 여기에 표지 전면에 드러난 편집위원 명단은 잡지의 위상을 드러내고도 남는다.

편집위원의 체계는 창간호부터 4집까지 강소천·김동리·박목월·조지훈·최태호였다가, 강소천이 세상을 떠나면서 5집부터는 김동리·박목월·조지훈·최태호 4인 체제로 유지된다. 잡지의 발행 간격은 창간호와 2집은 월 간격이었으나 3집과 4집은 두 달 간격으로 늘어나고, 5집부터 12집까지는 3~5달 간격으로 들쑥날쑥 일정치가 않다. 그러다 출판사의 재정이 악화되면서, 13집(1966.5.1)과 14집(1967.4.25)은 거의 일 년 간격으로 발행되기에 이른다.

목차 구성을 보면 권두언, 특집, 동화·아동소설, 동시, 평론이 중심 꼭지로 편성되어 있고, 교양이나 오락 관련은 일체 제외함으로써 순문예지의 성격을 분명히 하고 있다. 권두언은 매호 발행인인 조석기가 맡았으며, 초기에는 편집위원이 특집을 전담하다가 8집을 기점으로 필자의 다양성이 확대된다. 동화 · 아동소설에는 한 편 정도의 외국동화가 포함되는 경우가 많았고, 동시는 점차 편수가 확대되는 것이 특징이다. 기타 꼭지에서는 작품 추천작에 대한 감상평인 〈選後感〉과 글짓기 지도 사례담, 그리고 각 지역의 동인회 소식을 비중 있게 다루었다.

1집부터 14집까지 『아동문학』에 실린 글을 평론,[24] 동화·소년소설, 동시, 동극, 수필로 나누어 각 장르가 게재된 비율을 살펴보면 다음과 같다.

23 7~10집은 송영방이, 11집~14집은 곽영자가 표지화를 담당했다. 장성유, 앞의 글 참조.

24 여기서 평론은 이론, 실제, 인상 비평은 물론 작품의 가치나 문학·문화 현상을 논평하는 합평이나 좌담까지 넓은 의미로 포함하였다. 다만 간단한 수감(隨感) 형식이나 추모의 글, 추천사 등은 제외하였다.

〔그림 1〕 장르별 게재(揭載) 비율

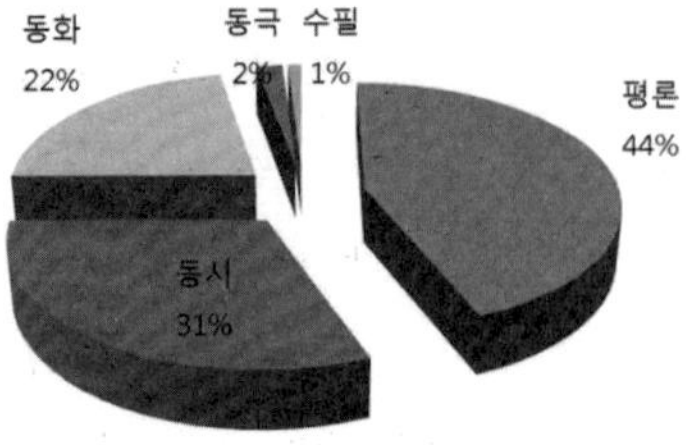

〔그림 2〕 장르별 지면(紙面) 비율

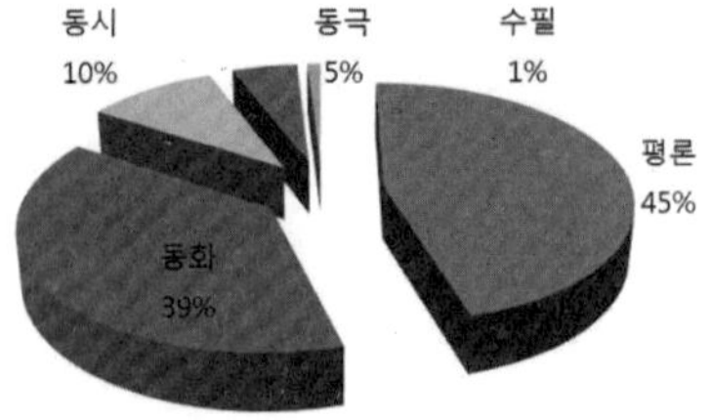

이 잡지의 편집 지향을 보여주는 가장 명확한 갈래는 단연 평론 분야이다. [그림 1]은 장르별로 게재된 편수를 기준으로 통계를 산출한 것인데 평론이 모두 44퍼센트(124편)의 비율로 가장 많은 비중을 차지했고, 동시는 87편, 동화 · 아동소설이 64편으로 나머지 절반을 차지하고 있다. [그림 2]를 보면, 동화 · 아동소설이 서사 장르의 특징상 지면 비율에서는 동시를 압도하고 있으나 동시가 한 면에 한 편, 혹은 두 편 정도가 실렸던 것을 고려한다면 동화와 견주어 결코 뒤떨어지는 수치라 할 수 없다.[25] 평론은 한 편당 평균 3~4쪽으로 비교적 작은 분량이었음에도 불구하고 지면에서도 여전히 가장 많은 부분을 차지하고 있다. 위의 통계는 『아동문학』이 평론 중심의 잡지라는 사실을 다시 한번 확인시켜 준다.

(2) 필자의 구성과 매체 전략

문예지에서 편집주체의 역할과 필자의 구성은 매체 이념을 보다 선명하게 드러내 주는 요소이다. 주요 갈래를 평론, 동화 · 아동소설, 동시로 나누어 필자의 구성과 편수를 살펴본 결과는 다음과 같다.

---

25 특히 6집(1963. 9.10) 이후부터 동시 지면이 확대되는데, 이러한 변화는 1960년대 들어 동시를 둘러 싼 문학적 실험들이 평단의 주목을 받게 된 상황과도 맥을 함께한다.

〔표 5〕『아동문학』(1~14집) 장르별 주요 필자 목록

평론	편수	동화 · 아동소설	편수	동시	편수
최태호	10	이준연	3	방극룡(추천)	8
박목월	9	김영자(추천)	3	차보현	4
김동리	7	이영희	3	유경환	3
어효선	7	최인학	3	엄한정(추천)	3
강소천	6	김요섭	2	박경용	3
조지훈	6	김영일	2	이석현 · 김사림	3
이원수	6	박홍근	2	박목월 · 김선영	2
박홍근	5	신지식 · 김성도	2	이상현 · 최계락	2
최인학	4	이희성 · 오영민	2	이준구 · 석용원	2
박경용	3	윤사섭 · 박경종	2	박송 · 엄기원	2
문덕수	3	주미 · 서영자	2	정상묵 · 최운걸	2
최현배 · 조풍연 백철 · 이희복 이준구 · 김요섭 임인수 · 정상묵 이주훈 · 곽종원 (1편 게재: 이주홍 · 조연현 外 30인)	2	강소천 · 이경희 서석규 · 백인빈 김이석 · 마해송 최효섭 · 장욱순 이관 · 김영순 남미영 · 김동리 박홍민 · 조풍연 장수철 · 이종학 이형도 · 김한규 조현례 · 최춘옹	1	조지훈 · 박남수 박홍근 · 박두진 박화목 · 박경종 신현득 · 김종상 임인수 · 이상노 김동극 · 이응창 김원기 · 조유로 이홍우 · 방우 박영숙 · 문삼석 김향 · 윤부현 이희철 · 김신철 송명호	1

평론 분야에서 가장 두드러진 특징은 본지 편집위원이 지배적인 영향력을 행사하고 있다는 점이다. 평론 124편 중에서 편집위원이 쓴 글이 38편으로 약 30퍼센트를 차지한다. 다섯 번 이상 필자로 참여한 경우에서 어효선·이원수·박홍근을 제외하면 모두가 편집위원들로 채워져 있다. 이들의 영향력은 필자 선정에서도 고스란히 드러난다. 당대 최고의 국어학자인 최현배와 이희복과 한국문인협회 소속 평론가인 백철·조풍연·곽종원·조연현·문덕수는 모두 편집위원들과 크고 작은 상관관계

가 있는 인물들이다.[26] 또한 아동문학가 중에도 이원수 · 박홍근 · 정상묵 · 김요섭은 60년대 한국문인협회 아동문학분과위원장을 역임하였고, 어효선 · 이석현 · 이준구 · 임인수 · 최인학 역시도 아동문학분과위원들임을 고려한다면, 평론 분야는 한국 문인협회의 핵심 구성원들로 채워졌다 해도 과언이 아니다.[27]

창작 분야에서는 1960년대를 전후로 등단하거나 데뷔한 신인들이 전면에 포진하고 있다는 점이 두드러진다. 하다못해 1950년대 아동문학에 대거 진출했던 대중 소설가의 모습도 자취를 감추었다. 이들의 빈자리는 1960년을 전후로 등단 혹은 데뷔한 신인 작가들로 채워졌다. 동화 · 아동소설과 동시를 통틀어 두 편 이상이 실린 작가 32명 중에 25명이 문단 신인급에 속한다.[28] 이 중에서 김영자 · 최춘웅 · 엄한정 · 박동진 · 방극룡 · 이윤자는 본지에서 추천한 작가들이다. 중진급에 속하는 작가로는 김요섭 · 김성도 · 김영일 · 박경종 · 유경환 · 이석현 · 최계락 정도를 꼽을 수 있는데, 이들도 대부분 해방 이전까지 아동문학 주류에서는 밀려나 있었거나 1950년대부터 두각을 나타낸 작가들이다.

그러나 이러한 통계는 하나의 경향을 객관적으로 보여주기는 하되, 그 이면에 작동하는 매체 전략을 읽어내기에는 일정한 한계가 있다. 문예지의 매체 전략은 이념이나 담론을 형성하기 위한 기제로서, 보다 세밀

26 이들 중에서 백철과 조연현은 당시 김동리와는 긴장관계에 있던 인물들이다. 그러나 이들이 아동문학 문예지에 글을 제출한 배경에 편집위원과의 상관관계가 무관하다고 볼 수는 없을 것이다.

27 1963년 2월 기준, 한국문인협회 아동문학분과위원들은 다음과 같다. 강소천, 김영일, 김요섭, 마해송, 박경종, 박홍민, 박화목, 신지식, 어효선, 윤석중, 이석현, 이원수, 이준구, 임인수, 장수철, 최인학, 최태호.《경향신문》, 1963.2.27. 참조.

28 동화 · 아동소설은 두 편 이상 발표한 작가 15명 중에 김요섭, 김성도, 김영일, 박경종을 제외한 11명이 신인이다. 이 중에서 이준연(61.한국일보), 이영희(55.한국일보), 오영민(61.조선일보), 이희성(62년.동아일보)은 신춘문예로 등단하였고, 김영자는 1966년『아동문학』에서 추천을 받고 같은 해에 신춘문예(《경향신문》)에 당선되었다. 동시는 두 편 이상 발표한 작가 17명 중에서 유경환, 이석현, 최계락을 제외한 14명이 신인이다. 신춘문예 출신으로는 이상현(62.경향신문), 최운걸(64.동아일보), 정상묵(62.한국일보) 세 명이고, 방극룡, 엄한정은 본지에서 추천 완료한 동시인이며, 차보현은 배영사 편집장으로 정상묵은 전무로 있던 발행사 직원들이다.

한 탐색이 요구된다. 가령 평론에서 편집위원의 장악력이 높다고 했을 때 그들이 주도적으로 관여하고 있는 평론의 종류를 살펴야 하고, 새로운 인적 자원을 생산하는 기재는 무엇인지를 꼼꼼하게 따져 볼 필요가 있는 것이다.

이 잡지는 발행 초기, 아동문학의 본질과 정체성을 규정하는 작업을 전개해 나가는데, 편집위원의 활동은 이 시기에 집중적으로 이루어진다. 1집부터 5집까지 특집 주제를 살펴보면, 이른바 '정의 내리기'[29]라는 행위를 통해 이론지로서의 위상을 명확히 하고자 한다. 1집 〈아동문학이란 무엇인가?〉, 2집 〈동화와 소설〉, 3집 〈동요와 동시의 구분〉, 4집 〈아동문학의 나아갈 길〉, 5집 〈아동문학의 문제점〉과 같이 특집 주제는 철저하게 문학 담론과 이론을 생성하기 위한 원리비평[30]으로 채워져 있다. 이때 외부 필자로는 4집의 조연현·어효선·조풍연과 5집의 백철·이희복이 포함되어 있다. 필자 구성에서 드러나듯, 아동문학가들은 소외된 채 주로 문인협회에 소속된 성인문학가들이 담론 형성을 주도했던 것이다. 편집위원뿐만 아니라 백철, 조연현 등은 성인문학을 대표하는 작가나 평론가이지만 이들이 아동문학을 정의할 수 있는 위치에 있었는지는 의문이다.

『아동문학』이 1집에서 5집까지 원리비평을 중심으로 특집이 전개되었다면, 바로 다음 호인 6집에는 '작품을 어떻게 볼 것인가'라는 실천비평으로 방향 전환을 시도한다. 사실 이러한 전략은 김동리가 순수문학론을 뿌리내리기까지 성인문단에서 보여준 행보와 매우 유사하다. 해방 이후부터 김동리는 모든 문학에 대하여 '—은 무엇인가'로 접근하려는

29 부르디외에 의하면, 작가나 예술가의 개념과 같은 개념들의 의미론적인 흐릿함은 그의 정의를 부여하려고 한 투쟁들의 산물이면서 동시에 조건이다. 상징투쟁은 '정의내리기'라는 구체적인 행동을 통해 가시화된다. 삐에르 부르디외, 『예술의 규칙』, 296~297쪽.

30 평론은 크게 문학전반이나 장르전반에 대해 논하거나 나아갈 방향을 제시하려는 원리비평과 구체적인 작가와 작품을 텍스트로 삼아 평하는 실천비평으로 나뉜다. 구인환·구창환, 『문학개론』, 삼영사, 1976, 494~498쪽.

의도가 농후하게 드러나고 있었다.[31] 원리비평이 개별 작품을 분석하기 위한 실천비평의 개념적 틀을 제공해 준다고 했을 때, 실제로 김동리는 이 두 가지 비평 원리를 적절하게 이용해 왔다. '순수문학론'이나 '구경적 삶'을 주창하면서 수다한 논박과 마주할 때마다 자신이 정의한 개념을 구체적인 작품 분석에 대입하면서 그 정당성을 확보하고자 하였던 것이다.[32] 즉, 원리비평이 의미화의 과정이라면, 작품 분석과 같은 실천비평은 정당화의 수단인 셈인데, 이러한 비평 전략은『아동문학』특집 주제의 흐름과도 일치한다. 실제로 김동리는 6집 〈바로 작품을 이렇게 본다·어린이의 작품을 말한다〉, 7집 〈아동문학을 말한다〉, 13집 〈교육적인 면에서 본 백일장과 글짓기 현상〉의 필자로 참여하면서 창간호에서 자신이 피력했던 아동문학론의 정당성을 확보하기 위해 지속적인 노력을 기울인다. 또한 필자로서의 활동이 뜸해진 시기에도 〈추천 작품평〉이나 〈합평〉만큼은 지속적으로 관여하는 열의를 보였던 것도 이러한 맥락에서 이해가 가능하다.

또한 새로운 인적 자원을 바탕으로 매체이념을 실천하고 재생산하기 위해 추천공모제를 활용하는 것은『문예』(1949.8~1954.3)의 매체 전략을 연상시킨다.[33]『아동문학』은 창간호부터 〈作品公募〉를 목차 앞에 배치하며 신인 발굴에 대한 강한 의지를 보인다. 특히 창간사를 대신하여 〈作品公募〉를 실은 것을 보더라도 신인 발굴에 대한 의지가 어느 정도였는지를 짐작할 수 있다. 추천 방식은 3회 추천제이고, 추천이 완료되면 〈選後感〉을 통해 평가를 하였는데, 이러한 형식과 내용은『문예』의 그것과 정확히 일치한다. 공모와 추천제를 절충한 방식은『문예』가 처음으로 도입한 추천제도였다. 이뿐만 아니라 창간호에 곧바로 심사위원이 구성

31 김한식, 앞의 논문, 254쪽.
32 김준현, 앞의 논문, 160쪽.
33『문예』의 발행인 모윤숙은 잡지의 기획과 편집위원 구성은 거의 김동리에게 위임하였다. 김한식, 앞의 논문 참조.

되어 공고를 내는 장면에서부터 3회 추천제와 추천이 완료되면 추천평을 제시하는 방식에 이르기까지 『아동문학』의 추천제는 『문예』의 방식이 고스란히 배어 있다.[34] 심지어 추천 완료된 작가의 수가 현저히 적었다는 점까지도 둘은 꼭 닮아 있다.

이상에서 밝힌 바와 같이 『아동문학』은 필자 구성과 편집 체계, 그리고 새로운 인적 자원을 재생산하는 추천공모제에 이르기까지 김동리와 문협파 편집위원의 기획성(the ability to make plans)이 주도적으로 반영된 잡지였다. 이 잡지가 생산하고 있는 지배적 담론 역시도 그 위에 축조된 산물이었다.

하지만 잡지 후반기로 갈수록 김동리뿐만 아니라 다른 편집위원들의 필자 참여가 눈에 띄게 줄어든 반면, 아동문학가들의 지면이 비약적으로 늘어남으로써 『아동문학』의 담론도 새로운 전환기를 맞게 된다. 성인문학가들의 필자 참여 역시 중반 이후부터는 미약해지고, 이원수 등 아동문학가들의 발언이 커지는 양상을 보이기 시작한다. 이러한 변화는 『아동문학』을 김동리나 순수문학의 지배담론만으로 평가할 수 없는 중요한 변수이기도 하다.

3) 순수문학론의 형성과 비판 담론의 출현

『아동문학』의 평론은 크게 문학 담론과 문학교육 담론으로 나뉠 수 있으며, 후반기로 갈수록 문학교육 비중이 점차 높아지는 특징을 드러낸다. 평론 필자를 중심으로 보면, 창간호부터 7집까지는 편집위원의 지배적 체제 아래에 있었다면 8집부터는 아동문학 필자들이 등장하기 시작

---

34 〈문예〉의 추천 제도는 기존의 추천 제도와 공모 제도의 절충에 해당한다고 볼 수 있다. 그렇기 때문에 〈문예〉의 추천 제도에서 추천사는 〈백민〉에서처럼 선택적인 것이 아니라 필수적인 것이 되었다. 위의 논문, 126쪽.

하면서 상대적으로 편집위원의 영향력은 점차 약화되는 양상을 보인다. 이러한 변화는 『아동문학』의 담론 형성에도 영향을 끼치면서 지배담론의 재생산과 이에 저항하는 새로운 담론 간의 대립적인 구도가 형성되기에 이른다. 이 글에서는 문학교육을 제외한 문학 담론만을 중심으로, 지배 담론이 형성되는 원리와 비판 담론의 출현, 그리고 담론이 분화하는 양상을 탐색해 보고자 한다.

(1) 순수문학론의 형성 원리

위에서 살펴본 바와 같이, 초기 『아동문학』의 특집 주제는 아동문학의 본질을 규정하기 위한 시도로부터 시작된다. 그 중에서도 창간호 특집 주제인 〈아동문학이란 무엇인가?〉는 김동리의 순수문학론과 아동문학이 접속하는 방식이 무엇이며, 이들이 동일성을 획득할 수 있는 원리가 어디에 있는지를 규명하는 데 매우 중요한 의미를 갖는다.

창간호 특집에서 김동리는 〈아동문학이란 무엇인가?〉라는 기조 발제로 포문을 열고 이어서 강소천 〈아동문학의 특수성〉, 최태호 〈동경과 이상의 문학〉, 조지훈 〈아동을 주체로 한 문학〉, 박목월 〈나의 의견〉을 발표하면서 각자의 의견을 피력한다. 김동리는 주제적인 면과 소재적인 면으로 나누어 각각 이상성(理想性)과 낭만성(浪漫性)을 아동문학의 본질적 요소로 추출해 낸다.

> 주제적 특질은 이상성(理想性)이다. 아동문학은 〈아동의 향상〉을 돕거나 적어도 해치지 않아야 한다는 한계성을 인정하지 않을 수 없다면 자연이나 사회(인간)을 추악하게 그릴 수 없다는 결론이 내리게 된다. 그런데 〈문학〉의 경우에는 사실주의(Realism) 정신에 붙여서 〈있는 그대로〉 그린다든가, 휴머니즘(Humanism) 정신에 붙여서 〈인간성〉의 동물적인 쪽도 그린다든가 해서 사회나

인간의 추악한 꼴을 노골적으로 그릴 수 있지만 〈아동문학〉에서는 〈아동의 향상〉을 돕거나 해치지 않는다는 한계성 내지 목적성에 의하여 그것이 불가능하다. 따라서 아무리 〈사실적〉이며 〈현실적〉인 소재를 취하고 또 그러한 방향으로 가고자 하더라도 〈추악〉 〈거짓〉보다는 〈아름다움〉이나 〈참다움〉을 취하지 않을 수 없으므로 결과적으로는 이상적인 방향과 통하게 된다. 소재부터 환상적이며 공상적인 경우는 새삼 말할 것도 없다.

소재적인 특질로서는 낭만성(浪漫性)을 들 수 있다. 나는 위에서 아동문학의 소재의 주체는 〈미성인간〉(즉 아동)과 〈비인간〉이라고 했는데 이 둘은 다 〈인간〉이 미처 못된 존재거나 〈인간 아닌〉 존재들이다. 그런데 우리 현실사회의 주인공은 〈인간〉이다. 따라서 〈미성인간〉이나 〈비인간〉은 그만큼 〈사회적〉이며 〈현실적〉일 수 없다. 그대신 〈미성인간〉은, 미처 인간이 못되고 〈인간〉이 되어가고 있는 존재이기 때문에 미래(未來) 또는 미지의 세계에 대하여 꿈과 동경을 가진다.[35]

김동리는 아동문학의 주제적 특질을 이상성으로 소재적 특질을 낭만성으로 설명하고 있다. 원론적 의미에서 이러한 해석은 틀린 말은 아니다. 그러나 정작 문제가 되는 것은 '이상성', '낭만성'이라는 기표 자체가 아니라 그 이면을 채우고 있는 리얼리즘에 대한 경계심과 순수문학의 우월의식에 있다. 그는 주제적 특질 면에서 '문학'의 경우에는 리얼리즘, 휴머니즘의 실현이 가능하지만 아동문학은 한계가 있음을 지적하면서, '추악·거짓'보다는 '아름다움·참다움'을 추구해야 한다고 주장한다. '아름다움의 세계=참다움'이라는 도식도 문제이거니와 성인문학을 그냥 '문학'이라고 함으로써 은연중 순수문학의 우월성을 드러내는 장면이다. 또한 김동리의 순수문학론은 아동문학이 뻗어갈 수 있는 리얼

35 김동리, 「아동문학이란 무엇인가」, 『아동문학』 1집, 9~10쪽.

리즘과 휴머니즘을 추함과 거짓으로 왜곡함으로써 이 부분을 원천적으로 봉쇄하는 듯한 느낌마저 풍긴다. 김동리 식의 아동문학관은 소재적 특징에서도 이어진다. 그는 아동문학의 소재를 〈미성인간〉과 〈비인간〉으로 분류하면서 "이 둘은 〈인간〉이 미처 못된 존재이거나 〈인간 아닌〉 존재들"로 규정한다. 〈어린이=미처 인간이 못된 존재〉라는 도식은 어른 중심의 아동관, 즉 어린이를 계몽적 대상으로 바라보고 있음을 여실히 보여준다. 다른 한편으로는 "윤리적인 효용성은 소극적으로"[36] 해야 한다며 미학주의자로서의 면모를 고수하면서도 어린이는 계몽적 대상으로 인식하는 것은 모순적 태도가 아닐 수 없다.

이러한 아동관은 순수문학과 아동문학을 구별 짓고자 하는, 이른바 순수문학의 우월의식이 반영된 결과이다. 〈인간 : 미성인간〉은 〈순수문학 : 아동문학〉이라는 이항대립과 서로 유비관계에 있기 때문이다. 이러한 위계 의식은 "「농민문학」, 「전쟁문학」, 「아동문학」 하는 따위와 같이 일반 문학이 아닌 특수문학은 그 특수성 자체가 이미 그것의 〈목적과 사명〉을 가리킨다."[37]는 진술을 통해서도 고스란히 드러난다. 아동문학이란 미성인간을 소재로 한 문학으로 규정함으로써 그가 인간을 위한 문학이라고 규정한 순수문학과는 은연중에 일정한 거리를 두고 있는 것이다.[38]

아동문학을 얕보는 듯한 이러한 태도는 다른 편집위원들에게도 지적의 대상이 된다. 강소천은 "김 씨(동리)는 〈미성인간〉 곧 정상적인 인간이 아니라는 말을 썼는데, 나는 이 말의 어귀 자체가 싫다."[39]며 꼬집었고, 최태호는 "아동문학이 그 소재로 인해서 〈농민문학〉이니 〈애정문학〉

36 김동리, 「윤리적이니 효용성은 소극적으로」, 『아동문학』 4집, 1963년 참조.

37 김동리, 『아동문학』 1집, 8쪽.

38 『자유문학상』 심사에서 아동문학이 한 편도 뽑히지 못한 이유를 "동요가 시와 겨루지 못하고 동화가 소설과 겨룰 수 없기 때문이다."라는 발언에서도 이러한 위계의식은 다시 한번 확인된다. 위의 글, 4쪽.

39 위의 글, 11쪽.

이니 하는 이름으로 나타나는 〈특수성〉을 가지고 있는 것이 아니다"[40]라며 아동문학의 특수성을 바라보는 김동리의 인식을 문제 삼기도 하였다. 하물며 아동문학과 비슷한 성격으로 여타 장르문학과 함께 통속문학을 추가하자고 제안[41]했던 조지훈조차도 김동리의 견해가 성인 중심이라는 점에서는 공감을 표명할 정도였다.

물론 김동리의 문제점을 지적하고 있는 편집위원들 사이에도 아동문학을 바라보는 인식에는 크고 작은 이견이 존재한다. 아동문학 6집 「작품을 이렇게 본다」를 통해 보자면, 최태호는 교훈과 흥미를 중요시하는 하는 반면 박목월은 묘사와 이미지 등 문학적 요소를 강조하면서 관념적인 것도 필요하다는 입장을 취한다. 한편 강소천은 묘사보다는 주제와 사건이 먼저라는 견해에 선다.[42] 문학적 지향이 같더라도 개인적인 소신에 따라 작품을 보는 안목에서 차이가 발생하는 것은 당연하다. 그러나 아동문학을 대하는 위계의식이나 교훈성과 문학성의 인식 차이는 같은 문예지의 편집위원으로서 보자면 결코 작은 차이라 할 수 없다.

그럼에도 불구하고 이들이 나란히 동거할 수 있는 이유는 무엇일까. 이에 대한 단서는 엉뚱하게도 참여문학론을 대표하던 홍사중의 평론 「아동문학 비평의 기준」(5집)에서 찾을 수 있다. 잘 알려진 바와 같이 홍사중은 1960년대 '순수참여문학 논쟁'이 터져 나왔을 때 김병걸, 김우종 등과 함께 참여문학론을 주도하며, 김동리, 조연현, 조지훈 등과 대립각을 세웠던 인물이다. 『아동문학』의 필자로 참여한 모든 성인문학가를 통틀어 보더라도 순수주의와는 가장 먼 거리에 있던 인물인 셈이다. 그러나 문학의 사회적 참여와 현실성을 강조했던 홍사중마저도 아동문학에서만큼은 리얼리즘에 대한 위험성을 언급하며, 그보다는 깨끗한 동심의

---

40 최태호, 「동경과 이상의 문학」, 『아동문학』 1집, 12쪽.
41 위의 글, 14쪽.
42 강소천 · 박목월 · 최태호, 「작품을 이렇게 본다」, 『아동문학』 6집, 1963년, 60~67쪽.

세계를 지켜나갈 것을 주문하고 나선다.

또 하나 우리가 조심해야 할 것이 있다. 그것은 어린이로 하여금 현실을 바라보는 눈을 기르게 하기 위하여는 어른의 추한 면까지도 솔직하게 드러내주는 〈리얼리즘〉이 아동문학에게도 필요하다는 생각이다. (…) 어린이들이 언제까지나 동심의 세계를 간직할 수 있고 또 성장한 다음에도 이것을 동경할 수 있도록 하는데 아동문학의 지상의 목적이 있는 바에야 **더러움고 나쁜 면이 어른의 세계에는 얼마나 많은가를 일찍부터 알려주는 것보다도 아름답고 옳은 것이 무엇이며 얼마나 이런 것이 이 세상에는 많은가를 뼈저리게 일깨워 주는 것이 보다 더 중요한 일**이라고 생각된다. (강조-인용자)[43]

이 글의 전문을 보면, 여러 차례에 걸쳐 본지 편집위원들이 쓴 평론의 문제점과 아동문학을 둘러싼 안팎의 논의들을 날카롭게 짚어내는 부분이 여러 차례 등장한다. 특히 김동리가 견지하고 있는 순수문학의 우월성에 대한 비판은 매우 날카롭고 적확한 것이었다.[44] 그러나 위 인용문에서 드러나듯, 홍사중 역시도 동심주의나 교훈주의라는 프레임을 벗어나지 못한 듯 보인다. 물론 그의 말처럼, '어른의 추한 면까지 솔직하게 드러내는 것이 아동문학이 지향해야 할 리얼리즘인가'는 작품의 수준에 따라 판이하게 다른 평가가 따를 수 있다. 그러나 '더러움'보다는 '아름다움', '나쁜 면'보다는 '옳은 면'을 고수하는 것이 아동문학의 지상과제인 양 상정하는 것은 편집위원들이 주장했던 그것과 크게 다를 바가 없다. '아동문학은 각박한 현실보다는 고귀한 동심을 추구해야 한다'는 명제는 문학적 지향이 서로 달랐던 김동리와 홍사중 사이에도 유효한 것

43 홍사중, 「아동문학 비평의 기준」, 『아동문학』 5집, 1963년, 87쪽.
44 "(김동리는) 특수문학과 일반문학을 엄격히 가려 놓고 특수문학인 농민문학이나 전쟁문학은 마치 절대로 일반문학이 될 수 없는 듯이 말하고 있다." 위의 글, 85~86쪽.

이었다. 이것은 아동문학을 대하는 성인문학가들의 일반적인 인식 속에 순수주의가 어느 정도 광범위하게 유포되고 있었는지를 가늠하게 해 준다. 물론 다른 편집위원들이나 성인문학가뿐만 아니라 대부분의 아동문학들도 예외는 아니었다. 아동문학을 바라보는 개개인의 인식 차이는 리얼리즘 아동문학에 대한 배타 의식을 통해 동일한 자장 속으로 빨려드는 것이다.

이것은 편집위원들이 김동리가 제시한 아동문학이란 무엇인가를 대하는 입장과도 동일하다. 김동리가 아동문학의 특질로 제시한 이상성(理想性)이나 낭만성(浪漫性)은 리얼리즘에 대한 배타 의식 위에서 성립한 개념이기 때문이다. 김동리와 편집위원들 사이에 존재했던 크고 작은 이견(異見)들이 결국 김동리가 규정한 이상성[45]과 낭만성에 이르러서 한 치의 머뭇거림도 없이 합의에 도달하게 되는 것도 이 때문이다.[46] 결국 순수주의 입장에서 본 아동문학의 본질은 '추악이 아닌 아름다움(이상성)'이요 '현실이 아닌 꿈과 동경의 세계(낭만성)'라는 김동리 식 정의를 크게 부정하지 않는 범위에서 성립 가능한 것이었다.

(2) 비판 담론의 출현과 담론의 분화

『아동문학』 초기까지 특집 필자를 전담하면서 아동문학 담론 형성에 적극적이었던 편집위원들은 중반 이후부터는 필자 선정이나 추천공모작 심사, 문학상 제정[47]에 관여하는 방식으로 그 영향력을 존속시켜 나

45 "주제적 특질은 이상성(理想性)이다. (…) 아무리 〈사실적〉이며 〈현실적〉인 소재를 취하고 또 그러한 방향으로 가고자 하더라도 〈추악〉 〈거짓〉보다는 〈아름다움〉이나 〈참다움〉을 취하지 않을 수 없으므로 결과적으로는 이상적(理想的)인 방향과 통하게 된다. 김동리, 앞의 글, 9쪽.

46 김동리가 아동문학의 주제적 특질은 이상성, 소재적 특질을 낭만성으로 규정한 것에 대해서 강소천은 "내가 믿고 생각하는 것과 같아서 기뻤다"고 반가워했고 최태호는 글의 제목부터 이미 〈憧憬과 理想의 문학〉으로 김동리의 논조와 궤를 같이 했다. 이상성, 낭만성을 표나게 강조하는 것은 조지훈과 박목월도 마찬가지이다.

간다. 특히 작품을 평가하는 자리에서 김동리의 영향력은 여전히 살아 있음을 확인하게 된다. 12집과 13집 작품평은 곽종원과 문덕수가 맡았고, 8집에서 10집에 실린 작품과 13집에 실린 동시평은 각각 백철과 박길희가 담당하였다. 이들 중에는 김동리와 긴장관계에 있던 인물도 있지만, 문제의 핵심은 이들이 분석한 작품평이 김동리가 최초에 제시했던 아동문학론의 범주를 크게 벗어나지 않고 있다는 점이다. 동화는 어두운 소재를 다루지 말고 밝은 청량제 역할을 해야 한다거나,[48] 교훈적인 요소가 있어 좋았다[49]라는 식의 작품평은 결국, 동심주의와 교훈주의 프레임 안에서 해석된 내용인 것이다.

그러나 문학장에서 특히 지식 권력의 장은 늘 주류 – 비주류, 지배 – 비판 담론이 대결과 경합을 벌이는 장소이며, 『아동문학』도 예외는 아니었다. 이는 『아동문학』이 오로지 김동리나 문협정통파의 전유물로 규정내릴 수 없는 이유이기도 하다. 애초 이 잡지가 순수주의에 입각한 아동문학론을 확립하고자 출발한 것은 맞지만, 편집위원의 지배력이 약화되면서 아동문학가들이 필자로 나서는 비중이 높아지기 시작했고, 아동문학 내부에서도 다양한 담론이 분화하는 징후들이 포착되고 있기 때문이다. 특히 『아동문학』 6집(1963)에 실려 있는 이원수와 이주홍의 글은 각별한 주목을 요한다. 창간호부터 5집에 이르기까지 보수적인 아동문학 담론이 대거 제출된 상황에서 이에 맞서는 목소리가 처음으로 발화된 시점이기 때문이다. 여기에서 이원수는 김동리의 〈미성인간〉을 의식한 듯,

---

47 〈소천아동문학상〉은 강소천의 2주기를 맞아 재정되었다. 그러나 운영위원에 당시 한국문인협회 이사장이었던 박종화를 포함시키거나 제1회 소천아동문학상 심사위원에 곽종원을 포함시키는 등 김동리가 자신의 문단 권력을 공고히 하는 데 문학상을 이용한 측면이 적지 않았다. 소천아동문학상 운영위원—조석기, 최수정, 김동리, 조지훈, 박목월, 최태호, 박종화(『아동문학』 11집 참조.) 제1회 소천아동문학상 심사위원: 편집위원 4인과 곽종원, 윤석중 (『아동문학』 13집 참조.)

48 백철, 「음산한 안개 대신에 새 빛을」, 『아동문학』 11집, 1965년, 51~53쪽.

49 곽종원, 「제1회 소천 아동문학상 심사소감」, 『아동문학』 12집, 1965년, 135쪽.

"아동을 〈인간으로서 불완전하고 성인보다 가치 없는 것〉으로 여기는 사상에서 깨끗이 떠나서" 아동의 인권부터 존중하자는 말부터 꺼내든다. 아동을 낮은 인간으로 깔보기 때문에 어른의 종속물로 취급하고 자연히 교훈주의가 성행할 수밖에 없다는 것이다. 이어서 우익 보수문단이 아동문학의 '현실'문제를 의도적으로 왜곡하고 있는 상황에 대해 다음과 같이 꼬집는다.

> 오락물이 아닌 문학은 현실 생활을 정시(正視)하고 아동세계의 이상을 추구하는 데서 얻어질 것이다. 그것은 아동은 미성년이라 하여 가만히 앉혀 놓고 부모가 모든 것을 제공하고 보호하면 된다는 생활방식과는 달리 아동이 자력을 길러 가는 과정을 그리는 일이요, 그들의 이상을 찾기 위한 노력을 그리는 일이며, 현실 사회에 참여하고 있는 모습을 그리는 가운데서 생겨나는 것이다. (…)
>
> **현실을 이야기하면 과장 폭로니 뭐니하고 불온시하는 이들, 아이들의 가엾은 생활을 그리면 무슨 좌익사상으로 한 것처럼 말하는 인사들**, 이런 사람들 때문에 우리 나라 아동문학 작품들은 대개가 장난감의 구실밖에 못하는 형편이 되어 간다. 아동을 사랑한다는 것은 아동의 미모(美貌)나 유치(幼稚) 그것의 사랑이 아니다. 어린 그들이 한국적인 상황 아래서 고생스런 생활을 하며 자라는 그 모습을 사랑할 줄 알아야 하겠다. **작가로서 이것을 기피하거나 은폐하고 무슨 애정으로 아동문학을 쓴단 말인가.** (강조-인용자)[50]

이원수는 순수주의 문학과 리얼리즘 문학을 마치 선과 악, 민주주의와 공산주의 개념으로 동일시하는, 순수문학의 신봉자들을 신랄하게 비판한다. 아동문학의 이상성(理想性)을 규정하는 내용도 김동리와는 전혀 상반된다. 이원수는 "진정한 문학은 현실 생활을 정시(正視)하고 아동세계

---

50 이원수, 「아동문학의 방향」, 『아동문학』 6집, 1963년, 10~12쪽.

의 이상을 추구"해야 하는데, 그 이상성은 "현실 사회에 참여하고 있는 모습을 그리는 가운데서 생겨나는 것"이라고 주장한 반면, 김동리는 "〈추악〉〈거짓〉보다는 〈아름다움〉이나 〈참다움〉을 취하지 않을 수 없으므로 결과적으로는 이상적(理想的)인 방향과 통하게 된다."고 보고 있기 때문이다. 적어도 이들 사이에서 만큼은 '현실'과 '순수'는 서로 모순될 뿐만 아니라 결코 결합할 수 없는, 그야말로 이질적 담론인 셈이다.

순수주의 아동문학이 만연한 풍토를 향한 비판은 이주홍으로 이어진다. 이주홍은 평론 「아동문학은 전진하고 있는가」를 통해 순수문학 중심의 문단 파벌을 강도 높게 비판한다. 그는 순수문학을 '타실소생(他室所生)의 자식을 헐뜯기로 길이 든 얄미운 계시모(繼媤母)'[51]로 비유면서, "재미를 속된 것 같이 생각하는 타성은 순수를 우상(偶像)으로 만들어 보고 싶어하는 낡은 속성에 불과한 것"이라며 순수주의자들을 정면으로 겨냥한다.[52] '재미'를 운운하면 마치 저급한 작가의 속성인양 낙인 찍는 실태를 비유와 직언을 통해 드러낸 것이다. 그리고 다음 글은 당시 아동문학에서 순수주의의 문제가 동심주의와 교훈주의로 귀결되고 있음을 보여준다.

> **아동을 격렬한 현실로부터 격리(隔離)시킨 동심주의(童心主義)는 아동이 그 시대의 토양(土壤)에 발을 붙이지 못하게 한 현상(現象)**도 자아내게 했습니다. 그래서 대부분의 아동은 천사의 마음을 지니고 있는 착한 아이들이었고 수신교과서에 나옴직한 사랑과 정의의 표본 아동들이었습니다. (…) 그렇다면 왜 그 사랑과 정의의 동인(動因)이 되는 미움과 불의에 대해서 직접적으로 부딪혀 보기를 주저하는 것입니까. 바르지 못한 아름답지 못한 신성하지 못한 사람이 바르게 아름답게 신성하게 변해져 가는 그 과정의 알뜰한 설명이야말로 인간사회

---

51 이주홍, 「아동문학은 전진하고 있는가」, 앞의 책, 55쪽.
52 위의 글, 58쪽.

의 모습을 바르게 반영시키고 아울러서 올바른 길을 암시하는 것으로 목적을 삼는 문학 본래의 사명에 충실하는 것이라 하겠습니다. 이런 점에서 **아동문학을 수신괘도(修身掛圖)의 설명문처럼 생각하는 교육주의는 문학의 권외에 두고서 이야기를 해야겠습니다.** (강조-인용자)[53]

아동문학 14집까지 통틀어보더라도 순수주의 담론을 향해 이처럼 대립각을 세운 인물은 이원수와 이주홍이 유일하다. 두 사람의 글에서 공통적으로 드러나는 문제의식은 어린이가 직면해 있는 곤고한 삶의 현실을 반공적 프레임에서 왜곡하려는 세력들을 향해 있다. 그리고 아동문학에서 필요한 리얼리즘 정신이 무엇인지 그 방향성을 계속적으로 제시하고 있다. 이러한 장면은 1950년대 이원수, 이주홍이 보여준 소극적 행보에서 훨씬 벗어난 모습이다. 물론 이원수는 『소년세계』(1952)와 『어린이세계』(1956) 주간을 맡고 〈한국아동문학회〉(1954) 부회장, 〈자유문협〉 분과위원장(1956) 등 나름 중앙 문단에서 활발한 활동을 벌였지만, 여전히 비주류에 머물러 있었고 이처럼 적극적인 발언권을 행사하지 못했던 상황이었다. 변화의 징후는 작품에서도 고스란히 반영된다. 마산 3·15 부정선거를 소재로 한 「어느 마산 소녀의 이야기」(1960), 4·19혁명을 소재로 한 「땅 속의 귀」(1960), 「아우의 노래」(동시·1960), 「벚꽃과 돌멩이」(1961), 『민들레의 노래』(1961), 「4월이 오면」(동시·1963), 「돌멩이 이야기」(시·1965), 독재 정권을 비판한 「토끼대통령」(1963) 등 리얼리즘 계보를 선명하게 드러낸 작품을 연이어 발표했다.

이러한 일련의 변화는 4·19혁명이 던져 준 자유에 대한 욕망이 문학계에 수용된 양상과 다르지 않다. 비록 자유(4·19)에 대한 열망이 빵(5·16)의 절실함 앞에 절망을 맛보기는 했지만, 4·19가 가져다 준 신선한

53 이주홍, 위의 글, 같은 쪽.

충격은 고사 상태에 있던 리얼리즘 세력을 다시 일으켜 세우는 동력이 된 것은 분명했고, 그 증거가 1960년대 순수·참여문학 논쟁으로 이어졌던 것이다.[54] 이원수가 「아동문학의 방향」에서 순수주의가 주도적으로 이끌어 가는 아동문학계에 큰 저항을 일으킨 것이나 이주홍이 「아동문학은 전진하고 있는가」를 물으며 퇴보하고 있는 아동문학의 현주소를 꼬집은 것은 이러한 문학사회학적 관점에서 이해가 가능한 것이다. 특히 1~5집까지 편집위원이 특집의 필자로 나서 '아동문학이란 무엇인가?'에 대한 정의를 줄기차게 제기한 시점에서 나온 두 사람의 평론은 지배 담론에 맞서는 비판 담론의 출발이라는 점에서 의미가 있다 하겠다.

그러나 해방 이후부터 중앙 문단과 일정한 거리를 두고 있던 이주홍은 이 글을 마지막으로 더 이상 필자로 나서지는 않는다.[55] 반면에 이원수는 1962년 한국문인협회 이사로 있으면서 문단이나 잡지 내부에서도 충분한 입지를 확보한 상황이었기에, 향후 담론을 이끌어 가는 데 중요한 역할을 수행해 나간다. 특히 1964년에는 아동문학분과위원장을 맡게 되면서[56] 아동문학분과회 주최로 〈아동문학 합평회〉가 열리기 시작하였고,[57] 이 자리는 평론의 장을 확대하는 데 크게 기여하였다. 8집 〈아동문학 작품 합평〉(박홍근·장수철·이원수)과 9집 〈동시를 이렇게 본다〉(이원수·박경용·이준구)는 〈아동문학 합평회〉의 결실이었다. 실제로 8집을 기점으로 편집위원이나 그들이 선정한 성인문학가들이 독점해 왔던 작품 합평

54 이른바 '4·19문단'이라고 하는 창비와 문지의 탄생 그리고 1970년대 민족문학담론으로 확산될 수 있는 계기가 4·19에 있었던 것이다. 최원식·임규찬 엮음, 「좌담 4월혁명과 60년대를 다시 생각한다」, 『4월혁명과 한국문학』, 창작과비평사, 2002, 39쪽 참조.

55 1971년 한국아동문학가협회(회장 이원수) 창립 당시 회원으로 이름을 올렸지만, 그의 주요 거점은 부산을 벗어나지 않았다.

56 이원수가 아동문학위원장으로 있을 당시 임원 구성은 다음과 같다. 이사장 박종화, 부이사장 김동리·김광섭·모윤숙, 평론위원장 조연현. 「朴鍾和 씨 留任 文人協會改選」, 《동아일보》, 1964.11.3.

57 1964년 2월 29일 제1회 합평회에서는 임인수, 이원수, 장수철, 박홍근이 작품 논평을 하였고, 5월 7일 제2회 합평회에서는 동시 작품을 대상으로 임인수, 박경용, 이석현, 이종기가 논평에 참가하였다. 박홍근, 「반향없는 문학에서의 탈피」, 『아동문학』 9집, 68쪽.

이 아동문학가들로 점차 확대되기 시작했고, 이는 평론 활동으로 이어져 다양한 담론을 형성하는 기반을 조성하게 된 것이다. 더군다나 8집과 9집은 합평회에서 내놓은 글이 특집의 자리를 대신함으로써 『아동문학』에서는 처음으로 아동문학가들이 주도한 특집이 등장하기에 이른다.

담론 분화의 징후는 10집 특집 〈소천의 인간과 문학〉에서 보다 뚜렷하게 나타난다. 이 특집은 소천의 1주기를 기념하여 마련된 장으로 이원수, 김요섭, 유경환, 최인학, 차능균, 강남향이 필자로 참여하였다. 이 중에서 교사인 차능균과 강소천의 딸 강남향의 글을 제외한다면, 비판과 긍정론이 각각 두 명씩 양분되는 양상이다. 전자에 해당하는 이원수와 김요섭은 주로 해방 이전에 쓴 강소천의 동시에 대해서는 높이 평가하면서도 한국전쟁 이후에 쓴 그의 아동소설은 '상업주의적 통속독물', '교훈주의', '현실도피의 꿈'이라며 평가 절하하였다.[58] 『아동문학』에서 추천 작품을 선발하거나 작품을 평가할 때 강소천 작품이 전범의 자리에 있었던 것을 감안한다면, 이러한 비판은 매우 이례적이라 할 수 있다. 다만 비판론이 평론의 형식인 것에 비해 긍정론은 인물을 회고하는 수필 형식으로 쓰여져 양자 간에 팽팽한 긴장감으로 이어지지 못한 점은 아쉬움으로 남는다.

그렇다고 아동문학 내부의 변화가 오롯이 순수주의에 대한 저항을 의미하는 것은 아니다. 아동문학 합평회에 참석한 필자 안에서도 경쟁 혹은 대립적인 시각이 양립하였고, 사실 저항적 색채가 강한 필자도 몇 명 안 되었기 때문이다. 그러나 평론이나 합평 등을 통해 문학적 인식의 차이를 드러내는 것은 비평이 발전하고 장이 분화하기 위해서 필수적으로 거쳐야 할 과정이다. 그러한 면에서 1960년대는 정중동의 움직임 속에서 서서히 아동문학 담론이 분화되는 시기였으며, 『아동문학』이 그 몫자

58 이원수, 「소천의 아동문학」, 『아동문학』 10집, 1964년.; 김요섭, 「바람의 詩 구름의 동화」, 같은 책 참조.

리 역할을 하였던 것이다.

『아동문학』 11집(1965)에서 신춘문예 동화를 분석한 이주훈과 박홍근의 글은 분화의 징후를 보여주는 단적인 사례라 할 수 있다. 두 사람 사이에는 작품을 평가하는 기준에 있어 분명히 다른 기류가 포착되기 때문이다. 이주훈은 「분이와 들국화」를 높이 평가하면서 나름의 동화관을 피력하였는데 "동화라는 것은 동심의 세계에 꿈을 심어 주기 위한 창작"이며, 여기에서 동심을 '맑은 샘물'과 '꽃밭' 등에 비유하고 있다. 그러면서 동심에 가꾸어질 수 없는 '이물질'을 제거할 것을 주문하면서, 교훈주의의 중요성과도 연결시키고 있다.[59] 반면에 박홍근은 「키다리 풍선 장수 아저씨」를 분석하였는데 문장이 다소 거칠고 어린이들의 행동이 너무 정적인 것이 흠이라면서도 '리얼리즘에 입각한 작품', '현실에 입각한 가공의 세계'라는 점을 높게 평가하였다.[60] 사실 이 작품의 전체적인 흐름은 감상주의적 성향이 다분한 것이 사실이지만 몇 차례에 걸쳐 리얼리즘이나 현실에 입각한 작품임을 표나게 강조함으로써 작품 분석의 중요한 기준으로 삼고 있음을 밝히고 있다. 두 작품은 작품 소재면에서도 유별난 차이가 드러나는데, 「키다리 풍선 장수 아저씨」는 하나밖에 없는 아들을 유괴당하고 그 충격으로 아내마저 세상을 떠난 아저씨가 풍선 장수를 하며 아들을 찾아 나서는 이야기라면 「분이와 들국화」는 마음이 고운 소녀와 들국화 사이에 오고가는 따뜻한 정을 그리고 있다. 누구의 분석이 더 적확했는지는 차치해 두고라도 두 사람이 작품을 판단하는 기준에 있어 명확한 차이가 드러나는 것은 사실이다.

이처럼 『아동문학』은 중기를 넘어서면서 편집위원이나 성인문학 평론가들이 주도했던 흐름에서 조금씩 벗어나 아동문학가들이 담론 형성에 적극적으로 참여하는 양상을 보인다. 이것은 김동리를 중심으로 한 문

59 이주훈, 「동화에 대한 私見」, 『아동문학』11집, 21~23쪽.
60 박홍근, 「인간상호의 사랑에 뿌리 박은 세계」, 위의 책, 16~20쪽.

협파의 전유물이었던 『아동문학』이 점차 역동적인 국면으로 전환되고 있음을 시사해 주는 것이다. 여기서 미처 다루지는 못했으나 11집과 12집에서 임인수와 이원수가 『숲속나라』를 놓고 논박을 벌이는 장면이나, 리얼리즘 아동문학론의 방향성을 제시한 「아동문학 프롬나아드」(이원수 · 12~13집)」, 작가론의 작은 전형을 보여준 「윤석중론」(박경용 · 13집)은 담론의 분화와 발전상을 보여주는 좋은 예라 할 수 있다. 또한 어효선이 쓴 「초창기의 아동 잡지」(8집 · 11집), 「아동문학사 연표」(12집)는 아동문학 문헌 연구의 초석으로서 귀한 성과임에 분명하다.

그러함에도 불구하고 『아동문학』의 편집주체 구성에서 드러났듯, 잡지의 이념적 편향성이 순수문학론에 입각해 있다는 사실은 분명히 해둘 필요가 있겠다. 순수문학론은 아동문학의 예술성을 강변하고 나섰지만 그 이면은 동심주의와 교훈주의로 귀결되는 경향이 다분했다. 또한 『아동문학』에서 생성된 순수주의 담론은 이후 아동문학 개론서에도 상당한 영향을 미치게 된다. 그 중에서도 한국 아동문학 최초의 개론서이자, 다른 이론서들의 설계도와 다름없었던 『아동문학개론』(1967)은 각별한 주목이 필요하다.[61]

2. 아동문학의 이론화와 순수문학론의 전유: 『아동문학개론』

무릇 문학개론서는 문학의 특질과 기능, 장르적 구분과 사적 계보를 규명함으로써 문학이란 무엇인지를 명확하게 밝혀야 하는 숙명을 안고 있다. 문학개론서가 '해석정전'으로 일컬어지는 이유도 이 때문이다.

61 제4장 1절 '지배 담론의 형성과 담론의 분화'는 졸고, 「1960년대 아동문학담론의 형성과 잡지 '아동문학'」(『아동청소년문학연구』, 2012)을 토대로 하고 있음을 밝혀 두는 바이다.

이재철의 『아동문학개론』은 우리 아동문학을 대표하는 개론서이다. 초고판, 개고판으로 나뉘어 출간된 이 저서는 아동문학의 학문화를 앞당기는 데 지대한 공로가 있으나 순수주의 문학관을 뿌리내리는 이론적 틀이 됐다는 점에서는 비판적 접근이 불가피하다. 이에 이 장에서는 『아동문학개론』의 양가적 의미를 짚어보고, 아동문학사와 아동문학의 정의, 이 두 가지를 통해 순수주의 담론이 이론화되는 과정을 비판적으로 고찰하고자 한다. 다만 연구 대상을 1967년에 출간된 초고판으로 한정할 경우, 논의가 뻗어갈 수 있는 지점이 제한적일 수밖에 없다. 『아동문학개론』 초고판 자체가 완전한 형태의 개론서가 아니거니와 시기별로 이재철 문학사관이 변화하는 양상을 살펴보기 위해서라도 개고판(1983)은 물론, 『한국현대아동문학사』(1978) 그리고 1980년대에 나온 『아동문학평론』도 일부 참고해야 할 필요가 있을 것이다.

그런데 논의에 앞서 한 가지 짚고 넘어가야 할 것은 각 저서의 출간별로 이재철의 문단 내 위치가 각기 달랐다는 사실이다. 문단에서 개인이 자리하고 있는 위치에 따라 문학을 바라보는 인식도 변화할 수밖에 없는 것은 당연하다. 초고판을 시작으로 개고판이 출간되기까지 약 15년이라는 세월은 그 물리적 시간도 적지 않지만 이재철의 문단 내 변화의 진폭이 매우 컸던 시기였다. 당시 이재철의 상황을 이영호의 글[62]을 토대로 정리해 보면 대략 이러하다.

1971년 이원수를 중심으로 한국아동문학가협회가 창립되고, 뒤이어 1972년 김영일, 김요섭, 박화목 등의 주도로 한국아동문학회가 분립해서 두 개의 단체가 양립할 당시, 이재철은 한국아동문학가협회에 소속되어 있었다. 1972년부터는 한국아동문학가협회 상임이사를 맡았고, 이듬해 박화목을 누르고 한국문인협회 아동문학분과회장에 당선될 때만

62 이영호, 「갈등 끝에 탄생한 한국아동문학인협회」, 『문단유사』, 2002.

해도 협회 회장이었던 이원수를 비롯한 회원들의 전폭적인 지지를 받게 된다. 그러다 1975년 '표절동시론'의 수습 과정, 『아동문학평론』 창간, 호텔 나이트클럽 출판 기념회 사건 등을 거치면서 점차 신의를 잃기 시작했고, 급기야 이원수가 직접 이재철의 제명안을 상정하면서 한국아동문학가협회 회원 자격을 박탈당하기에 이른다.[63] 이후 이재철은 김성도와 함께 『아동문학평론』에서 배출한 신인들을 모아 1978년 한국현대아동문학가협회를 새롭게 창립하게 된다. 이로써 1970년대 후반 한국아동문학단체의 지형은 크게 한국아동문학가협회, 한국아동문학회, 한국현대아동문학가협회로 나뉘게 된 것이다.

요컨대 이재철은 1970년대 한국아동문학단체의 분파(分派) 과정과 밀접한 상관관계를 맺고 있으며, 소속 단체의 변화가 컸던 시기임을 알 수 있다. 이러한 맥락은 여기에서 다룰 『아동문학개론』 초고판, 『한국현대아동문학사』, 『아동문학개론』 개고판을 이해할 수 있는 유효한 참조틀이기도 하다.

1) 『아동문학개론』의 양가적 의미

『아동문학개론』은 우리 아동문학의 학문적 토대가 된 노작임에 분명하다. 1967년 초고판이 발간된 직후, 당시 아동문학계 인사들도 반색하며 일제히 환영하는 분위기가 역력했다. 김요섭, 박경용, 정상묵 등이 내

63 이영호에 따르면, 1975년 '표절동시론'을 수습하는 과정에서 이원수는 중재에 나선 이재철이 상대편의 감정 상태와 요구를 과장해서 전달하고 있다는 의구심이 있었고, 『아동문학평론』을 창간하면서 분과회장이 된 자신의 지반 확장을 획책하고 있다는 오해를 사면서 서서히 이원수 회장의 눈밖에 나기 시작했다. 여기에 이원수 회장에 반대하는 회원이 한국아동문학상 수상자로 결정되었는데, 그 장소가 해운대의 호텔나이트 클럽인 데다 다수의 학부모가 참석한 것이 이원수의 속을 뒤집게 된다. 마지막으로 가장 결정적인 빌미가 된 사건은 이재철이 박홍근을 밀어내고 협회 부회장 선거에 도전하게 된 일이다. 박홍근과 가장 뜻이 맞았던 이원수가 크게 분노하면서 이재철 제명안을 전격적으로 상정하기에 이른 것이다. 이영호, 위의 글, 225~227쪽 참고.

놓은 평을 종합해 보면, 대체로 '최초의 아동문학 이론서', '본격평론의 시작'이라며 고무된 반응이 주를 이룬다.[64] 창작 활동에 비해 학문적 토대가 취약했던 아동문학계의 현실에서 『아동문학개론』(초고판)의 출현은 아동문학인들의 숙원을 풀어 준 귀중한 성과였던 것이다.

특히 이 저서는 문학의 개괄적인 이해와 각 장르적 특성을 다루는 문학개론서 본연의 기능뿐 아니라 아동문학의 사적 계보를 정리하고, 세계아동문학의 백과사전적 정보까지 담아냄으로써 실증 연구서로서는 상당한 성과를 보여주었다.[65] 아동문학사의 경우 문단과 문예지의 생몰 과정, 시대별 작품과 주요 작가 목록 등은 이재철의 방대한 1차 사료의 수집이 아니었으면 불가능한 결실이었다. 또한 '세계아동문학 개관'은 책 전체 분량의 3분의 1이 훌쩍 넘을 정도로 이재철의 관심이 각별하였는데, 세계아동문학에 대한 다양한 정보들은 아동문학 연구의 지평을 열어주는 데 적지 않은 기여를 했다.

『아동문학개론』 초고판은 이재철 본인의 연구 활동에도 기본 토대가 된다. 이 저서는 1983년 출간된 개고판은 물론, 『한국현대아동문학사』(일지사, 1978), 『세계아동문학사전』(계몽사, 1989)이 탄생할 수 있는 기본 설계도나 다름이 없었다.[66] 『아동문학개론』은 『한국현대아동문학사』, 『세계아동문학사전』와 더불어 그의 3대 저작으로 평가받고 있는데, 시기적으로는 초고판과 개고판 사이에 15년의 간극이 있고, 이 사이에 『한국현대아동문학사』(1978, 일지사)가 발간되었다. 『한국현대아동문학사』는 이재철의

64 김요섭, 「아동문학개론」, 《한국일보》, 1967.11.7.; 박경용, 「본격평론, '한국아동문학사'」, 『교육평론』 1971년 1월호.; 정상묵, 「아동문학개론」, 『새교실』 1967 12월호.

65 『아동문학개론』(초고판)은 크게 아동문학 본질, 아동문학사, 작가론, 세계아동문학 개관으로 나누어져 있다.

66 2009년 『창비어린이』와의 인터뷰에서 이재철은 『아동문학개론』 초고판에 대한 각별한 애정을 드러내기도 했다. "그거 한 권 가지고 다 만든 거야. 거기는 약간의 소형 사전도 붙어 있고 용어 사전도 붙어 있고 여러 가지가 붙어 있어." 「원로 아동문학가에게 듣는다」, 『창비어린이』, 2009년 봄호, 146쪽.

박사논문을 정리한 방대한 저술로, 초고판에 있는 제2편 '한국아동문학사'와 제3편 '작가론'을 심화 발전시킨 것이라 볼 수 있다. 대개 이재철의 『아동문학개론』을 지칭할 때 정본(正本)으로 인식되고 있는 개고판 역시도 제3편 '작가론'을 제외하고는 초고판을 기본 토대로 삼고 있다.

이재철의 『아동문학개론』(1967) 초고판 표지

『아동문학개론』(초고판·개고판)은 이후 다른 아동문학 연구자들의 이론서 발간에도 상당한 영향을 미친다. 1970~80년대에 출간된 석용원의 『아동문학원론』(1974), 박화목의 『아동문학개론』(1989), 유창근의 『현대아동문학론』(1989) 등은 모두가 『아동문학개론』의 서술 방식 안에 자리하고 있다. 지금도 여전히 이재철의 『아동문학개론』은 아동문학 연구자들에게 필독서 중 하나로 그 권세를 유지하고 있다.

그렇다면 아동문학에 대한 정의는 얼마나 적실하게 다뤄졌을까? 이재철은 아동문학을 정의하는 과정에서 일본의 아동문학론, 이원수의 「아동문학입문」, 인지심리발달론 등을 활용하고 있는데, 초고판임을 감안한다면 대체로 긍정적으로 평가할 만하다. 아동문학의 사전적 의미를 정의한 대목을 보면, 일본의 아동문학론을 그대로 받아 쓴 한계가 드러나지만, 아동문학을 학문적 층위에서 풀어냈다는 점에서는 상징적 의미를 지닌다.

아동문학이란 작가가 아동이나 동심을 가진 아동적 성인에게 읽힐 것을 목적으로 창작한 특수문학으로서, 동요·동시·동화·아동소설·아동극 등의 장르를 총칭(總稱)한 명칭이다. (…) 아동문학은 그 주체를 〈아동〉과 〈동심〉에 두는 특수한 조건을 충족시켜야 되는 특수한 문학임으로 해서 특수문학이라 할 것이다.

독자의 대상을 아동은 물론 성인까지 확대하고 있고, 작가와 독자와의 관계성, 소재와 기능의 특수성을 인식하고 특수문학으로 정의한 것은 지금까지도 별다른 이견이 없는 적확한 관점이다. 이 과정에서 "아동이 지은 작품도 아동문학으로 포함시켜야 한다"거나 "아동문학의 소재는 미성인간과 비인간이다"라고 주장한 김동리를 언급하며, "아동문학은 어른이 어린이에게 읽히는 것을 강하게 의식하고 창조한 문학"이며, 그 소재 역시 '동심의 세계'에서 찾아야 한다고 반론을 펼친 대목은 문학의 범주 안에서 특수성을 도모하려는 저자의 의지를 엿볼 수 있는 부분이다.[67]

또한 당시로서는 선진적인 학문이었던 '인지발달론'을 이론적 토대로 삼았다는 점도 높이 평가할 만하다. 인지발달론은 성장의 서사를 다루는 아동문학에서 독자의 지적, 정서적 발달 수준을 가늠할 수 있는 준거를 제공한다. 물론 최근에는 개별적 주체를 단순화시키는 누를 범하고 있다는 비판도 적지 않지만, 어린이를 세분화된 주체로 바라보려는 시도만큼은 높이 평가해야 할 부분이다.

아동문학의 형식적 특질도 비교적 명쾌하게 제시돼 있다. 이재철이 형식적 특질로 언급한 원시성, 단순명쾌성, 비안이성, 예술성은 이원수가 1965년 「아동문학입문」에서 정리해 놓은 아동문학의 특징과도 궤를 같이 한다.[68] 이원수가 문장으로 풀어서 설명했다면 이재철은 함축적인 용어로 축약하였는데, 이 부분에서만큼은 두 사람의 인식 차이가 거의 없었던 것으로 보인다.

---

67 이재철, 『아동문학개론』 초고판, 문운당, 1967, 10~13쪽.
68 이원수, 「아동문학입문」, 『아동문학입문』, 소년한길, 2001, 11~13쪽.

그러나 순수주의라는 측면에서 보면 이재철의 아동문학 '정의 내리기'는 새로운 국면으로 전환된다. 이재철의 정의는 김동리, 조지훈, 강소천 등이 앞서 『아동문학』 특집에서 주장했던 그것과 거의 동일한 범주에 놓여 있다. 실제로 〈아동문학 본질〉 꼭지에서 아동문학의 기능이나 내용 쪽으로 들어오면 순수주의에 경도된 측면이 농후하게 드러난다. 다음은 아동문학의 기능을 설명한 부분이다.

> 그러기에 美의 추구도 아동문학이 특수문학인 만큼 성인문학과는 달리 표현되어야 한다. 아동문학이 내용과 형식에 걸쳐 단계성과 교육성을 바탕으로 하여 **현실주의적인 것보다는 이상주의적인 것을 사실주의적인 것보다는 로만주의적인 것을 추구**하는 소이(所以)도 기실은 이러한 계몽정신 교육적 사명감에서 필연적으로 요구되는 특수한 조건이다. (강조-인용자)[69]

'현실보다는 이상', '사실보다는 로만'이라는 명제는 『아동문학』 편집위원들이 1~5집에서 내렸던 아동문학의 정의와 매우 유사하다. 특히 김동리가 1집 「아동문학이란 무엇인가?」에서 '아동의 향상을 돕기 위해서는 현실, 사실보다는 이상성에 주제적 특질을 맞추어야 한다고 주장'한 것과 거의 일치한다. 이는 마치 김동리가 언급한 '미성인간'의 부적절함을 언급하면서도 다른 모든 부분에서는 "전반적으로 내 의견과 같아서 반가웠다"고 했던 강소천의 입장과도 크게 다를 바가 없어 보인다. 결국 이재철이 제시한 아동문학의 사명은 "아동의 꿈과 동경과 원시에로 뻗어가는 영원성을 다치지 않고 곱게 정성스럽게 키워주는 데"[70] 있으며, 이러한 견해는 개고판에서도 고스란히 이어진다.

또한 현실보다는 이상이 강조돼야 한다는 입장은 '로만주의 문학'이

---

69 이재철, 앞의 책, 17쪽.
70 이재철, 앞의 책, 18쪽.

라는 내용적 조건을 통해 선명하게 제시된다. 그는 로만주의 문학으로서의 아동문학을 이상성(理想性)과 몽환성(夢幻性)으로 설명하고 있는데, 다음은 이상성에 대해 설명한 부분이다.

> 아동에게 주어질 아동문학은 일반문학의 경우처럼 리얼리즘 정신에서 있는 그대로를 보이거나, 휴머니즘 정신을 양양하기 위한 것이라고 할지라도 극단적인 인간성의 양면과 동물적이며 본능적인 면만을 지나치게 강조할 수는 없다. 만일 꿈꾸는 시기에 처해 있으며, 미적 정서의 가능성이 가장 풍부한 아동에게 사회의 인간의 추악함과 잔혹함을 있는 그대로 보인다면 판단력이 부족한 어린이들에게 어떤 영향을 줄 것인가? 생각만 해도 소름끼치는 일이다. 그러므로 아동문학은 있는 그대로가 아닌, 있어야 할 세계를 보다 강하게 요구하게 되고, 따라서 사실적이며 현실적인 소재를 취재한다 할지라도 추악함과 위선보다는 미와 진실을 더 많이 묘사해야 되는 것이다. 그럼으로써 아동문학은 비현실적이며 비사회적인 원시성의 내포가 불가역하며, 현실적이기보다는 이상성이 보다 많이 담겨진다. (강조-인용자)[71]

어린이를 1차 독자로 한 문학에서 추악한 현실을 고스란히 담아내는 것은 주제의식뿐 아니라 아동문학의 미학적 가치도 훼손시킬 수 있는 문제가 있다. 그러나 3장에서 이미 살펴본 바와 같이 이러한 논리, 그 이면에는 리얼리즘에 대한 경계심과 순수주의에 대한 우월 의식이 뿌리 깊게 배어 있다. 이재철이 형식적 특질로서 예술성을 강조했듯 현실의 문제는 외면해야 할 소재가 아닌, 예술적 인식과 표현을 통해 구현해야 할 핵심적 질료인 것이다. 그러나 이재철은 현실과 이상의 공존에 대한 고민보다는 '현실적인 것보다는 이상성'이라는 인식이 더욱 확고하게자

---

71 위의 책, 23~24쪽.

리잡은 듯하다. 이는 아동문학의 이상성이라는 동일한 테마를 두고 '현실 생활을 정시'하고 '현실 사회에 참여하고 있는 모습을 그리는 가운데서 생겨나는 것'이라고 주장했던 이원수의 견해와는 사뭇 대조적인 정의 방식이다.[72] 한마디로 아동문학의 특질을 '이상성'으로 제시한 것 자체는 동일하나, 그 안에 내포된 의미가 상이한 것이다.

아동문학의 이상성은 자연스럽게 몽환성의 성질로 이어지는데 이러한 흐름은 김동리가 아동문학의 특질로 이상성과 낭만성을 꼽았던 정의 방식과 매우 유사하다. 실제로 '아동문학의 본질'에서는 『아동문학』 편집위원들이 창간호 특집에서 제시했던 내용이 자주 인용되고 있다. 겉으로 드러나기는 김동리보다 조지훈이나 최태호의 견해를 지지하는 듯 보인다. 그러나 창간호 특집 주제였던 〈아동문학이란 무엇인가?〉의 기조 발제자가 김동리였고, 다른 편집위원들은 그가 주장한 '이상성'과 '낭만성'이라는 명제를 중심으로 논의를 진행했던 것을 상기할 필요가 있겠다. 기표 자체는 전혀 문제될 것이 없으나 그 안을 채우고 있는 의미가 기본적으로 리얼리즘에 대한 배타의식을 토대로 하고 있음을 지적하지 않을 수 없다. 그리고 문제는 이러한 정의 방식이 교훈주의나 동심천사주의에 대한 긍정적 평가 기준으로 전유, 확산돼 왔다는 데 있다.

역사 인식에서도 냉전적 사고와 보수 민족주의 시각이 선명하다. 이재철은 역사적 인식이나 문학사적 시대구분에 있어, 조연현의 문학사관에 상당한 영향을 받았다는 의구심을 받아 왔다. 제2편 '한국아동문학사'에서 가장 많이 언급되고 있는 인용문이 조연현과 백철인데, 그 중에서도 조연현의 『한국현대문학사』(1957)는 이재철의 문학사관 형성에 상당한 영향을 끼친 것으로 보인다. 주지하듯 1950~60년대는 순수문학의 역사화가 본격적으로 이루어진 때였고, 조연현의 『한국현대문학사』는

72 『아동문학』 5집 참조.

순수문학론을 뿌리내리고자 했던 이들의 욕망과 시대적 부름이 공조한 결과물이었다. 물론 아동문학사 자체가 전인미답인 상황이었음을 고려한다면, 당대 최고의 문학사가(文學史家)인 조연현의 관점을 공유하는 전략이 이재철로서는 가장 현실적인 대안이었을 것으로 보인다. 그러나 이러한 문학사관이나 작품을 해석하는 관점이 1970년대와 1980년대를 지나면서 더욱 고착화되었고, 이 과정에서 동심주의와 교훈주의가 아동문학의 지배적 가치로 자리잡게 됐다는 데, 문제의 핵심이 있다.

2) 이재철 문학사관의 기저와 변모 양상

문학사 연구의 핵심은 저자의 문학사관을 파악하는 일이다. 문학사관은 말 그대로 문학을 바라보는 사적(史的) 관점을 의미한다. 특정 시대의 문학을 평가하는 시각이 저자에 따라 다른 이유도 결국은 문학 자체보다는 역사적 관점의 차이에서 비롯된다 할 수 있다. 그리고 역사적 신념이나 태도는 당대의 시대정신과 긴밀하게 연관돼 있고, 자신이 문학사에서 어떤 위치에 놓여 있는지도 큰 영향을 끼치게 된다. 과학적 엄밀성을 주장했던 임화나 주관적 독선을 배제하겠다는 조연현은 모두가 객관성을 표나게 내세웠지만 실제로는 판이하게 다른 지형도가 그려진 이유도 이 때문이다.[73] 임화가 경향문학의 독립성과 진취성을 강조하고 비경향 문인들을 소략하게 다루었다면 조연현은 좌익문단에서 배제했던 문학적 사건과 작가들을 역사화하는 데 주력하였다.

문학사를 평가함에 있어 사실에 대한 기록뿐 아니라 그 안에 담겨 있는 가치평가를 배제할 수는 없다. 사실의 선택과 서술이 이미 가치평가를 내포하고 있을 뿐만 아니라, 문학사 서술은 문학의 가치평가를 적극

---

73 조연현, 『한국현대문학사』, 인간사, 1961, 4쪽.; 임화문학예술전집찬위원회, 「조선신문학사론서설」, 『문학사』, 소명, 2010, 374쪽.

적인 임무로 삼기 때문이다. 백과사전적 가치로 따진다면 『아동문학개론』은 높은 평가를 받아야 마땅하지만, 그 안에 담긴 가치평가나 문학사 서술의 방법론 등은 비판적인 접근이 불가피하다. 이 글이 『아동문학개론』에 대해 비판적 입장에 선 이유도 실증적 사료, 그 이면에 존재하는 이재철의 가치평가를 재고하기 위함에 있다.

(1) 『아동문학개론』 초고판: 근대 인식의 생득적 한계

모든 역사 서술은 시대구분 문제에 부딪히기 마련이다. 시대구분이 없이는 서술의 순서를 정할 수 없고, 역사의 전개를 설명하기 어렵기 때문이다. 문학사를 연구하고 이해하는 입장에서도 문학사의 시대구분은 각별한 주목을 요한다. 시대구분은 서술의 편의를 위해서 필요한 것만이 아니고, 문학사의 실상을 분명하게 요약해서 나타낸 것이기 때문이다.[74] 뿐만 아니라 시대구분은 문학사가의 사관(史觀)을 가늠할 수 있는 중요한 잣대이기도 하다. 지난 반세기 동안 국문학의 유수한 연구자들이 시대구분과 근대의 기원을 두고 수다한 논박을 벌여온 까닭도 이 때문이다. 임화의 『신문학사』(1939~1941)를 시작으로 백철의 『조선신문학조사』(1949), 조연현의 『한국현대문학사』(1957), 이병기 · 백철의 『국문학전사』(1957), 김윤식 · 김현의 『한국문학사』(1973), 조동일의 『한국문학통사』(1986), 권영민의 『한국현대문학사』(1993)를 거쳐 21세기가 들어서도 여전히 현재진행형인 논제로 남아 있다.

이에 비하면 아동문학사에서 시대구분의 문제는 본격적인 논의조차 이루어지지 못한 실정이다. 최근 정전 문제가 한창 논의 중에 있지만, 문학 인식의 방법론이라 할 수 있는 시대구분의 문제는 여전히 핵심 논제

74 조동일, 『문학연구방법』, 지식산업사, 1990, 239~240쪽.

의 중심에서 벗어나 있다.

아동문학사의 시대구분의 방식이 처음으로 제기된 것은 1965년 이재철의 「한국아동문학사의 시대구분 시고(試攷)」가 대구교대 논문집에 실리면서 부터이다.[75] 성인문학에서 시를 전공했던 그가 아동문학에 입문한 지 불과 2년여 만에 내놓은 글이라는 점은 높이 평가할 만하지만, 문학사의 설계도를 제시하기에는 연구자로서의 연륜이 지나치게 짧았던 게 사실이다. 당시 이재철의 입장에서는 성인문학을 대표하는 문학사가들의 역사적 관점이나 연구 방법론을 참고하지 않을 수 없는 상황이었을 것이다.

1960년대 중반을 기준으로 대표적인 문학사가로는 임화와 백철, 조연현을 꼽을 수 있는데, 임화는 6·25전쟁 이후 외부적으로는 이미 영향력을 상실한 상태였고, 임화, 백철과 조연현이 서로를 견제하는 가운데 문학사의 정론 확립을 두고 논박을 벌이는 형국이었다. 그런데 임화, 백철, 조연현은 서로 뚜렷한 차별성을 가진 만큼 아이러니하게도 뚜렷한 동질성을 공유하고 있었다. 좌우익을 대표하는 논객이지만 이들 모두 '문화이식론'이라는 근대 인식을 수용 계승하는 입장에 있었기 때문이다.[76] 비록 정치적으로는 다른 편향 위에 있었지만 '근대화=서구화'라는 프레임에서는 동일한 근대관을 공유하였고, 실제로 국문학사의 시대구분에서도 큰 차이를 보이지 않았다. 1960년대까지 서구 문화의 유입과 근대 문학의 탄생을 연결짓는 방식은 가장 보편화된 인식론이었을 뿐 아니라, 여기에 대한 문제 제기는 1970년대 들어, 김윤식과 김현에 이르러 비로소 가능해졌다. 따라서 이재철이 근대사의 기점을 1894년 갑오개혁으로 잡고, 육당 최남선과 『소년』을 문학 태동의 시발점으로 본 것은 어느 누

75 이재철, 「한국아동문학사의 시대구분 시고(試攷)」, 『대구교육대논문집』 1집, 1965.

76 김윤식에 따르면 임화는 무의식적으로 근대화=서구화를 전제로 개화기 이후, 서유럽 장르가 유입된 이후를 근대문학으로 인식했고, 이러한 임화의 견해는 백철에 의해 더욱 극단화됐으며, 이러한 태도는 조연현에게도 그대로 답습되고 있었다. 김윤식·김현, 앞의 책, 32~33쪽.

구의 영향이라기보다는 당시 문학사가들의 공통된 인식을 계승한 결과라고 봐야 할 것이다.

아동문학사의 지형도를 처음으로 그려야 하는 상황에서 당대 최고의 문학가들의 이론에 기댈 수밖에 없는 현실은 충분히 이해할 만하다.[77] 다음은 이재철이 1965년 대구교대 논문집에 발표했던 「한국아동문학사의 시대구분 시고(試攷)」 중 일부분인데, 『아동문학개론』 초고판에도 그대로 실려 있다.

> 문학사의 방법으로서는 실증주의적 방법과 사적유물론(史的唯物論)에 의한 방법이 두드러진 방법론이나 여기서는 이 두 방법을 지양한 외부적 조건과 작품 형식상의 조건(내부적인 생명적인 것)을 응용한 서술방식을 지향하고 사회경제적 현상을 감안한 역사의 파동인 정치적 변동기를 중심으로 시대구분할까 한다.[78]

이재철은 문학사의 서술 방법론을 두고 '실증주의적 방법론'과 '사적유물론'을 지양하고, '작품 형식상의 조건'과 '외부적 조건'을 지향하겠다는 뜻을 분명하게 밝히고 있다. 문학사 기술의 방법론 치고는 지나치게 소략할 뿐 아니라 추상적인 진술이 아닐 수 없다. 문맥상으로 보면 실증주의라는 일종의 과학철학과 마르크스주의의 유물사관으로 대변되는 사적유물론과는 확실하게 거리를 두고, 그 대신 정치적 변동(외부적 조건)에 따라 문학의 제장르(내부적인)가 어떤 운동성을 가지고 변모했는지를 밝혀나가겠다는 의지로 해석할 수 있다. '실증주의와 사적유물론을

---

77 『아동문학개론』의 인용 각주를 보면 백철, 이희승, 조연현, 조지훈의 이론을 적극적으로 참조하고 있음을 알 수 있다. 조연현, 『한국신문학사방법론서설』, 문학춘추, 1965; 조연현, 『한국현대문학사』, 현대문학사, 1956.; 조연현, 「한국해방문단십년사」, 『문학과 예술』, 1954.; 백철 · 이희승, 『국문학전사』, 신구문화사, 1957.; 백철, 『조선신문학사조사』(현대편), 백양당, 1949.; 조지훈, 「시문학사의 방법문제」, 『한국현대시문학사』, 문학춘추, 1964.

78 이재철, 「한국아동문학사의 시대구분 시고」, 10~13쪽.

지양'은 각주에서 드러나듯, 백철이 쓴 「국문학사의 시대구분」에서 인용했다. 반면 '외부적 조건과 작품 형식상의 조건을 응용한 서술 방식'은 각주를 따로 달지는 않았으나 조연현의 연구 방법론을 따른 듯하다. 조연현은 '정치적 사회적 변천과정에 기초를 두는 방법'을 외부적 조건에 의거한 방법으로, '문학 자체의 변천과정에 기초를 두는 방법'을 내부적 조건에 의거한 방법으로 재규정하고, 이 두 방법에 따라 시대를 구분하였기 때문이다.[79] 하지만 이 방법론 역시 일제침략기로 거슬러 올라가면 임화의 그것과 크게 다르지 않다는 점에서 위에서 이재철이 언급한 문학사의 서술방식은 당시 가장 보편적인 인식론에 기반한 것으로 봐야 할 것이다.

이렇듯 『아동문학개론』 초고판을 평가함에 있어 성인문학에 기댈 수밖에 없는 척박한 상황은 충분히 감안해야 할 부분이다. 그것도 1963년 대구교대 교수가 되면서 느닷없이 아동문학을 시작하게 된 상황에서 불과 몇 해 만에 아동문학 개론서가 나왔다는 사실도 고려하지 않을 수 없다.[80]

하지만 이러한 변(辨)이 초고판에 한정된다는 사실 또한 분명히 해 둘 필요가 있다. 앞에서도 밝힌 바와 같이 『한국현대아동문학사』와 『아동문학개론』 개고판은 초고판으로부터 십 년도 지난 시점에 출간되었고, 이 과정에서 수정·갱신할 수 있는 시간적 여유는 충분했던 것이다. 그러나 이후에도 그의 논조는 여기에서 크게 벗어나지 않았다는 데 문제의 핵심이 있는 것이다.

79 '외부적 조건'과 '내부적 조건'이란 추상적인 언술은 조연현이 자신의 문학사 발전단계를 설명하면서 사용한 용어이다. 김명인, 앞의 글, 176쪽 참조.

80 경북대학교에서 현대문학을 가르치던 이재철은 대구교육대학이 창립과 더불어 파견을 나갔다가, 1년 만에 본교와 분리되면서 갑작스럽게 교대 교수가 된다. 「원로 아동문학가에게 듣는다」, 앞의 책, 145쪽.

(2)『아동문학개론』 개고판: 타율적 근대 의식의 전유

초고판에서 백철, 이희승, 조연현 등의 글이 두루 인용된 것과는 달리, 개고판에서는 이들에 대한 인용문이나 각주가 대폭 줄어든다. 다만 예외적으로 조연현에 대한 인용은 그대로 남아 있거나 추기된 양상을 보인다. 그렇다면 초고판과 개고판 사이에 이재철의 역사 인식은 어떤 변화가 있었던 것일까? 결론부터 말하자면 대동소이(大同小異)하지만 그 작은 차이가 지니는 비중이 상당하다고 봐야 할 것이다. 초고판의 경우에도 역사적 인식의 핵심은 조연현과 궤를 같이 했기 때문이다. 그 대표적인 예가 '타율적 역사의식'에 가까운 조연현의 근대인식을 계승한 것인데, 그의 가장 큰 한계는 제국주의에 의한 타율적 근대화의 불가피성을 절대화하여 이를 숙명적으로 받아들이는 결과에 이름으로써, 우리의 근대를 후진적이고 미성숙한 시대로 규정하는 것이었다.[81]

현대한국의 풍속도는 이를테면 한국의 근대적인 후진성과 그 기형성의 사회적인 현상임을 짐작할 수 있다. 이와 같이 한국현대사의 그 모든 특수성은 한국의 근대문학 및 현대문학에도 그대로 반영될 수밖에는 없었다.[82]

그는 한국문학의 생성 조건을 후진성, 미숙성, 혼잡성, 암흑성, 기독교적 영향으로 풀이한다. 물론 우리의 근대가 서구보다 늦어진 결과 미성숙함을 보이고 있다는 견해는 일견 정당해 보지만, 서구적 근대라는 기준에서 우리의 근대를 후진적인 것으로 규정하는 방식은 조선사회 내부에서 전개되어 온 자생적인 근

81 김명민은 "임화와 조연현 모두 근대를 1894년 농민전쟁과 갑오개혁으로 설정했지만 조연현의 경우, 문면상에 나타난 '근대적 각성'만이 근대 시발의 조건일 뿐, 그 각성의 과정은 일본제국주의에 의한 예속의 과정"이었다고 주장한다. 정치적 좌표가 가장 다른 지점에 있던 임화와 조연현을 비교했을 때, 임화가 '이식과 창조의 변증법'에 해당한다면 조연현은 '타율적 역사의식'에 가깝다는 것이다. 김명인, 앞의 논문, 169~172쪽.

82 조연현, 「한국현대사의 특수성과 한국현대문학의 현실적 조건」, 앞의 책, 31쪽.

대적 요소들에 대한 고려가 전혀 들어있지 않다는 점에서 비판을 면하기 어렵다.[83]

그런데 문제는 『아동문학개론』(초고판) 제2편 '한국아동문학사'에서 조연현의 이러한 근대인식을 인용하고 있는 데다, 11년 후에 나온 『한국현대아동문학사』는 물론 15년 후 나온 개고판에서도 수정되지 않은 채 고스란히 반복되고 있다는 사실이다.

> 이와 같이 근대적 문학은 근대적 정치·사회·문화의 제운동과 밀접한 연관성을 가지면서 신흥 발아한 것이니, 아동문학 또한 이러한 시대적인 기운에 의하여 태동한 것이다. 곧 근대적 한국문학이 **〈한국근대사의 부자연성·후진성·기형성에 의한 근대적인 것과 현대적인 것과의 혼성〉, 〈한국현대문학사의 정치적 암흑성, 기독교의 영향〉**[84]이란 특수성에 의해 현실적 조건이 운명적으로 연관지어지고 규정된 것처럼, 근대적인 한국아동문학도 이러한 조건하에서 생성된 것이다. 단적으로 말해서 근대사적 과정을 배경으로 해서 근대적 한국아동문학은 태동한 것이다. (강조-인용자)[85]

위의 글에서 강조한 부분은 조연현의 저서에서 인용하였는데, 사실 위의 내용 전체를 조연현의 저서에서 인용했다고 해도 과언이 아니다. '한국의 근대사가 부자연성, 후진성, 기형성에 놓여 있듯 한국문학도 이러한 조건하에 있었다'는 진술이 '한국아동문학'으로 바뀐 정도이기 때문이다.

이러한 근대 인식은 단순히 그 자체로 머무르지 않고, 문학사의 시대

---

83 김윤식, 앞의 책 참조.
84 조연현, 앞의 책, 19~32쪽. (이재철, 앞의 책, 36쪽에서 재인용함.)
85 이재철, 위의 글, 36쪽.

구분이나 문학사관의 기저를 이룬다는 데 문제가 있다. 조연현의 경우 문학사의 시대구분에서 일제침략기 전체의 문학을 왜소화시키는 것은 물론, 순수문학 중심으로 지형도를 구성하는 결과로 이어졌다. 그에 따르면 근대문학은 태동기(갑오개혁~일본강제통합), 발아기(일본강제통합~3·1운동), 발전기(3·1운동~만일사변), 성숙기(만일사변~8·15)를 거쳐 해방 이후 현대문학이 발전하기 시작하며, 1960년부터 비로소 본격문학의 시대가 열리게 된다. 여기에서 근대문학 시기에 해당하는 일제침략기는 현대문학이 탄생하기 위한 미성숙의 시기나 다름이 없다. 민족의 암흑기를 문학에 그대로 접목시킨 것은 조연현 문학사의 큰 흠결로 남아 있다. 그나마도 일제침략기에서 가장 후한 평가를 내린 시기가 이른바 '순수문학의 시대'라고 명명한 1930년대였는데, 이미 많은 연구자들에 의해 밝혀졌듯, 1930년대는 리얼리즘의 심화와 모더니즘의 대두의 시기라고 해야 정당할 것이다. 조연현은 그 다양한 시도들이 모색되던 시기를 〈시문학파〉와 〈구인회〉가 중심이 된 '순수문학의 시대'로 뭉뚱그림으로써, 해방 이후 본격적인 문학 시대에 대한 근거와 명분을 이 시기에서 확보하려 했던 것이다.

『아동문학개론』 개고판 표지(서문당, 1983).

그렇다면 이재철의 경우는 어떠할까. 이를 알아보기 위해서는 초고판과 개고판의 아동문학사 시대구분법과 『한국현대문학사』를 비교해 볼 필요가 있겠다.

〔표 6〕『아동문학개론』과 『한국현대문학사』 시대구분법

『아동문학개론』 초고	『아동문학개론』 개고	『한국현대문학사』
1. 태동기(1908~1925) 2. 부흥기(1925~1940) 3. 수난기(1940~1945) 4. 혼미기(1945~1950) 5. 팽창기(1950~현재)	Ⅰ. 아동문화운동시대 (1908~1945) 1. 태동초창기 (1908~1923) 2. 부흥성장기 (1923~1940) 3. 암흑수난기 (1940~1945) Ⅱ. 아동문학운동시대 (1945~) 1. 광복혼미기 (1945~1950) 2. 통속팽창기 (1950~1960) 3. 정리형성기 (1960~)	1. 태동기: 창가와 신소설 시대(갑오개혁~일본강제통합) 2. 발아기: 신체시와 초기 이광수 소설(~3·1운동) 3. 발전기: 문예사조 혼류시대(3·1운동~ 만일사변) 4. 성숙기: 순수문학 주류시대/현대적 성격의 문학 대두(만일사변~8·15까지) 5. 재출발기: 현대문학 발전기(8·15 이후)

먼저 『아동문학개론』 초고판의 목차를 『한국현대문학사』와 비교해 보자. 태동기의 경우 『아동문학개론』은 창가와 신소설 시대를 생략하고 1908년 『소년』의 창간을 태동기로 규정함으로써 아동문학의 특수성을 반영하고 있고, 문학사 발전 단계도 똑같은 다섯 단계이지만 시기별 구획이 다르게 설정돼 있다는 점에서는 차별성을 드러낸다.

그러나 전체적으로 시대구분의 지향점이 어디를 향해 있는지를 추적해 본다면, 이재철의 문학사가 조연현의 그것과 교통하는 지점을 발견하기란 그리 어렵지 않다. 이는 역사를 보는 관점, 즉 사관의 계승을 의미하는데 구체적으로는 다음과 같다.

첫째, 이재철과 조연현이 각각 '문학의 부흥기'와 '발전기'로 규정한 시기를 주목할 필요가 있다. 『어린이』가 창간된 1920년대 중반부터 1940년대까지를 아동문학의 부흥기로 명명하고, 준현대적인 문학운동이요, 근대적 문단의 형성 시기였다고 설명하고 있다. 『어린이』 창간을 아동문학 부흥의 시발점으로 본 것은 지금의 관점으로도 매우 적확한

선택이다. 개고판에서 부흥기의 시기를 『어린이』 창간 시기에 맞춰 1923년으로 수정한 것도 이러한 의도를 충분히 읽을 수 있는 대목이다. 그러나 이재철은 방정환과 『어린이』를 높게 평가한 반면 프로문학은 폄하하면서 시종 순수문학의 성장 궤도에 집중하는 태도를 견지한다. 1920년대 중반부터 1940년까지를 부흥기로 잡고 있지만 실상은 『어린이』의 출현과 1930년대 초중반 이후, 그러니까 프로문학의 영향력이 상실된 시점에 주목하고 있는 것이다. 이러한 경향은 초고판에서는 크게 두드러지지 않다가 1978년 『한국현대아동문학사』와 1983년 개고판에 이르러 한층 선명해진다. 이에 관한 구체적인 논의는 다음 장에서 이어가기로 하겠다.

둘째로 근대를 역사적 암흑기이자 문학적으로도 미성숙한 시대로 규정하면서 1960년대부터 본격문학 즉, 진정한 문학이 등장하기 시작했다는 관점이다. 이러한 정황은 초고판에서도 여실히 드러난다. 그는 제2장 아동문학사를 마무리하는 부분에서, "비록 갑오경장 이후에 민족적 선각자에 의해 아동문화운동이 씩씩하게 싹트기는 했으나, 36년간을 외세에 눌려 파행적인 성장을 요구당했으며, 해방 직후의 혼란상과 6·25동난의 비극 등은 겨우 1950년대에 이르러서야 비로소 정상적인 아동문학운동의 개화를 가능하게 한 것이다."라며 일제침략기 문학을 평가 절하한다. 그는 이어 "진정한 의미의 아동문학사는 불과 (해방 이후) 20년의 연륜을 가진 초창기에 놓였다"며, 해방 이전의 역사를 문학사 주변부로 밀어내는 듯한 태도를 보이기도 한다.[86]

이러한 관점은 『아동문학개론』 개고판에 이르러 해방 전후를 '아동문화운동시대'와 '아동문학운동시대'로 구분함으로써 한층 뚜렷해진다.[87]

---

86 이재철, 앞의 책, 81쪽.

87 이재철의 시대구분법에 대해서는 이미 1994년 원종찬이 문제 제기를 한 바가 있다. 그는 이 글에서 '문화'는 '문학'을 포괄하는 개념인데도 불구하고 '문화운동'과 '문학운동'을 동렬대칭인

특히 1950년대를 본격문학 생성을 위한 기반 조성의 시기로 규정함으로써 1960년대가 본격문학의 시발점임을 분명히 하고 있다. 이는 조연현이 1955년 『현대문학』을 창간하면서 근대문학을 청산하고 비로소 본격문학 즉, 현대문학이 출발할 수 있는 기반을 조성했고, 1960년대 이르러 정상 궤도에 올랐다는 논조와 궤를 같이 하는 것이다. 이재철은 개고판에서 1950년대의 아동문학사적 의의를 '①본격문학 생성의 기반 조성, ②본격문학의 현실화, ③문화운동의 명맥과 문화단체의 등장, ④통속팽창기의 결산'으로 요약했는데, 초고판과 비교하면 상업주의와 통속성에 대한 비판은 줄어든 대신 '본격문학'의 준비기로서의 의미가 한층 강화된 것을 알 수 있다. 1960년대는 본격문학운동을 중심으로 논의를 진행한 것은 물론, "60년대에 비로소 본격 아동문학 운동의 생성을 볼 수 있다."고 결언(結言)을 맺고 있다.

해방 전후를 '문화'와 '문학'이라는 인식을 토대로 접근하고 있다는 점에서는 초고판과 개고판이 동일하다. 다만 초고판의 경우 '문학운동'을 강조하되 '본격문학'이라는 용어는 거의 등장하지 않는 반면,[88] 개고판은 해방 이후의 문학사가 1960년대 본격문학에 도달하기 위한 도정으로 그려진다. 여기에는 아동문학을 본격문학으로 인정받게 하고 싶었다는 저자의 열망도 무시할 수는 없겠으나, 문학사관을 형성하는 기본 요소 즉, 근대 인식이나 시대를 구분하는 방식, 문학사의 서술 방법 등에서는 조연현의 영향이 상당했다는 점은 부인하기 어렵다.

개념인 양 쓰고 있다며, 이러한 시대구분론에는 이른바 '순수문학관'이 작용하고 있다고 지적했다. 이에 대한 자세한 논의는 원종찬, 「한국 현대아동문학사의 쟁점—『한국현대아동문학사』 다시 보기」, 『아동문학과 비평정신』, 141~143쪽을 참고하기 바람.

88 4·19 이후의 아동문학을 개관하고 60년대 당시를 마무리하는 대목에서 한 차례 언급된 정도가 고작이다. 이재철, 앞의 책, 76쪽.

(3) 순수문학 중심의 문학사 서술 양상: 초고판·『한국현대아동문학사』·개고판 비교하기

이재철은 작고하기 두 해 전인 지난 2009년, 한 문예지와의 인터뷰에서 『아동문학개론』 초고판을 쓸 당시 공안의 검열을 받아야 했던 고충을 토로한 바가 있다.[89] 물론 정치적 제약에 따른 저술의 한계는 고려해야 할 사항이지만, 이 역시도 공안의 검열을 벗어나 스스로 발언할 수 있는 시기가 충분했다는 사실을 지적하지 않을 수 없다. 오히려 이재철의 보수 우익적 입장은 초고판 이후 1970~80년대를 거치면서 한층 강화되는 양상을 보인다. 물론 여기에는 앞에서 언급했던 문단 내 이재철의 입장이 급변하는 상황들과 무관하지 않을 것이다.

『아동문학개론』(초고·개고판)과 『한국현대아동문학사』에도 그 증거는 뚜렷하게 남아 있다. 첫째 좌파 문학의 폄하 혹은 소거를 통해 순수문학의 정통성을 확립하려는 의도가 점차 강화되는 양상을 보인다. 조연현은 1930년대 근대적 문단의 형성과 더불어 문학의 부흥이 이뤄졌다고 했지만, 부흥기의 방점은 카프의 출현이 아닌 카프의 극복에서 찾고 있는데,[90] 이러한 인식이 이재철에게도 동일하게 드러난다. 그런데 여기에서 흥미로운 사실은 초고판과 개고판 사이에 상당한 인식의 차이를 보여준다는 점이다.

① 『아동문학개론』 초고판(1967)

성인문학사에서 신경향파문학 대두와 문예춘추시대를 곧 시대적 문학과 현

89 이재철은 작고 직전 인터뷰에서 공안 당국의 검열 문제를 언급한 바 있다.(「원로 아동문학가에게 듣는다」, 앞의 책, 146~148쪽.) 그러나 적어도 1990년대 이후 검열의 문제가 자유로웠던 시절에도 문학사 서술에 대한 갱신이 이루어지지 않았다는 점은 어쩔 수 없는 한계로 남아 있다.
90 이미정, 앞의 논문, 115쪽.

대적 문학의 분수령으로 삼고 있는 것처럼,[91] 매우 중요한 시대적 특징이라 할 것이니, 아동문학사에서도 준현대적 아동문학의 대두를 운위할 수 있을 것이다. 곧 프로문학의 아동문학계 침투는 전대에 대한 반발 내지는 반동을 보인 신경향의 운동으로 20C 현대문학이 갖고 있는 특징처럼 유행과 다양성을 지니고 있으므로, **현대적인 문학운동이란 의미로 해석**될 수도 있을 것이다. (강조-인용자, 이하 포함)[92]

② 『한국현대아동문학사』(1978)

백철 같은 이는 이러한 프로문학의 극성을 「국문학전사」에서 〈20세기적 현대문학의 일파〉라고 규정을 내리기도 하지만, 그러나 아무리 이 프로문학의 세풍이 현대 문학으로 전환하는 필연적인 과정의 소산이라 할지라도 우리는 그것을 자극과 시대적 특성 이상으로 인정할 수는 없는 것이다. (…) 아동문학사적으로는 이같은 프로문학의 극성은 중대한 사건이었다. 왜냐하면 그것으로 해서 1920년대와 1930년대는 어떤 전진을 위한 사적 분수령을 짓는 데 하나의 촉진제가 되었으며, 나아가 순수아동문학은 자체 방어의 필요에 의해서도 작품의 질적인 향상을 기하지 않을 수 없었기 때문이다. 그리고 그것은 급기야 30년대 아동문학운동의 중요한 특성인 근대적 아동문단을 형성하여 문화운동에서 문학성의 발아를 가져왔다.[93]

③ 『아동문학개론』 개고판(1983)

30년대는 전반기에 프로아동문학의 창궐을 가져왔으나 20년대의 아동문화운동 일변도와 습작문단의 성격을 상당히 가시게 하여 근대적 아동문단 확립에 이바지했다. (…) (정리하자면) 1920년대의 소파에 와서 현실적·실천적 아

91 백철, 앞의 책, 330쪽. 이재철, 『아동문학개론』 초고판 재인용.
92 위의 책, 47~48쪽.
93 이재철, 『한국현대아동문학사』, 일지사, 1978, 172쪽.

동관을 구축하는 데는 성공했으나, 식민지적 상황을 이유로 감상적·편애적 아동관을 형성하여 비문학적 문화운동을 지상과제로 내세움으로써 한때 프로문학의 맹공을 받는 틈을 주었다. 그러나 1930년대의 좌·우 격돌 속에서의 문학적 자각과 시야 및 문호의 확대는 준현대적 아동문단의 형성에 크게 이바지했으며……[94]

초고판에서는 프로문학에 대한 신랄한 비판 대신, 오히려 백철의 말을 빌려 신경향파문학 대두를 현대적 문학의 분수령으로 평가하고 있다. 『신소년』과 『별나라』에 대한 평가도 윤석중의 글에서 잠시 인용하는 수준에 그칠 뿐, 자신의 생각을 적극적으로 피력하지는 않는다. 반면 『한국현대아동문학사』와 개고판에 와서는 1930년대와 프로문학을 평가하는 논조가 한층 부정적인 방향으로 선회한다. 그는 개고판에서 프로문학이 현대문학 출현에 큰 영향을 주었다는 백철의 견해부터 재고해야 할 필요성이 있다며 전향된 태도를 보인다. 프로문학이 '준현대적 아동문단 형성에 이바지했다는 진술'은 사라지고, 오히려 '프로문학이 순수문학의 반성적 계기로 작용했다'는 식의 방어적 기재가 그 자리를 대신한다. 프로문학의 맹공은 그 자체로는 문학을 병들게 했지만, 아이러니하게도 순수문학이 한층 더 발전할 수 있는 계기가 되었고, 이것이 아동문단을 준현대적 수준까지 오르게 했다는 것이다.

프로문학과 순수문학의 대립적 구도는 『한국현대아동문학사』에서 한층 뚜렷하게 드러난다. 제3장은 '문학성의 발아'라는 제목으로 1930년대부터 1945년을 설정하고 있지만 논조의 대부분은 프로문학과 순수문학을 대립적인 구도로 몰고 가면서 당시 많은 문학인들이 '국제 공산당의 전략'에 현혹된 것이라는 결론을 맺고 있다. 당시 프로문학이 정치적

94 이재철, 『아동문학개론』, 1983, 65~66쪽.

구호에 경도된 것은 사실이나 마치 프로문학 전체를 우리 문학의 암흑기로 치부하는 것은 아전인수격 해석이 아닐 수 없다. 그럼에도 불구하고 이 시기를 '문학성의 발아'로 명명한 이유는 프로문학의 소멸이 문학성을 싹 틔우는 계기가 됐다는 점을 강조하기 위한 것이었다. 이는 마치 조연현이 1930년대를 순수문학 주류시대로 설정하면서, 프로문학이 소멸된 자리에 〈구인회〉, 〈시문학〉이 들어서면서 비로소 순수문학의 시대가 열렸다는 주장과 그 논조가 매우 흡사하다. 프로문학이 빠져들었던 도식성과 관념성은 물론 비판받아야 할 문제이지만, 극단적인 사례만을 인용함으로써 프로문학을 한낱 관념의 유행병 정도로 치부하는 것은 정당한 평가라 할 수 없을 것이다.[95]

냉전적 사고는 해방기 문단의 상황을 기술하는 장면에서 절정을 이룬다. 프로문학에 대한 평가는 초고판과 그 이후가 조금씩 다르게 변모했지만, 해방기 좌파에 대한 인식은 초고판에서부터 시종 적대적인 감정이 주를 이룬다. 이재철이 혼미기로 명명했던 해방기는 '좌우익의 대립'이라는 제목으로 시작되지만 기실 그 내용만 보면, '좌익의 횡포'라 해도 지나치지 않을 정도이다. 특히 좌익 세력의 횡포를 언급하는 장면에는 조연현의 글을 인용한다는 점도 일관된다.

> **전문단인(全文壇人)의 팔십퍼센트 이상을 괴뢰(傀儡) 「문건(文建)」과 괴뢰(傀儡) 「예맹(藝盟)」에 흡수당한** 「중앙문화협회」와 「생활문화사」를 중심한 작가들의 집단은 아직도 무력하고 고립된 정세(情勢) 하에 놓여 있었다. (…) 그들은 일절의 신문과 잡지를 조정하고 또한 출판사를 조정하였다. 「문필협」(전국문필가협회의 약칭)과 「청문협」(한국청년문학가협회의 약칭)이 관련해 오던 신문과 잡지는 날로 그 수가 줄어들고, 우리들이 하려는 간행물은 **「문연(文聯)」의 지시에**

---

95 원종찬, 「한국 현대아동문학사의 쟁점—『한국현대아동문학사』 다시 보기」, 앞의 책, 146쪽.

의한 테러단과 그들의 지령(指令) 하에 있는 적색괴뢰출판노조원(赤色傀儡出版勞組員)들의 작업방해로 인하여 거의 아무 일도 할 수 없게 되어 갔다. (강조-인용자)[96]

1965년 조연현이 쓴 이 글에서 좌파 문인 세력은 '괴뢰 집단'으로 명명되고 있다. 이는 다시 개고편에 와서 '시녀문학'이라는 다소 순화된 용어로 수정되지만, 해방기 좌파 문인들에 대한 인식은 시종 부정적일 뿐 아니라, 주적(主敵)인 공산주의 세력과 동일시되고 있다는 점에서는 변함이 없다. 오히려 『한국현대아동문학사』에서는 해방기 좌파 단체는 반민족주의 세력으로 규정되기에 이른다. 그나마 해방이전 카프 세력은 "궁극적으로는 민족주의를 바탕"으로 한 것인 반면, 해방 후의 그것은 "국제적 공산주의를 바탕을 한 위장된 민족주의였다는 점에서 크게 다르다."는 것이다. 따라서 이들은 "진정한 민족주의가 아니며" 자유민주주의 원리에 입각한 순수 세력만이 진정한 민족주의임을 강조한다.[97]

이러한 일련의 흐름은 이재철의 문학사관이 시간이 지날수록 더욱 냉전적 사고로 고착화되고 있음을 보여준다. 초고판만 하더라도 백철의 말을 빌려 '프로문학이 현대적 문학적 흐름을 가져오는 원동력이 됐다'는 입장에 서 있었다면, 『한국현대아동문학사』와 개고판에서는 순수문학이 성장하게 된 계기성에 한층 주목하는 양상을 띠게 된 것이다. 또한 '좌파문인=공산당 괴뢰'라는 등식에서 한발 더 나아가 두 개의 민족주의가 양립했지만, 진정한 민족주의는 오직 우파 민족주의였다는 사실을 강조하는 장면은, 자신의 이념적 편향성을 선명하게 드러낸 대목이라 할 수 있다.

---

96 조연현, 「한국해방문학 20년사」, 125~149쪽. 이재철, 『아동문학개론』 초고판, 61쪽 재인용.
97 이재철, 『한국현대아동문학사』(하), 327~328쪽.

3) 지배적 가치로서의 민족주의와 교훈주의의 모순

이재철은 아동문학 연구에서 작가·작품론에 많은 심혈을 기울여 왔다. 『아동문학개론』 초고판에도 제3편을 작가론으로 구성했는데, 여기에는 방정환, 마해송, 윤석중, 이주홍, 이원수, 강소천, 박영종, 김영일, 임인수, 박화목에 대한 작가론이 실려 있다. 개고판에서는 작가론을 제외했는데, 그 대신 『한국현대아동문학사』에서 시대별 주요 작가에 대한 작품론을 실었고, 1983년에는 후학들이 쓴 글들을 모아 『한국아동문학작가작품론』을 내기도 했다.

아동문학에 대한 정의를 확립(원리비평)한 이후에는 작품론(실천비평)을 통해 적극적으로 해석적 개입을 시도하는 것은 성인문학에서도 매우 흔한 일이다. 다만 이재철의 작가 작품론이 워낙에 방대하기 때문에 연구범위를 한정할 필요가 있겠다. 여기에서는 이재철 실천비평의 주요 코드를 민족주의와 교훈주의로 상정하고 초고판과 『한국현대아동문학사』를 중심으로 접근하고자 한다.

(1) 지배적 가치로서의 민족주의와 그 함의

『아동문학개론』(초고판)과 『한국현대아동문학사』에서 가장 호의적인 평가를 내린 작가를 꼽는다면 방정환, 마해송, 윤석중, 이원수라 할 수 있다. 방정환은 최초의 소년운동가로서, 마해송은 동화, 윤석중은 동요, 이원수는 이론 분야에서 각각 선구적 역할을 담당한 공로를 높게 평가하고 있다. 이 중에서도 방정환은 우리 아동문학의 명실상부한 선구자로 우뚝 세워 놓았는데, 실상 가장 높이 평가한 부분은 작가적 역량보다는 일제침략기 소년운동가 활동에서 보여준 민족주의자로서의 면모이다.[98] 즉, 방정환 작가론을 관통하고 있는 주된 이미지는 '어린이를 사랑한 인간 방정환'과 '잡지와 단체를 통해 왕성하게 활동한 아동문화운동가'였던 것이다. 이 모두는 다시 민족주의자 방정환으로 귀결된다.[99] 그렇다면 방정환에게 적용된 민족주의란 과연 무엇이었을까? 해방기 좌파 문학가들에 의해 비판받았던 '천사주의'에 대한 이재철의 입장은 그 단서를 제공해 준다.

> 민족주의자로 최초의 본격적인 아동문화운동가요 또 사회운동가였다. 그의 아동관은 소박한 감상주의였으나, 아동인권의 회복과 지향을 목표한 점에서 현실과 완전히 유리된 아동관은 아니었다. 그는 천사주의라고 지칭될 정도로 아동을 천진난만하고 순진무구하다고 보고, 감상적 관념적 권선징악적인 작품을 통해 그들이 자유스럽고 행복된 생활을 마음껏 누릴 수 있도록 노력하였으나, 그것은 어린이의 현실적 경제적 생활상태를 완전히 무시한 것이 아니라 순수히 어린이의 전통적인 부당한 대우를 정시하고 동심해방을 하려는 데 더 그 목표의 중점을 둔 것에 불과하였다. 그러므로 우리를 그를 지사요, 언론인이요, 문학자라고 부를 수 있을 것이다.[100]

민족주의는 이재철이 방정환을 호명할 때 가장 앞머리에 내세우는 수사다. 이러한 경향은 『한국현대아동문학사』에서도 마찬가지이며 줄곧 일관되게 드러난다. 사실 초고판과 『한국현대아동문학사』에서 감상주의, 관념주의, 권선징악은 대체로 부정적으로 사용된 용어들이다. 그러

98 "그가 전개한 아동문화운동이 바로 민족운동이었던 것이다. 그것은 그의 모든 아동문학운동이 아동문화운동의 신념에서 이루어졌고, 또 그것이 철저한 민족주의사상에서 출발했다는 사실로도 쉬이 간파할 수 있다." 이재철, 『아동문학개론』 초고판, 86쪽.

99 한국현대아동문학사에서도 마찬가지이다. 그는 "소파의 아동문학은 순수문학으로서의 의의보다도 아동문화운동의 일부분으로서 보다 더 큰 비중을 차지하고 있다. 그러기에 그는 순수한 아동문학가로서만 볼 수 없다."며 문화운동가로서 민족주의의 면모를 강하게 드러내고 있다. 이재철, 『한국현대아동문학사』(상), 95~96쪽.

100 위의 책, 97~98쪽.

나 방정환의 경우에는 문학 외적인 사유, 즉 동심 해방을 위해 노력한 민족주의자였다는 이유를 들어 이러한 부분에서 적극 옹호하는 입장을 취한다.

또한 이 글에는 송완순이 지적했던 방정환의 천사주의 문제도 거론되는데, 이재철은 '계급의식을 강조하려는 사회주의적 아동관만 제거한다면'이라는 전제하에 어느 정도 일리가 있다면서도 "그렇다고 해서 꿈꾸어야 되고 즐거워야 할 어린이들에게 지나치게 어둡고 괴로운 현실의식만을 이야기한다면 어떻게 될 것인가?"[101]라며 반론을 제시하기도 한다. 이러한 논조는 당시 리얼리즘 계열의 작가들을 비판하던 순수주의자들과도 크게 다르지 않다.

이재철에게 있어 민족주의는 문학성을 판단하는 잣대, 그 상위에 존재하는 것으로 그 무엇과도 양보할 할 수 없는 신념과도 같은 것이었다. 아동문학에 대한 정의와 기능도 민족주의에 이르러서는 무화되는 양상을 보이는 것도 이 때문이다.

이재철의 민족주의적 신념은 마해송을 평가하는 자리에서도 고스란히 대입된다. 사실 마해송 문학적 특징으로 제시했던 '인간세태의 풍자', '자녀교육에 대한 성인들의 바른 태도 촉구', '성인의 입장에서 본 아동세계'는 자신이 제1편 '아동문학의 본질'에서 밝혔던 아동문학의 방향성과는 상당한 괴리감이 있는 요소들이다. 그러함에도 불구하고 마해송의 문학적 평가가 상찬 일변도일 수밖에 없는 이유는 문학적 특질보다는 '한국창작동화의 선구자', '어린이 위하는 마음, 나라 사랑하는 마음', '민족적 주체의식'이라는 민족주의자로서의 면모에 방점을 두었기 때문이다.

작가를 평가함에 있어 민족주의를 전면에 내세우는 방식은 비단 이

101 이재철, 앞의 책, 96쪽.

시기에 국한되지 않는다. 『한국현대아동문학사』(1978)는 물론 1986년, 한국현대아동문학가협회에서 펴낸 『현대아동문학』에서도 줄곧 강조될 뿐 아니라, 시간이 지날수록 점차 강화되는 양상을 보인다. 이를테면 1986년에 쓴 「민족주의와 한국아동문학의 전통성」에서 그는 육당이 민족주의에 처음으로 불을 지폈다면, 소파의 출현으로 보다 집중적이고 본격적인 모습을 띠었고, 마해송은 민족주의 정신을 문학 작품에서 승화시킨 작가로 평가하면서, 민족주의를 한국아동문학 작가의 계보 형성의 핵심으로 두는 관점을 지속적으로 유지해 나간다.[102]

물론 일제침략기 작가들을 평가함에 있어 민족주의가 중요한 테제임에는 분명하다. 그러나 이 경우에는 본인이 주장한 아동문학의 본질과 작가의 평가에 상당한 괴리감을 보이거나 작가로서의 면모는 축소한 채 소년운동가의 활동만 부각하는 태도는 문학 외적 자질을 중요시한다는 점에서 작가론으로서는 치명적인 한계가 아닐 수 없다. 더군다나 여기에서 내세운 민족주의는 해방공간부터 청년문학가협회에서 줄기차게 주장했던 순수와의 결합관계를 통해서 진정한 의미를 획득한다는 점을 상기할 필요가 있을 것이다.

(2) 교훈주의 평가의 변모 양상

초고판에 실린 작가론을 보면, 이재철은 교훈주의 작품에 대한 비판적 입장이 확실하게 드러나 있다. '아동문학이 본격문학으로서 확립'[103]돼야 한다는 사명감을 갖고 아동문학에 뛰어든 그로서는 본격문학이 지녀

102 이재철, 「민족주의와 한국아동문학의 전통성」, 『현대아동문학』 1호, 한국현대아동문학가협회, 1986, 7~10쪽.

103 "아동문학이 본격문학으로서 정립되어야 한다는 것과 마땅히 교육대학의 정시강좌목으로 설치되어야 한다는 나의 비원(悲願) 같은 신조(信條)—이것이 또 이런 천재(千載)의 웃음거리를 내놓게 만들었는지 모른다." 이재철, 『아동문학개론』 개고판, 서문.

야 할 예술성을 저해하는 요소로 서슴없이 교훈주의를 뽑아 든 것이다. 교훈주의는 "또 다른 경향문학"[104]이라며 비판하였는데, 작가론에 실린 이들 중에서는 강소천에 대한 비판적 수위가 가장 높았다.

이재철은 강소천의 일제침략기 동요 동시문학에 대해서는 후한 평가를 내리면서도 월남 이후에 쓴 동화와 소년소설에 대해서는 예술성을 상실한 교훈주의라며 날 선 비판을 쏟아낸다. 이러한 논조는 "예술의 불합리에서 소천의 문학은 부득이 아동문학을 문학에서 구별하지 않으면 안 되는 결과를 가져왔다"고 비판했던 이원수의 비판을 떠올리게 한다. 해방 이전과 이후의 작품에 대한 평가가 나뉜 것은 물론, 교육성의 강조가 등장인물의 성격과 사건전개 등에 무리를 가져왔다거나 객관적 가치관의 결여되면서 문학성을 심각하게 훼손했다는 내용도 이원수와 거의 일치한다고 할 수 있다.

아무튼 『아동문학개론』과 『한국현대아동문학사』에 실린 〈강소천〉론을 두고 봤을 때, 적어도 1960~70년대까지 이재철은 교훈주의에 대한 강한 거부감을 표출하고 있음을 알 수 있다. 그러나 한 가지 의아한 점이 있다면 교훈주의는 완강하게 거부하면서도, 이와 짝패를 이루고 있는 지나친 현실 긍정의 문제에 대해서는 애매모호한 태도를 취한다는 점이다. 여기에서 현실 긍정의 문제는 아이들에게 희망을 심어준다는 의미가 아닌 현실의 어두운 면은 눈도 두지 말고 '맑고 깨끗한 세상'만을 다루어야 한다는 인식과 궤를 같이 한다. 다음은 초고판에 실린 〈강소천〉론 중에서 그의 현실을 대하는 태도를 언급한 부분이다.

> 그가 우려한 것은 사회현실의 추악한 면을 아동에게 엿보임으로써 초래하게 될지도 모르는 어떤 불안의 가능성이었다. 아동들이 그의 작품에서 볼 수 있었

---

104 이재철은 강소천의 작품을 논하면서 교훈주의 작품은 또 다른 경향문학과 다름없다고 비판하였는데, 사실 이 표현은 김동리가 『아동문학』에서 먼저 사용한 바가 있다.

던 것은 있는 현실이 아니라, 있어야 할 미화된 하나의 이상적 현실이었다. 따라서, 아동은 오직 이와 같이 미화된 세계에서 먼 곳을 동경하는 형태로 그의 작품을 소화하면 되었던 것이다. (…) 또 하나의 특징은 현실긍정을 통하여 나타난 강한 교화성이다.[105]

위의 인용문에서 드러난 이재철의 현실 긍정에 대한 태도는 매우 애매모호하다. '현실긍정이 강한 교화성을 낳았다'는 것은 교훈주의와 지나친 현실 긍정이 서로 밀접한 연관성이 있음을 지적한 것이다. 그러나 교훈주의를 또 하나의 경향문학이라며 강한 거부감을 드러냈음에도, 이와 연결고리가 되는 현실 긍정의 문제에서 만큼은 한발 벗어나 있는 태도를 견지하고 있는 것이다.

현실 긍정에 대한 이런 모순된 태도는 『한국현대아동문학사』에 이르러 긍정적인 입장으로 선회하는 양상을 보인다. 이재철은 강소천의 작가론을 다룬 글에서 "이것은 현실에 대한 비판적인 안목의 결여에 그 까닭이 있는 것이 아니라, 각박하고 악에 찬 현실을 있는 그대로 보여 줌으로써 아동에게 주어질 악영향을 두려워한 때문이기도 하다"[106]며 적극 옹호하는 입장에 선다. 결국은 어린이를 잘 이끌고자 한 의도일 뿐 현실에 대한 몰이해는 아니라는 것이다.

그렇다면 교훈주의에 대한 평가는 어떠할까. 1980년대 중반 이재철이 『아동문학평론』에 게재한 몇 편의 글을 보면, 그토록 비판했던 교훈주의에 대한 태도 역시 급격하게 달라져 있음을 확인할 수 있다. 교훈주의 작품 경향이 강했던 장수철과 최태호에 대한 작품론의 경우 이러한 태도 변화는 명확해진다. 두 작가에 대한 그의 평가를 결론에서 밝힌 내용을 그대로 옮기면 대략 이러하다.

---

105 이재철, 『아동문학개론』 초고판, 138쪽.
106 이재철, 『한국현대아동문학사』(상), 240쪽.

〈장수철〉론

1. 동시의 바탕이 되는 것은 서정과 감상으로 빚어지는 로만이다.
2. 그의 아동소설은 잃어버린 것에의 회상을 세련된 묘사력으로 형상화하였고, 우정과 순정을 그린 것과 가정생활을 소재로 삼고 있다.
3. 그의 아동상은 장르와 스타일을 초월하여 순정적 아동상이 그려진다. 그것은 엷은 감상 위에 펼쳐진 이야기 속에 언제나 등장하는 아동이며, 그것은 곧 그가 그리는 가장 이상적인 아동상이며, 그의 어떤 자화상이기도 하다.[107]

〈최태호〉론

1. 그의 동화는 아동의 세계를 낙천적으로 파악하고 있다는 점이다. 그것은 1950년대의 현실고발적 문학과 대립적 입장에서는 것으로, 이른바 교육적 아동문학이라고 할 수 있는 이상주의(理想主義)문학으로서의 아동문학을 강조하는 데서 출발한 것이다.
2. 동심을 입체적으로 파악하려고 노력하였다는 점이다. 1950년대의 대부분의 동화가 아동의 표면적 생활 속의 희노애락의 표현만을 일삼고 동화자체가 갖는 환상적 특성을 무시한데 반하여, 그의 동화는 아동의 심성 깊숙이 도사린 환상성을 형상화하려 하였던 것이다.
3. 아동상은 낙천적이고 현실긍정적인 데 있으며 아동문학관은 교육적 아동문학에 역점이 주어지고 있다고 할 수 있다.[108]

〈장수철〉론의 전문을 보면 이재철은 그의 아동소설에서 나타나는 아이들이 한결같이 착하고 현실보다는 과거 지향적이며, 동시는 감상주의에 가깝다는 점을 잘 간파하고 있다. 그러나 여기에 대한 평가는 중립적

---

107 『아동문학평론』 1985년 봄호, 42~46쪽.
108 『아동문학평론』 1985년 겨울호, 37~40쪽.

이거나 혹은 긍정적이다. 이를 통해 양산된 장수철 작품의 교훈주의 문제는 거론조차 되지 않고 있다. 한편 〈최태호〉론에서는 교훈주의에 대한 새로운 해석을 내놓기도 한다. 최태호가 1950년대 쓴 교육적 아동문학을 '현실 고발적 문학'과 차별화하면서 '이상주의 문학'으로 추어올린다. 이는 그가 교훈주의를 대하는 입장이 얼마나 변모했는지를 단적으로 보여주는 대목이다. 현실 긍정에 대해서도 "그의 동화는 환상적 내용이 주조일 수밖에 없으며, 현실적 소재를 다룬 작품이라고 하더라도 현실 비판적이기보다 현실긍정적 내용일 수밖에 없었다"며 적극적으로 옹호하는 입장에 선다.

이러한 기준에서 본다면 우리 아동문학사에서 관념주의, 교훈주의, 동심주의에 해당하는 작품은 거의 없는 셈이다. 그런데 아이러니하게도 한국 아동문학을 관통해 온 핵심 과제 중 하나가 교훈주의와 동심천사주의였다는 사실은 무엇을 의미할까? 이는 아동문학의 본질로 규정한 이상성과 낭만성이라는 기호 안에 이미 이 문제가 은폐돼 있었다고 봐야 할 것이다. 사실 김동리와 이재철의 아동문학 본질은 큰 차이를 발견하기 어렵다. 두 사람 모두 '추악이 아닌 아름다움', '현실이 아닌 꿈과 동경'이라는 측면에서 동일한 범주 안에 놓여 있다. 본인 스스로 교훈주의를 타기의 대상으로 삼았지만 결국은 점차 교훈주의 작품마저 부정하지 못하게 된 것은, 흡사 윤리적인 효용성은 소극적으로 해야 한다고 주장하면서 정작 어린이를 계몽적 대상으로 인식했던 김동리의 모순과 겹쳐지는 장면이다. 이는 현실을 똑바로 직시하지 못한 가운데 맑고 깨끗한 세계만을 추구하는 데에서 비롯된 모순이라고 하겠다.

제5장_결론

/ 제5장 /

결론

본 연구는 1950~60년대 아동문학장의 성격과 그 형성과정을 규명하고자 하였다. 문학장을 살핀다는 것은 해당 장을 구성하는 동인들의 내용과 그들의 상호작용, 그리고 재생산의 양상까지를 두루 파악하는 것을 의미한다. 이 글에서는 문학장 구성의 핵심 동인을 문단 권력, 전집, 문예지, 문학개론서 등의 네 가지로 설정하고 그 긴밀한 상관관계를 탐색해 나갔다. 특히 아동문학 주체들이 성인문학, 그 중에서도 문협파 계열의 인사들과 유기적 관계를 유지하면서 순수문학의 중심부를 형성하고, 이들이 매체를 통해 전파하고자 했던 담론의 실체를 분석하는 데 주력하였다.

이에 본고가 가장 우선적으로 주목한 바는 문학장의 핵심이라 할 수 있는 문단 권력의 지형도를 파악하는 일이었다. 그러기 위해 6·25전쟁 이후 아동문단 형성에 주도적 영향을 미친 요인을 설정하였는데, 그것은 반공주의와 사회적 인맥이라는 중층적 차원에서 이루어졌다.

먼저 반공주의라는 프레임에서 보면, 아동문학 주체들의 위상에 적지 않은 변화가 있었다. 해방 공간에서 위세가 등등했던 이주홍과 이원수는 문단 재편과 6·25전쟁을 거치면서 위태로운 상황에 놓이게 된다. 국민보도연맹이 발표한 전향문화인에 포함돼 있었지만 여전히 사상적으로 검증되지 않은 인물로 남아 있었고, 이러한 그림자는 1950년대까지 이들을 속박하게 된다. 특히 좌파 문인단체에서 주도적인 역할을 했던 이주홍은 실존적 위기에 봉착함으로써, 결국 남은 문학 인생 대부분을 주류 문단과는 거리를 둔 채 부산 지역을 거점으로 활동하게 된다. 한편 김영일과 마해송은 친일 혐의가 반공주의를 적극적으로 수용하게 된 원인으로 작용했다. 김영일은 생애 전반에서 정치적 변화에 따라 시류에 재빠르게 편승하는 영민한 행보를 이어왔는데, 반공주의도 이러한 맥락 위에서 해석이 가능하다. 반면 민족주의자로서 나름의 자부심이 강했던 마해송은 공산당 측으로부터 반민족 처결자로 몰린 것에 대한 반발로 반공주의를 내면화하게 된 경우라 하겠다. 또한 반공주의와는 무관하게 느껴졌던 윤석중의 경우 최근 그의 아버지와 계모가 사회주의자였다는 사실이 밝혀지면서 그 역시도 반공이데올로기에서 자유롭지 못했다는 사실이 드러났다. 그러나 반공주의를 가장 적극적으로 내면화했던 부류는 월남 작가들이었다. 이들에게 있어 반공주의는 남한 문학장에 편입할 수 있는 사상적 검증과 다르지 않았고, 더 나아가 문협정통파 인사들과 동일성을 형성할 수 있는 연결고리가 되었다.

이렇듯 이 시기 아동문학 핵심 주체들의 위상은 좌파, 친일, 가족사, 월남이라는 개인적 변인들이 반공주의 자장을 통과하면서 각기 다른 위치에 놓이게 되는데, 그 양상은 대략 1950년대 아동문학장의 지형과도 어느 정도 일치하였다. 요컨대 이원수와 이주홍이 주변부로 밀려난 반면 강소천이 새로운 주류로 떠올랐고, 윤석중과 마해송은 명실상부 아동문학 정통성을 승계한 작가로 우뚝 자리를 잡게 된 것이다.

그러나 당시의 문학장을 반공주의라는 거대담론만으로 설명하기에는 제한적일 수밖에 없다. 좌파라는 대타항이 사라지고 우익 중심으로 문단이 개편된 상황임을 고려한다면 이념적 차이보다는 개인이 맺고 있는 인적 네트워크가 주요 변인이 될 수 있다는 점을 간과하기 어렵다. 이러한 측면에서 윤석중과 마해송이 아동문학계는 물론, 문화계 전반에서 유력 인사로 발돋움할 수 있던 배경에는 해방 이전부터 문학계의 거장들과 교류를 맺어왔던 화려한 인맥이 적지 않은 역할을 한 것으로 보인다. 한편 강소천은 월남 아동문학가들이 남한 아동문학의 새로운 주류로 떠오르는 징후를 가장 상징적으로 보여주는 인물인데, 이 과정에서 함흥고보 출신들의 절대적인 도움을 받게 된다. 부산 피난 시기 문초를 당하던 강소천이 정훈부에 소속되고 교과서 편찬 일에 관여하게 되는 과정에서 함흥고보 동문들이 조력자로 나섰고, 김동리와 연결되는 과정에도 함흥여고 손소희의 역할이 결정적이었다. 또한 같은 월남아동문학가였던 김영일과 김요섭은 포스트(Post) 강소천 시대를 이끌면서 아동문학 보수 문단의 변곡점이자 새로운 출발점이 된 인물들이다. 이들 역시 강소천과 마찬가지로 김동리와 긴밀한 연관관계를 맺고 있다는 공통점이 있다. 김영일은 김동리 이사장 선거 캠프에서 상임이사로 주도적인 역할을 담당했고, 김요섭은 1965년 김동리가 주간으로 있던 『월간문학』의 편집자로 참여함과 동시에 김동리가 운영위원으로 있던 〈소천아동문학상〉의 제1회 수상자로 당선되기도 한다. 이렇듯 강소천, 김영일, 김요섭으로 이어지는 월남 아동문학가들이 한국 아동문학의 주류로 편입되는 과정에서 김동리라는 공통된 접점을 발견하게 되는 것이다.

이러한 일련의 양상은 1950~60년대 아동문학단체장의 계보에서도 여실히 드러난다. 윤석중과 마해송은 이미 아동문학단체장에 연연할 만한 수준을 넘어 서 있었다면, 실제 주류 경쟁은 월남 아동문학가들 사이에서 이루어졌다고 해도 과언이 아니다. 1950년대는 강소천의 시대였고, 이후 1960년대는 김영일의 우세 속에 김요섭, 박홍근, 장수철이 뒤를 잇는 형국으로 진행된다. 다만 1950년대 비주류에 속해 있던 이원수가 1960년대 분과위원장을 2년 연속으로 맡으면서 아동문학 주류 경쟁에 강한 변수로 작용한다. 당시 전국단위 아동문학단체장의 지형도를 그려보면 다음과 같다.

첫째, 1950년대 중앙 아동문단의 지형은 크게 문총계(자유문협아동분과·한국아동문학회)와 비문총계(문협아동분과)가 양립하는 형국이었다. 표면적으로는 양쪽에 두 분과위원회가 있고, 이와는 별개로 한국아동문학회가 독립적 단체로 존재한 듯이 보이지만, 실제 임원 구성을 들여다본 결과 한국아동문학회는 같은 문총 산하단체인 자유문협 쪽에 훨씬 더 기울어져 있음을 확인할 수 있다. 여기에서 문총계를 대표하는 아동문학 작가로는 이원수·김영일, 비문총계는 윤석중·강소천으로 집약할 수 있는데, 주류 세력은 당연히 비문총계인 문협 쪽이었다. 특히 강소천은 1953년부터 1960년까지 문협분과위원장을 유임하면서 바야흐로 김동리 체제의 핵심 인사로 자리매김했고, 이것은 월남 출신 아동문학가들이 1950년대 아동문단의 주류로 부상하는 시대 전반의 상황을 대변해 주는 것이기도 했다. 둘째, 한국문인협회 아동문학분과위원장은 1950년대 단체장을 두루 포괄하는 가운데, 1960년대 중후반부터 새로운 인물들이 부각되기 시작한다. 김영일, 이원수, 윤석중의 선출은 양쪽 진영을 대표하던 기존 단체장들을 골고루 배치하려는 의도성이 어느 정도 반영된 결과였다면, 박홍근, 정상묵, 장수철, 김요섭의 등장은 이러한 틀과는 무관했다는 점에서 더욱 주목할 필요가 있었다. 이들 중 박홍근은 이원수의 한국아동문학가협회로 정상묵, 장수철, 김요섭은 김영일의 한국아동문학회로 결집하면서 양쪽 진영의 핵심 인물로 자리를 잡는다.

그런데 이 과정에서 드러나는 가장 큰 특징은 아동문학의 주류 세력이 성장하는 과정에서 김동리 체제와 유기적인 공생관계를 맺어 왔다는 점이다. 이것은 한국아동문학이 제도화되는 과정을 연구함에 있어 순수문학의 창시자인 김동리를 주목할 수밖에 없는 이유를 뚜렷하게 보여주는 대목이다. 강소천을 시작으로 김영일, 장수철, 김요섭 그리고 1972년

분과위원장 박화목에 이르기까지, 이들을 관통하는 공통분모는 월남작가이면서 김동리와 깊은 연관성을 맺고 있다는 점이다. 김동리 체제와 동일성을 획득하기 위한 전제 조건이 반공주의라는 정치적 심급과 순수주의라는 문학적 심급 위에 놓여 있음은 두 말할 나위가 없다.

이러한 문단 권력의 양상은 전집, 문예지, 개론서 발간에도 영향력을 발휘해 나간다. 먼저 전집은 그 목록이 아동문학 정전의 서사 구성과 밀접한 연관성을 맺는다는 측면에서 접근하였다. 한국 최초의 전(선)집은 1957년 한국아동문학회에서 펴낸 『한국아동문학선집』으로, 문단 재편 이후 작가와 작품을 선별하는 기준이 어떻게 달라졌는지를 가늠해 볼 수 있다는 데 각별한 의미가 있다. 실제로 비슷한 선집 유형이자 편집 체계가 흡사했던 『조선아동문학집』과 비교하면 그 차이가 뚜렷하였다. 『조선아동문학집』에서 3편 이상의 작품이 실릴 만큼 비중이 높았던 현덕, 정지용, 윤복진, 박태원 등은 물론 송창일, 송영, 신고송 등 '북한'과 '좌파'는 철저하게 배제됐던 것이다. 그러나 이 선집은 〈한국아동문학회〉의 성과물로서 당대 활동 중인 전문 아동문학가만을 대상으로 삼았다는 점에서 본격적인 전집으로 평가하기에는 여러모로 한계가 있었다.

한국아동문학의 본격적인 전집은 1960년대 등장한 『한국아동문학독본』(을유문화사)과 『한국아동문학전집』(민중서관)에서 찾을 수 있다. 을유문화사본은 아동문학의 정통성을 승계한 작가들을 중심으로 서사를 구축한 반면, 민중서관본은 성인문학가들을 대거 포함시키는 등 다소 산만한 편집 구성을 보인다. 을유문화사본은 방정환을 출발점으로 해서 마해송-윤석중-이주홍-강소천-임인수-박화목으로 이어지는 계보를 통해 한국아동문학의 역사화를 시도한 최초의 전집이라 할 수 있다. 반면 민중서관본은 1집에 방정환 외 17명이나 되는 작가를 등장시키고 10집은 아예 23명 모두를 성인문학가로 배치하는 등 아동문학 정전 구축에 대한 욕망이 과연 있었는지조차 의심스러울 정도이다. 그러나 민중서관본은 을유문화사와는 사뭇 다른 층위의 선택과 배제의 기준을 제시한다는 점에서 주목할 필요가 있다. 이를테면 당시로서는 이념적으로 불온한 대상일 수 있었던 노양근, 최병화, 이정호 등을 포함시켰을 뿐 아니라 일제침략기 우리 창작동화의 근대화를 일구었던 이구조, 이영철 등은 물론, 소년문화운동가 1세대의 작품도 빼놓지 않았는데, 이는 민중서관본이 지닌 문학사적 가치이기도 하다.

그런데 두 전집의 이러한 차별화된 기획, 그 이면에는 문단 내부의 권력 관계와 긴밀한 상관관계가 있었다. 을유문화사는 문협정통파, 민중서관은 자유문협을 세력 기반으로 삼고 있었는데, 이는 두 전집의 경쟁 구도가 문학장 내부에서 전개되는 본격순수문학 논쟁과도 무관치 않음을 웅변해 준다. 을유문화사의 전집 배열 순서가 역사화될 수 있는 것도 그 이면에 강력한 승인권을 지닌 문협정통파의 상징권력이 있기에 가능한 것이었다. 또한 임인수와 박화목을 정전의 반열에 세우고, 해설을 통해 동심과 교훈주의를 부각하는 장면 등에서 을유문화사본의 순수주의 기획 의도를 읽어내는 일은 그리 어렵지 않다. 반면에 민중서관본은 아동문학 핵심 주체를 한 축으로 하고 다른 하나는 성인문학이나 비주류 작가들까지 대거 포함하는 등 대중적 코드가 두드러졌다. 요컨대 을유문화사본과 민중서관본 전집은 1950년대 문단의 경쟁 체제가 1960년대 출판 시장에 여전히 영향력을 행사하고 있음을 보여주는 단적인 사례라 하겠다.

다음으로 1960년대 아동문학 담론 형성에서 중요한 위치에 있는 『아동문학』과 『아동문학개론』도 그 의미망을 제대로 포착하기 위해서는 성인문단과의 맥락화가 필수적이다. 『아동문학』은 성인을 대상으로 한 문예지로서 아동문학의 이론화와 평론의 활성화를 이끌었지만, 순수문학주의에 편향됐다는 점에서 비판적 접근이 불가피하다. 이 문예지의 가장 큰 특징은 아동문학 순문예지임에도 불구하고 편집위원 구성은 문협

정통파가 중심이 됐다는 점이다. 필자는 그 이유를 해명하기 위해 발행인 조석기에 대한 생애를 고찰했는데, 그 결과 조석기는 1950년대 가장 성공한 교육계 인사 중 한 명이었다는 사실을 알 수 있었다. 뿐만 아니라 『아동문학』 편집위원인 조지훈과는 친인척지간이었고, 최태호는 조석기가 교장으로 있던 인천 창영초등학교에서 교감으로 함께 근무하였는가 하면, 박목월과 강소천은 이 학교에서 강의를 맡는 등 편집위원들과는 이미 막역한 친분이 있었던 것을 확인하였다.

한편 『아동문학』 편집위원 구성 면에서 이미 강소천, 박화목 등 월남 아동문학가와 긴밀한 관계성을 맺어왔던 김동리의 존재는 초미의 관심사가 됐다. 우선 한 가지 의구심이 든 것은 이미 문단에서 득의의 영역을 구축한 그가 굳이 아동문학 문예지의 편집위원으로 참가할 필요가 있었는가 하는 점이었다. 결론적으로 김동리의 등장은 한국문인협회의 출범과 함께 새로운 전환기를 맞은 권력 투쟁의 양상과 밀접한 연관성을 맺고 있었다. 한국문인협회에 소속된 아동문학가들 역시 이사장 선거에서 동등한 투표권을 갖는다는 점에서 아동문학의 주류들과 연대는 김동리에게는 외면할 수 없는 정치적 방략이었을 터이다. 게다가 문협파 중심의 편집위원 구성과 〈소천아동문학상〉에 한국문인협회 고위 인사를 영입하는 등 비록 아동문학 문예지이지만 김동리에게도 그 유용성은 적지 않았을 것으로 보인다. 그렇다면 실제 김동리가 이 잡지에 관여한 정도는 얼마나 될까? 적어도 『아동문학』 기획 단계와 초창기까지 이 잡지에 대한 그의 영향력은 상당하였다. 기본적인 편집체계나 추천공모제 등이 과거 김동리가 기획했던 문예지와 흡사한 것은 물론이거니와 아동문학을 정의내리는 원리비평과 작품을 평가하는 실천비평에서도 김동리의 활동은 두드러진다. 특히 창간호 〈아동문학이란 무엇인가?〉의 기조 발제를 김동리가 맡은 장면은 매우 상징적인 의미가 있다. 여기에서 김동리는 리얼리즘에 대한 경계심과 순수문학의 우월의식을 동시에 드러낸다. 아동문학의 본질을 이상성과 낭만성으로 집약한 것도 이러한 맥락 위에 놓인다. 주로 편집위원이 내놓은 평론을 분석해 보면 김동리식의 정의 안에서 결국은 동심주의나 교훈주의의 뿌리와 닿아 있음을 확인할 수 있다. 이러한 관념이 리얼리즘의 배타의식을 통해 성립된 것은 물론이다. 어린이를 계몽의 대상으로 보는 교훈주의와 반대로 고귀한 대상으로 추어올리는 동심주의는, 기실 모순된 개념임에도 리얼리즘이라는 공통된 타자를 설정함으로써 결합 가능한 개념으로 성립된 것이다. 이는 마치 '민족=순수=반공'이라는 이질적 담론이 '좌파'라는 공통된 타자를 통해 성립 가능할 수 있던 것과 동일한 맥락이다. 성인문학가, 아동문학가, 교육 관료라는 다양한 인적 구성에도 불구하고, 이들이 대동소이한 담론을 생산해 내는 이유도 여기에 있다.

그러나 김동리뿐 아니라 다른 편집위원의 영향력도 중반부 이후부터는 서서히 약화되면서 평론의 양상도 새로운 국면으로 접어들기 시작한다. 『아동문학』 중반기에 해당하는 1964년경부터 전문 아동문학가들이 필자로 등장하는 횟수가 많아지는데, 이 시기는 이원수가 아동문학분과 위원장을 맡으면서 아동문학 합평회를 결성한 때와 맞물려 있다. 비록 순수주의와 정면으로 대립했던 필자는 이원수와 이주홍 정도로 많지 않았지만, 편집위원이 장악했던 『아동문학』 특집이 점차 아동문학가들 중심으로 재편됨으로써 비평의 장이 한층 역동적으로 흘러간 점은 높이 평가해야 할 것이다. 여기에서 주도적으로 활동한 이원수, 박경용, 이준구, 박홍근, 장수철, 김영일, 김요섭은 1970년대를 이끌어가는 핵심 주체들이기도 하다.

이처럼 『아동문학』은 순수문학의 기획성이 선명한 잡지였고, 문협파 그 중에서도 김동리의 문단 권력과도 무관치 않았으며, 동심주의와 교훈주의를 기저로 한 한국아동문학 담론을 형성하는 데에도 상당한 역할을 했다. 다만 지배담론에 대한 반동으로 비판담론이 개진되었고 아동문학의 기초 문헌 연구가 제출될 수 있는 계기가 됐다는 점은 긍정적으로 평가할 부분이다.

마지막으로 『아동문학개론』에 대한 분석은 크게 아동문학사와 아동문학 정의 부분으로 나누어 살펴보았다. 『아동문학개론』 초고판을 중심으로 하되, 문학 담론이 전유되는 양상을 확인하기 위해 『아동문학개론』 개고판과 『한국현대아동문학사』는 물론 1980년대 나온 『아동문학평론』도 비교 자료로 활용하였다. 당시 아동문학 연구가 불모지였던 상황을 고려한다면 『아동문학개론』 초고판은 그 자체로 귀중한 결실이다. 그러나 여기에서 드러난 냉전적 역사인식이 우리 아동문학을 대표하는 문학사관으로 정착됐다는 데 문제가 있다. 1967년 초고판이 나올 당시만 하더라도 여기에 대한 자의식을 갖는다는 것은 어려운 상황이었지만, 그 이후에 와서도 이재철의 문학사관은 조연현의 그것과 한층 밀접해지는 양상을 보인다. 『아동문학개론』 개고판과 『한국현대아동문학사』을 살펴본 바, 타율적 역사의식이나 냉전이데올로기는 그대로 계승되거나 더욱 고착화되는 양상이 두드러지고 있음을 확인할 수 있다. 프로문학과 순수문학의 대립적 구도 속에 일제침략기 문학사는 왜소화되고, 본격문학은 1960년대부터 비로소 시작됐다고 하는 일련의 주장 역시 조연현의 그것과 거의 일치하였던 것이다.

아동문학을 정의하는 과정에서도 시기가 지날수록 순수문학주의에 경도되는 양상은 한층 뚜렷해진다. 특히 아동문학의 본질을 이상주의와 로만주의로 설정하고 있는데 이는 『아동문학』 창간호에서 편집위원들이 제시했던 프레임을 고스란히 이어받은 것이나 다름없다. 즉, '현실보다는 이상', '사실보다는 로만'이라는 명제는 김동리가 '아동의 향상을 돕기 위해서는 현실, 사실보다는 이상성'이라고 주장했던 그것과 거의 일치하는 것이다.

이재철의 이러한 아동문학관은 동심주의는 물론이거니와 결국에는 교훈주의까지 합리화할 수밖에 없는 이유로 작용한다. 초창기 그의 작가론의 가장 큰 특징은 민족주의의 강조와 교훈주의의 배척으로 요약할 수 있다. 문학사관에서도 드러나듯 이재철의 민족주의는 우익 쪽에 한참 기울어져 있었고, 절대적인 신념처럼 작용한다. 이는 순수문학만이 곧 민족문학이라는 이른바 순수문학론과 궤를 함께하는 것이다. 한편 교훈주의에 대한 비판적 태도는 점차 그 강도가 흐릿해지기 시작한다. 초기만 하더라도 "교훈주의는 또 다른 경향문학"이라며 비판적 태도를 보였지만 『한국현대아동문학사』에서는 그 강도가 한풀 꺾이는가 하면, 1980년대 중반에 이르러서는 급기야 옹호적인 태도로 급선회하는 양상을 띤다. 다만 교훈주의에 대한 그의 입장이 구체적으로 어떤 변화 과정을 거쳤는지에 대해서는 보다 많은 평론들의 비교 분석이 필요할 것이다.

지금까지 본고는 1950~60년대 아동문학장의 성격과 그 형성과정을 성인문학과의 관련성을 중심으로 규명하였는데, 그 성과를 요약하면 다음과 같다.

첫째, 문학장의 핵심이라 할 수 있는 문단 권력의 지형도를 어느 정도 완성할 수 있었다. 특히 이 시기 성인문학단체에 소속돼 있던 아동문학단체장의 계보를 제출할 수 있게 된 것은 가장 큰 성과라 할 수 있다. 이 과정에서 이 시기 중앙 문단의 역할을 담당했던 아동문학분과위원회와 1954년부터 1960년까지 존속했던 한국아동문학회의 단체장, 그리고 핵심 임원의 계보를 어느 정도 정리할 수 있었다. 윤석중과 강소천의 문협 분과위원장 시기를 분명히 했고, 자유문협은 지금까지 알려진 정홍교와 이원수 외에 초대분과위원장 마해송과 소속 회원 명단을 확보함으로써 문협 측과의 상대적 차이를 가늠해 보았다. 또한 그동안 창립총회 동인들만 알려졌던 한국아동문학회는 1954년부터 1956년과 1960년 마지막 총회를 통해 인선된 임원 명단을 순차적으로 정리할 수 있었다. 한편

1960년대 한국문인협회 분과위원장의 계보는 어느 정도 예증을 마쳤다고 볼 수 있다.

둘째, 그동안 전집 연구에서 주목받지 못했던 민중서관본『한국아동문학전집』을 호명하여 문학사적 평가를 시도하였다. 두 전집은 아동문학전집으로서 각각 다른 방식의 문범(文範) 만들기를 시도하였다. 이 과정에서 을유문화사와 민중서관의 창립주체가 각각 다른 세력들과 연결될 수밖에 없는 상황을 증명함으로써 두 전집이 본격 순수문학론과 이들과 대척점에 있는 세력들 간의 경쟁적 산물이라는 새로운 관점을 제시할 수 있었다.

셋째,『아동문학』과『아동문학개론』을 통해 순수문학 담론의 발현과 변모, 그리고 여기에 대립하기 시작하는 저항담론까지 1960년대의 아동문학담론의 흐름을 탐색해 볼 수 있었다.『아동문학』은 앞서 언급했던 '문협파와의 관계성', '사적인 인맥', '순수문학 담론'이 모두 집약된 산물이라고 해도 과언이 아닌데, 여기에서 문협파 편집위원들이 제시한 아동문학의 정의는 우리 아동문학의 순수주의 담론 형성에도 적지 않은 영향력을 행사한 것으로 보인다.『아동문학개론』에서 이재철이 제시한 아동문학의 본질이 김동리가 정의했던 내용과 거의 일치한다는 사실은 그 방증이라 하겠다.

그러나 본고의 한계 또한 명확하다. 1950대와 1960년대, 아동문학과 성인문학이라는 두 가지 층위를 확실하게 아우르지 못했고, 무엇보다 작품론으로 나아가지 못한 것은 이 논문의 흠결로 남는다. 지금의 연구결과를 바탕으로 앞으로 채워나가야 할 과제를 꼽는다면 다음과 같다. 첫째, 문학장 형성 전반에 걸쳐 김동리를 호명하여 분단국가 이후 아동문학 권력 계보와 그 관계성에 주목하고는 있지만 여전히 문제제기 수준에 머물러 있는 게 사실이다. 이러한 인과관계가 보다 설득력을 얻기 위해서는 김동리가 꾸준하게 관여해 온 아동문학 전집은 물론, 아동문학 잡지나 세미나 등에서 발표한 글을 세밀하게 분석함으로써 김동리식 아동문학담론의 실체를 규명하고 더 나아가 이것이 당시 아동문학 작가들과 어떻게 교통하고 있는지를 논증해야 할 과제를 안고 있다. 둘째, 아동문학장을 중앙 문단으로만 국한한 나머지 아동문학의 또 다른 저변들, 이를테면 문화단체나 동호회 그리고 각 지역 아동문학단체를 아우르지 못했다. 특히 중앙 문단 못지않은 활동성을 보인 대구아동문학회와 부산아동문학회, 그리고 아동문화단체 새싹회에 관한 연구는 이 시기 문단사를 한층 풍성하게 해 줄 것으로 보인다. 셋째, 이재철의 교훈주의 입장에 대한 변모 양상은 다소 거칠게 다루어졌다. 이재철이 작품을 평가하는 기준이 어떻게 변모했는지를 확실하게 증명하기 위해서는 『아동문학평론』에 실린 작가 작품론을 세밀하게 톺아나가야 할 필요가 있겠다. 넷째, 이 시기 아동문학 작품의 경향과 주요 작가들의 작품론에 대한 연구이다. 특히 1960년대 작품에 대한 분석은 1960년대 본격문학론에 대한 시비를 다루는 데 꼭 필요한 과제가 될 것이다.

참고문헌

1. 자료

《동아일보》《조선일보》《경향신문》《서울신문》《한겨레신문》《한국일보》《중앙일보》『아동문학』『소년세계』『아동문화』『자유문학』『아동문학평론』『창비어린이』『조선아동문학집』『한국현대아동문학전집』『한국아동문학독본』『한국아동문학전집』

네이버 한국민족문화대백과 인물사전

2. 국내 논저

1) 단행본

강영안, 『타인의 얼굴: 레비나스의 철학』, 문학과지성사, 2005.

경인일보 특별취재팀, 『인천인물 100人』, 다인아트, 2009.

고규진, 『문학정전』, 연세대학교 출판문화원, 2012.

고정일, 『한국출판 100년을 찾아서』, 정음사, 2012.

구인환 · 구창환, 『문학개론』, 삼영사, 1976.

권보드래 · 천정환,『1960년을 묻다—박정희 시대의 문화정치와 지성』, 천년의 상상, 2012.

권영민, 『한국현대문학사』, 민음사, 2002.

김동인 외, 『한국문단이면사』, 깊은샘, 1983.

김상욱, 『어린이문학의 재발견』, 창비, 2006.

김시철, 『격랑과 낭만』, 청아출판사, 1999.

김영자, 『강소천 전기』, 청화, 1987.

김요섭, 『눈보라의 사상』, 한국문연, 1991.
김용호, 『한국문단이면사』, 깊은샘, 1993.
김윤식, 『한국근대작가론고』, 일지사, 1974.
______, 『김동리와 그의 시대』, 민음사, 1995.
______, 『문학사의 새영역』, 강, 2007.
______, 『사반과의 대화』, 민음사, 1997.
김정숙, 『김동리의 삶과 문학』, 집문당, 1996.
김진기, 『반공주의와 한국 문학의 근대적 동학Ⅱ』, 한울, 2009.
김제곤, 『윤석중 연구』, 청동거울, 2013.
대한출판문화협회, 『한국출판연감』, 대한출판문화협회, 1966.
______________, 『대한출판문화협회의 50년 발자취』, 1998.
류종렬 편저, 『이주홍의 일제강점기 문학 연구』, 국학자료원, 2004.
마해송, 『아름다운 새벽』, 성바오로출판사, 1993.
문학과비평연구회, 『한국문학권력의 계보』, 한국출판마케팅연구소, 2004.
박목월, 『누구에게 추억을 전하랴』, 고려원, 1978.
박종석, 『작가 연구 방법론』, 역락, 2002.
부길만, 『한국출판역사』, 커뮤니케이션북스, 2013.
상허학회, 『한국 근대문학 재생산 제도의 구조』, 깊은샘, 2007.
서정주, 『미당 자서전』, 민음사, 1994.
선안나, 『아동문학과 반공이데올로기』, 청동거울, 2009,
성기조, 『문단기행』, 한국문화사, 1996.
원종찬, 『아동문학과 비평정신』, 창비, 2001.
______, 『한국아동문학의 쟁점』, 창비, 2010.
______, 『북한의 아동문학』, 청동거울, 2012.
이동하, 『한국문학과 비판적 지성』, 새문사, 1996.
이상현, 『아동문학강의』, 일지사, 1987.
이재철, 『아동문학개론』, 문운당, 1967.
______, 『한국현대아동문학사』, 일지사, 1978.
______, 『아동문학개론』, 서문당, 1983.

______, 『세계아동문학사전』, 계몽사, 1989.
______, 『한국아동문학작가 작품론』, 서문당, 1991.
이종국, 『한국 교과서 출판 변천 연구』, 일진사, 2002.
이형기 편저, 『박목월 평전』, 문학세계사, 1993.
임화문학예술전집찬위원회, 『문학사』, 소명, 2010.
을유문화사 편집부 편, 『을유문화사 50년사』, 을유문화사, 1997.
정규웅, 『글동네에서 생긴 일』, 문학세계사, 1999.
정진숙, 『출판인 정진숙』, 을유문화사, 2007.
조동일, 『문학연구방법』, 지식산업사, 1990.
조연현, 『한국현대문학사』, 인간사, 1961.
______, 『내가 살아온 한국문단』, 현대문학사, 1969.
______, 『남기고 싶은 이야기들』, 부름, 1981.
최덕교 편저, 『한국잡지백년』(3권), 현암사, 2004,
최원식 · 임규찬 엮음, 『4월혁명과 한국문학』, 창작과비평사, 2002.
최태호, 『리터엉할아버지』, 아동문예사, 2007.
한국문인협회 아동문학분과위원회 엮음, 『푸른동산』, 1964
한국문인협회, 『해방문학 20년』, 정음사, 1966.
__________, 『문단유사』, 한국문인협회월간문학출판부, 2002.
현택수, 『문화와 권력』, 나남, 1998.

2) 논문

강진호, 「한국 문학전집의 흐름과 특성」, 『돈암어문학』 16호, 돈암어문학회, 2003.
권석순, 「김영일 아동문학 연구」, 강릉대 박사학위논문, 2009.
권혁준, 「정전의 관점에서 본 문학작품 선정의 문제점과 과제」, 『아동청소년문학연구』 12호, 한국아동청소년문학학회, 2012.
김동리, 「순수문학의 진위」, 《서울신문》, 1946.9.15.
______, 「강소천, 그 인간과 문학」, 『꽃신을 짓는 사람』(강소천 문학전집 3), 신교문화사, 1975.
김영순, 「일제 강점기시대의 아동문학가 이정호」, 『아동청소년문학연구』 창간호,

한국아동청소년문학학회, 2007.
김요섭,「아동문학개론」,《한국일보》, 1967.11.
김제곤,「윤석중 연구」, 인하대 박사학위논문, 2013.
김종헌,「1970년대 대구·경북 지역 아동문학 연구: 〈한국아동문학가협회〉와 〈대구아동문학회〉를 중심으로」,『아동청소년문학연구』 14호, 한국아동청소년문학학회, 2014.
김준현,「전후 문학 장의 형성과 문예지」, 고려대 박사학위논문, 2008.
김성진,「아동청소년 문학의 정전과 권정생의 "한국전쟁 3부작"」,『문학교육학』 25호, 한국문학교육학회, 2008.
김찬곤,「김영일의 '자유시론'과 '아동자유시집' 『다람쥐』」,『아동청소년문학연구』 10호, 한국아동청소년문학학회, 2012.
남원진,「반공국가의 법적 장치와 〈예술원〉의 성립 과정 연구」,『겨레어문학』 38집, 2007.
노경수,「윤석중 연구」, 단국대 박사학위논문, 2009.
류덕제,「해방직후 조연현 비평 연구 서설」,『국어교육연구』 25권, 국어교육학회, 1993.
박경용,「본격평론, '한국아동문학사'」,『교육평론』, 1971년 1월호.
박호근,「한국 교육정책과 그 유형에 관한 연구 1945~1970」, 고려대 박사학위논문, 2000.
서정주,「사회참여와 순수개념」,『우리 문학의 논쟁사』, 어문각, 1985.
선안나,「문단 형성기 아동문학장의 고찰: 반공주의를 중심으로」,『동화와번역』 12호, 건국대학교 동화와번역연구소, 2006.
신헌재,「『아동문학개론』의 특징과 의의」,『아동문학평론』, 2012. 가을호.
어효선,「거의가 문예물의 집대성—아동도서 출판 20년사」,『출판문화』, 1966.
오경호,「한국아동전집출판의 통시적 연구」,『한국출판연구』, 한국출판학회, 1992.
원종찬,「한국 아동문학의 정전 논의를 위하여」,『창비어린이』, 2011년 겨울호.
______,「1920년대 〈별나라〉의 위상」,『1920년대 한국아동문학의 재인식』, 2012, 한국아동문학회 제19회 가을 학술발표대회 자료집.

윤금선, 「독서 대중화 운동—1960년대를 중심으로」, 『한국도서관 정보학회지』 38권(제2호), 2007.
윤병로, 「한국 문인협회가 탄생하기 까지」, 한국문인협회 편, 『문단유사』.
이근우, 「출판이십년사: 교과서편—정비반복으로 일관한 이십년」, 『출판문화』, 1966년.
이미영, 「한국과 일본의 전집 출판 특성에 관한 비교 연구」, 중앙대 석사학위논문, 1993.
이미정, 「1950년대 '순수문학'의 제도화 과정 연구」, 서강대 박사학위논문, 2011.
이봉범, 「전후 문학 장의 재편과 잡지 『문학예술』」, 『한국 근대문학 재생산 제도의 구조』, 상허학회, 2007.
______, 「단정수립 후 전향의 문화사」, 『반공주의와 한국 문학의 근대적 동학Ⅱ』, 한울, 2009.
이영미, 「해방 이후 한국 아동전집 출판에 관한 역사적 고찰」, 동국대 석사학위논문, 2000.
이재철, 「한국아동문학사의 시대구분 시고(試攷)」, 『대구교육대논문집』 1집, 1965.
______, 「민족주의와 한국아동문학의 전통성」, 『현대아동문학』 1호, 한국현대아동문학가협회, 1986.
______, 「日帝植民地殘滓 兒童文學의 淸算을 위한 覺書—윤극영, 정인섭, 김영일 씨의 경우를 중심으로」, 『한국아동문학연구』, 한국아동문학회, 1996.
______, 「장수철」론,『아동문학평론』, 1985년 봄호.
______, 「최태호」론, 『아동문학평론』, 1985년 겨울호.
이종호, 「1950년대 남한 문학전집의 출현과 문학정전화의 욕망」, 『한국어문학연구』 55집, 한국어문학학연구학회, 2010.
______, 「1960년대 한국문학전집의 발간과 문학 정전의 실험 혹은 출판이라는 투기」, 『상허학보』 32집, 상허학회, 2011.
임성규, 「초등 국어 교과서 아동문학 정전에 대한 비판적 一考」, 『語文學』, 100호, 2008.
장수경, 「아동문학전집에 나타난 문화적 상상력과 정전 구성에 대한 욕망」, 『아동청소년문학연구』 11호, 한국아동청소년문학학회, 2012.
______,「해방 후 방정환전집과 강소천전집의 존재 양상」,『아동청소년문학연구』 14호, 한국아동청소년문학학회, 2014.
장영미,「1960년대 아동문학의 분화와 위상 연구」, 성신여대 박사학위논문, 2011.
정상묵,「아동문학개론」,『새교실』 1967년 12월호.
정재찬,「현대시 교육의 지배적 담론에 관한 연구」, 서울대 박사학위논문, 1996.
조연현,「해방 문단 10년사」,『문학예술』, 1955년 2호.
조은숙,「해방-1950년대 중반까지 한국아동문학전(선)집 편찬과 정전화」,『한국문학이론과 비평』 58호, 한국문학이론과 비평학회, 2013.
______,「1970년대 한국아동문학전집 편찬과 '해석정전'의 형성」,『아동청소년문학연구』 14호, 2014.
조은창,「1950년대 문학장의 재형성과 현대문학지 연구」, 성균관대 석사학위논문, 2009.
전택부,「소천의 고향과 나」,『강소천 문학전집』 1권, 신교문화사, 1975.
정복화,「해방 이후 한국 아동전집 출판에 관한 역사적 고찰」, 동국대 석사학위논문, 2001.
최애순,「1960~1970년대 세계아동문학전집과 정전의 논리」,『아동청소년문학연구』 11호, 한국아동청소년문학학회, 2012.
최은경,「초등 교과서 수록된 동요·동시의 현황과 특징: 미군정기~3차 교육과정을 중심으로」,『아동청소년문학연구』 13호, 한국아동청소년문학학회, 2013.
______,「초등 교과서 수록된 동요·동시의 현황과 특징: 4차 교육과정기를 중심으로」,『아동청소년문학연구』 14호, 한국아동청소년문학학회, 2014.
최지현,「문학교육에서 정전과 학습자의 정서체험이 갖는 위계적 구조에 관한 연구」,『문학교육학』 5호, 한국문학교육학회, 2000.
최지훈,「한국아동문학을 세 개의 깃대로 세우다—사계 이재철론」,『아동문학평론』, 2011년 가을호.

3. 국외 논저

삐에르 부르디외, 하태환 역, 『예술의 규칙』, 동문선, 1998.
삐에로 부르디외, 장일준 역, 『상징폭력과 문화재생산』, 새물결, 1995.
사라 밀즈, 김부용 역, 『담론』, 인간사랑, 2001.

찾아보기